황녁 5

허담자 新무협 판타지 소설

초판 1쇄 찍은 날 § 2005년 6월 8일
초판 1쇄 펴낸 날 § 2005년 6월 18일

지은이 § 허담자
펴낸이 § 서경석

편집장 § 문혜영
편집책임 § 김율
편집 § 장상수 · 서지현 · 최하나

펴낸곳 § 도서출판 청어람
등록번호 § 제1081-1-89호
등록일자 § 1999. 5. 31
어람번호 § 제2-0614호

주소 § 경기도 부천시 원미구 심곡1동 350-1 남성B/D 3F (우) 420-011
전화 § 032-656-4452 팩스 § 032-656-4453
http://www.chungeoram.com
E-mail § eoram99@chollian.net

ⓒ 허담자, 2005

ISBN 89-5831-575-X 04810
ISBN 89-5831-454-0 (세트)

허담자 新무협 판타지소설

Fantastic Oriental Heroes

黃碧

황벽

5 완결

검의 길

도서출판
청어람

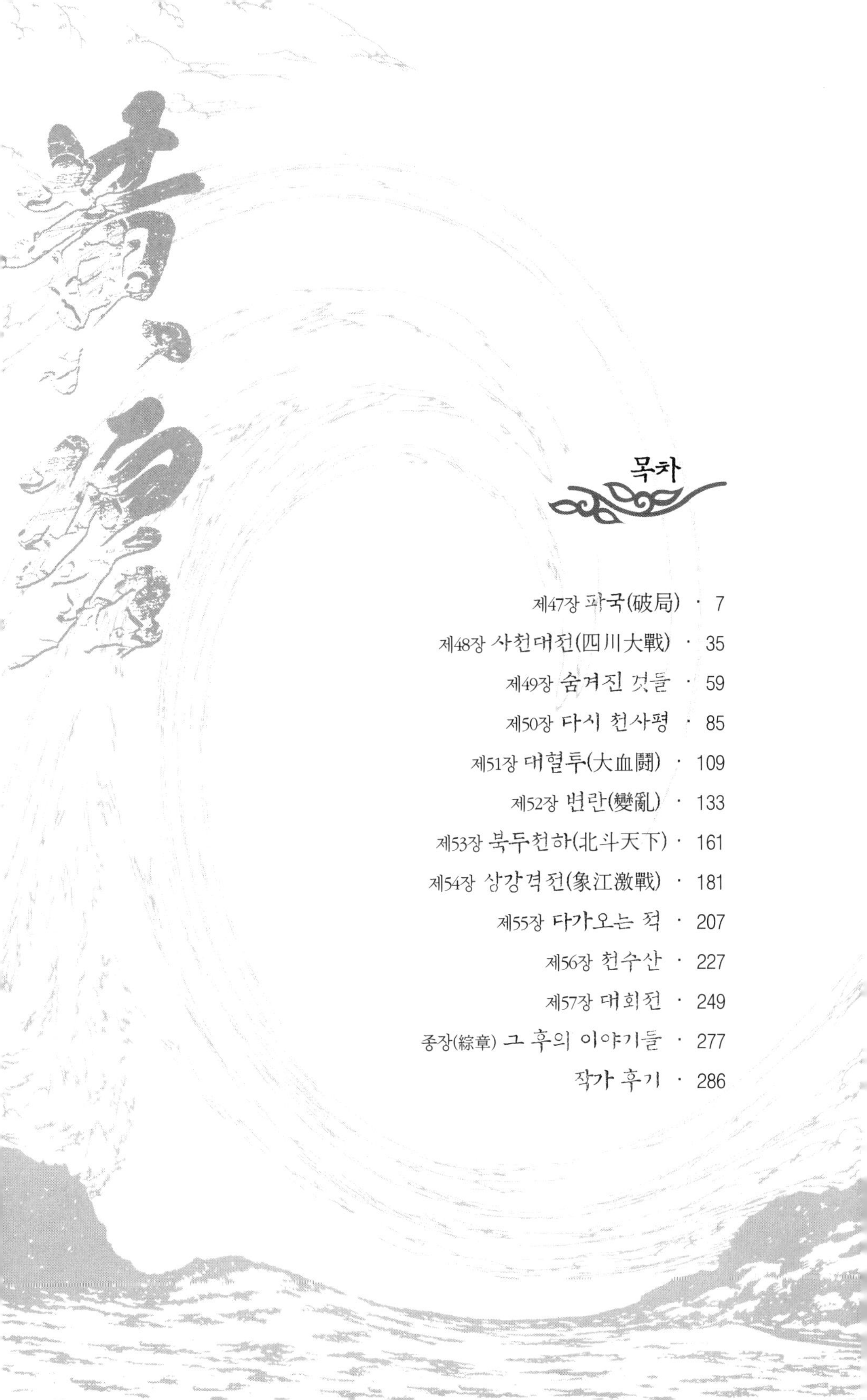

목차

제47장
파국(破局)

천마궁의 대공자 위온이 사천 이제현의 막사에 모습을 드러낸 것은 정의맹과 패천맹의 비무가 오 일 앞으로 다가온 시점이었다. 감숙에서부터 쉬지 않고 말을 달려온 듯 위온의 얼굴에는 피곤한 감이 역력하였다.

이제현은 자신이 막사에서 위온을 맞았다. 비록 위온이 천마궁의 대제자였지만 무림의 사성 중 한 명인 이제현이 막사 밖으로 나가서 맞이할 인물은 아니었다.

"부맹주께 문안드립니다."

"오서 오시게, 대공자. 이곳에는 어쩐 일인가?"

"맹주님의 명으로 부맹주께 긴히 드릴 말씀이 있어 이리 찾아뵈었습니다."

"맹주전의 전갈?"

위온의 말에 이제현이 시선을 들어 위온을 정면으로 바라보았다.

위온은 이제현의 시선을 정면으로 받자 그의 기세에 눌려 몸이 움츠러들었다.

"그렇습니다, 부맹주."

"말해 보게."

"그것이… 부맹주께만 말씀드리라는 맹주님과 군사의 명을 받았는지라……."

위온이 말을 하며 이제현의 옆에 서 있는 소도성과 독마 서린, 그리고 양의와 등애를 바라보고는 입을 닫았다. 주위를 물리라는 이야기였다.

"그래, 도대체 얼마나 중요한 이야기인데 그러지? 그만들 자리를 좀 비켜주시겠소?"

이제현이 소도성 등을 돌아보며 입을 열었다. 독마 서린의 입술이 약간 치켜 올라가며 위온을 바라보았다. 독마 서린은 패천맹 최고의 수뇌였다. 그런 독마 서린까지도 자리를 비켜야 하느냐는 물음이었다.

위온은 독마 서린과 눈을 마주치고도 아무 말을 하지 않았다. 그러자 독마 서린이 불쾌한 표정을 지으며 이제현의 막사를 벗어났다. 소도성과 등애, 양의도 위온을 한 번 바라보고는 독마 서린의 뒤를 따랐다.

막사 안에는 이제현과 위온 둘만이 남아 있었다.

"자, 이제 말을 해보게."

"네. 이번에 들으니 사천 무림을 걸고 정의맹과 비무를 하기로 하셨다 들었습니다."

"그래, 확실히 그리하기로 하였네. 이제 오 일밖에 남지 않았네만."

“이번에 맹주전에서 이 문제에 대해 상당히 불편한 심정을 드러내셨습니다.”

“불편한 심정? 무슨 이유로?”

이제현이 고개를 갸웃거리며 위온을 바라보았다. 위온이 잠시 움찔했으나 용기를 내어 다시 입을 열었다.

“맹주전에서는 부맹주님의 독단적인 결정에 대해 불만을 가지고 계십니다. 그리고 우세한 군세를 가지고 전면전을 피하시는 부맹주님에 대해서도.”

“우세한 군세라… 그리고 독단적인 결정? 이보게, 대공자. 장수가 전장에 나가 있으면, 때로는 군왕의 명도 거역할 수 있는 것이네. 이곳 사정을 맹주전에서 잘 모르고 하는 소리 같군. 지금 우리는 결코 정의맹 사천총단에 비해 우세하지 않네. 그리고 나에게 사천 공략을 맡길 때 전권을 위임한 맹주가 그런 말을 하다니……. 그게 맹주의 의견인가?”

“네, 맹주님과 혈뇌자 군사 두 분의 의견이 같으셨습니다.”

“맹주와 군사의 의견이 같다……. 하면 자네가 가지고 온 지시는 어떤 것인가? 겨우 문책의 말을 하려고 온 것은 아닐 텐데?”

“해서 맹주전에서는 이번 비무의 승패에 관계없이 비무가 끝나면 즉시 전력을 기울여 정의맹 사천총단을 치라는 명이 있으셨습니다.”

“비무 결과에 상관없이 정의맹을 전력으로 쳐라? 그게 사실인가?”

“네, 저는 분명히 그렇게 명령을 듣고 왔습니다.”

“그래? 허허, 맹주가 이 이제현을 무림에서 고개를 들지 못하게 하려나 보군. 약속도 지키지 못하는 졸장부로 만들 생각인 게야. 그렇지 않나?”

순간 이제현의 눈에서 강한 살기가 위온에게 쏟아졌다. 가뜩이나 이제현의 위세에 질려 있던 위온의 입이 다물어졌다. 한마디만 더 한다면 이제현의 쌍수가 자신의 목을 움켜질 것 같았기 때문이다.

"그래, 자네의 임무는?"

"네… 맹주전의 명을 사천 원정군이 제대로 수행하는지를 보고하라는……."

완전히 기가 죽은 위온의 입에서 가는 목소리가 새어 나왔다. 결국 감시자라는 이야기였다.

"좋아, 좋아. 그렇단 말이지? 내 어찌 맹주전의 명을 거역하겠나. 예까지 오느라 수고가 많았네. 그만 돌아가 쉬게."

갑자기 부드러워진 이제현의 말투에 위온은 살았다는 표정을 지으며 몸을 깊이 숙여 인사하고는 이제현의 천막을 벗어났다.

'비무에 상관없이 공격하라? 아무래도 정말 맹 내에 광검이 말한 세력이 있단 말인가? 일단 다시 광검을 만나 이야기해 보아야겠군. 지금 전면전이라는 것은 곧 양패구상을 말하는 것인데…….'

이제현이 깊은 생각에 잠겨들고 있었다.

'북두회라…….'

정의맹 사천총단에 석산에서 전령이 온 것도 그때쯤이었다. 전령은 원로원의 서신을 사천총단의 총사령 멸절 사태에게 전했다. 멸절 사태는 수뇌부를 자신의 집무전에 모이게 한 후 석산에서 온 전서를 공개하였다.

"이게 무슨 말입니까? 왜 정면 대결을 하지 않느냐니요?"

당선명이 자신의 앞에 있는 탁자를 손바닥으로 내려치며 소리쳤다.

그의 음성에는 은은한 분노의 기운이 깃들어 있었다.

석산에서 온 서신에는 현재 원군의 세력이 패천맹 사천 원정군과 좌웅을 겨룰 만한데 서로 대치만 한 상태가 길어지는 이유를 따지고 있었다.

그리고 즉시 전군을 동원해 사천에 들어온 패천맹의 세력을 몰아내고 석산으로 속히 복귀하라는 것이었다.

"이러한 결정은 누가 내린 것이냐?"

멸절 사태가 서신을 가져온 주작 일호에게 물었다.

"원로원에서 결정한 사항으로 알고 있습니다. 제갈 군사님과 맹주님도 동일한 의견을 내신 것으로……."

"이런이런, 이 사람들 너무하는구나. 자신들의 문파가 손해 보는 것이 싫어 원군에 참여도 하지 않은 사람들이 이런 서신을 보내다니……."

청성의 장문 장구령이 탄식하듯이 입을 열었다.

"알았다. 주작 일호는 그만 석산으로 돌아가도록 하라."

"답을 들어오라는 맹주전의 지시가 있었습니다."

"답을 들어오라?"

"네."

"알았네. 이 문제는 잠시 여러 어른들과 논의를 해보아야 할 것 같으니 자네는 그럼 이곳에서 하루를 묵어가도록 하게. 내일 답을 주겠네."

"알겠습니다, 총사령."

주작 일호가 멸절 사태의 집무전에서 등을 돌려 나갔다. 맹주전을 나서는 주작 일호의 뒷모습을 바라보는 수뇌부의 얼굴은 어두웠다.

"자, 이 일을 어찌했으면 좋겠습니까?"

멸절 사태가 중인들을 돌아보며 물었다. 사람들은 모두 입을 닫고 아무런 말도 꺼내지 않았다.

"당 부단주, 부단주의 생각을 말해 주시겠소?"

멸절 사태의 질문을 받은 당정이 잠시 고개를 숙이고 생각하는 듯하더니 입을 열기 시작했다.

"비무로서 사천의 향방을 가르기로 한 것은 이미 양쪽에서 합의한 내용입니다. 또한 그리하는 것이 수많은 사람들이 피를 흘리는 전면전보다는 훨씬 양측에 유리한 일이라는 것도 불문가지입니다."

당정의 말에 모든 사람들이 고개를 끄덕였다. 최악의 경우 비무에서 패해 사천을 잃는다 하더라도 터전을 내어줄 뿐 문도를 지키게 되므로 향후 다시 실지를 회복할 기회를 엿볼 수도 있는 것이었다.

"한데 석산에서 보내온 내용은 이곳의 사정을 잘 모르고 보낸 서신 같습니다. 만약 이 상태에서 패천맹과 전면전을 벌인다는 것은 양패구상을 의미합니다."

"맞는 말입니다. 어느 쪽으로든 승패야 나겠지만 이기는 쪽이나 지는 쪽이나 결국 거죽만 남게 되겠지요."

점창파의 장문인 이임보였다.

"해서 상황은 약속한 대로 비무로 승패를 결정짓는 것이 맞습니다."

"하면 원로원의 지시를 따르지 말자는 것인가?"

멸절 사태가 당정을 바라보았다.

이것은 중요한 문제였다. 비록 타 문파가 사천으로의 원군을 기피했다고는 하여도 사천의 사대문파는 엄연한 정의맹 소속이었다. 그런데 정의맹 최고의 의결 기구인 원로원의 지시를 따르지 않는다는 것은 곧 앞으로 사천 무림은 정의맹과는 다른 길을 가겠다고 선언하는 것과 다르지 않았다.

당정이 황벽을 바라보았다. 이 상태라면 이제 제갈세가의 일을 말하지 않을 수 없는 상태였다.

황벽도 고민에 빠져 있었다. 제갈세가의 일을 말하는 것이 옳은지를 판단할 수 없었던 것이다. 아직 북두회는 하오문이나 상련에서 자신들의 비밀을 알고 있다는 것을 모르는 상태였다.

만약 이 자리에서 제갈세가의 일을 말하고 이 중 누군가가 북두회의 사람이라면… 저들은 다른 방법을 택할 것이다.

하지만 이 중 북두회의 사람이 있을 가능성은 희박했다. 북두회는 현재 사천 정의맹과 패천맹 사천 원정군의 공멸을 바라고 있었다. 이 중 북두회의 일원이 있었다면 아마도 자신의 문파 정예를 이곳에 투입시키지는 않았을 것이다.

모험이 필요했고, 상황은 모험하기를 강요하고 있었다. 그리고 황벽은 모험을 하기로 결심했다. 이미 막여와 당정이 앞으로의 세부 계획을 수립해 놓고 있는 상황이었다.

황벽이 당정을 보고 고개를 끄덕였다.

"휴……."

당정의 입에서 한숨이 흘러나왔다. 그리고 뒤이어 무거운 음성이 흘러나오기 시작했다.

"여러 어르신께 드릴 말씀이 있습니다."

당정의 무거운 분위기에 사파의 장문인과 멸절 사태가 의아한 듯이 당정을 바라보았다.

"그러니까 오 개월여 전……."

당정이 입에서 자신의 가문에서 벌어진 일부터 최근 제갈성과 혈뇌자의 만남까지의 일이 흘러나왔다.

긴 당정의 이야기가 끝이 났을 때 사람들은 아무도 입을 열지 못했다. 기괴한 침묵이 멸절 사태의 집무전을 집어삼킬 듯 엄습했다.

"결국 무림은 한 가문의 손에 농락당하고 있었다는 말인가?"

당선명의 입에서 분노와 허탈감이 서린 음성이 흘러나와 침묵을 깼다.

"전장에서 보낸 지난 이십 년의 세월이 허탈하군요."

점창의 이임보가 깊은 신음을 내쉬었다.

"그래서, 이제부터의 계획은 무엇인가?"

멸절 사태가 단호한 어투로 당정에게 물었다. 당정이 황벽을 바라보자 황벽이 고개를 끄덕였다.

"일단 우리는 저들의 정체를 대략은 알고 있지만 적의 정확한 세력은 파악이 안 된 상황입니다. 그리고 석산에 이 일을 알릴 수도 없습니다. 정의맹이나 패천맹이나 이미 저들에 의해 많은 부분이 잠식되어 있을 것이기 때문입니다."

사람들이 당정의 말에 모두 고개를 끄덕였다.

"해서 여기 광검 황 대협과 제가 내린 결론은 아군은 숨고 적은 드러나게 한다입니다."

"아군은 숨고 적은 드러나게 한다?"

멸절 사태가 당정의 말을 받았다. 당정이 고개를 끄덕였다.

"그렇습니다. 이미 철마 이제현에게도 황 대협이 이야기를 꺼내놓은 상태입니다. 이번 비무도 이러한 상황에서 양 진영의 정예를 보전하기 위한 조치였습니다."

옳은 말이었다. 비무 결정이 양 진영의 격돌을 지금까지 막고 있는
것은 사실이었고, 대외적인 명분도 충분했다.

문제는 앞으로의 계획이었다.

"어떻게? 어떻게 아군은 숨고 적은 드러나게 한다는 말인가?"

당선명의 물음에 다들 당정을 바라보았다.

"금선탈각에 조호이산을 쓸 생각입니다."

"금선탈각에 조호이산이라?"

고개를 끄덕인 당정이 중인들에게 오랫동안 앞으로의 계획을 설명
하였고, 중인들은 신중하게 계획의 세부적인 사항들을 점검해 나갔다.
회의는 밤이 깊어지도록 계속되었다.

그날 밤 이미 자정을 넘긴 시간, 두 명의 인영이 정의맹 사천총단을
빠져나왔다. 그들은 버젓이 나 있는 정문을 놓아두고 높게 솟아 있는
방책을 소리없이 넘어 평원으로 숨어들었다. 그리고 그들이 도착한 곳
은 패천맹의 맹도들이 숙영을 하고 있는 무위산의 패천맹 막사였다.

비록 삼엄한 경비가 세워져 있는 곳이었지만 호정단 순찰조 진봉의
앞을 막을 수는 없었다. 과거의 직업적 특성을 살린 진봉의 움직임은
뒤를 따르는 황벽조차도 감탄을 자아낼 만했다.

잠결에 갑자기 자신의 눈앞에 나타난 황벽을 보고 이제현이 놀란 것
도 다 진봉의 솜씨 덕이었다.

"금선탈각에 조호이산이라……. 알겠네."

황벽의 설명을 모두 들은 이제현의 대답이었다.

그리고 다시 새벽의 어둠을 뚫고 진봉과 황벽은 평원을 가로질렀다.

새벽빛이 가뭇하게 평원에 드리워질 때 그들은 이미 자신들의 숙소에 들어 아침을 맞고 있었다.

다음날 주작 일호는 원로원의 명을 따른다는 사천총단의 결정을 받아 들었다. 단, 비무는 계획대로 진행될 것이고 격전은 그 이후라는 단서가 붙었다.

사천총단의 답을 받아 든 주작 일호가 바람같이 석산으로 향할 때 패천맹 막사에서도 위온이 이제현으로부터 맹주전의 결정을 받아들인다는 말을 듣고 있었다. 단, 비무는 예정대로이고 격전은 이후라는 말과 함께.

그리고 위온은 다시 하나의 말을 더 들어야 했다.

바로 이번 비무 참가자 사 인 중 자신의 이름이 들어 있다는 것이었다.

끝없이 펼쳐진 넓은 평원에 하나의 섬처럼 우뚝 솟아 있는 송림. 그 앞에 며칠 전부터 거대한 비무대가 마련되기 시작했다.

서로의 목을 노리는 패천맹과 정의맹이 함께 비무대를 세우는 일에 참여했으며, 대가 세워지는 동안 그들은 칼을 들지 않았다.

대는 삼 일에 걸쳐 세워졌다. 대를 세우느라 송림에서 몇 개의 아름드리 소나무가 베어져 나갔다.

완성된 후 평원에서 이틀 동안 홀로 밤을 지샌 거대한 비무대는 삼 일째 되던 날 평원 가득 밀려드는 손님을 맞이하고 있었다.

비무대의 서쪽에는 이제현이 이끄는 이백여 명의 패천맹도들이 운집해 있었고, 동쪽에는 멸절 사태 이하 이백여 명의 정의맹 사천총단 무사들이 들어서 있었다.

이십여 개의 의자가 양옆에 마련되었고, 양편의 수뇌부가 의자에 앉아 곧 시작될 비무를 기다리고 있었다.

높다랗게 하늘로 치솟은 창에는 각 문파의 이름이 새겨진 깃발이 평원을 지나는 바람에 휘날리고 있었다.

양 진영이 모두 자리를 잡자 정의맹 쪽에서 한 명의 인영이 비무대 위로 올라섰다.

황벽이었다.

황벽은 가볍게 이제현을 향해 포권을 취했다.

"오늘 이렇게 비무에 응해 주신 철마 이제현 어른께 감사드립니다."

황벽의 인사에 이제현이 가볍게 고개를 끄덕였다.

"아시다시피 오늘의 비무는 사천 무림의 주인을 가리기 위한 자리입니다. 이미 지난 몇 달간의 전쟁으로 양편이 흘린 피는 충분합니다. 더 이상의 희생을 막고자 오늘 비무가 마련되었습니다. 저는 이 비무를 처음 제안한 사람으로서 양측의 총사령에게 묻고자 합니다. 두 분은 이번 비무의 결과에 승복하시겠습니까?"

황벽이 먼저 이제현을 바라보았다.

"승복하겠네."

이제현이 사방에 들릴 수 있도록 진기를 불어넣어 대답하였다. 비록 낮은 목소리였지만 이제현의 진기가 실린 음성은 비무장 곳곳에 또렷하게 울려 퍼졌다.

이제현의 답을 들은 황벽이 이번에는 멸절 사태를 돌아보았다.

"동의하겠소, 황 대협."

멸절 사태도 순순히 동의의 의사를 표현했다.

"자, 양측의 최고 통솔자 두 분의 동의가 있었으니 저는 이만 물러나겠습니다. 비무는 양측에서 네 분의 고수가 나올 것이고, 가급적 승패가 가려지면 피를 보는 일이 없기를 바랍니다. 그럼 무운을!"

황벽이 가볍게 날아 내려 정의맹 측의 한 옆을 차지하고 있는 설연과 엽강에게로 갔다.

그리고 곧 정의맹 쪽에서 한 명의 인영이 비무대 위로 올라갔다.

청성파의 문주인 장구령이었다. 그러자 패천맹 쪽에서도 한 명의 인영이 비무대 위로 날아올랐다.

양의였다.

"청성의 장구령이오."

"장강수로채의 양의라 합니다."

두 사람이 서로에게 포권을 취해 예를 표했다. 이때 장내에서는 약간의 소란이 일었다. 이미 이번 비무에 참가하는 사람들의 명단은 공개되어 있었다.

정의맹 쪽에서는 청성 장문인 장구령, 점창 장문인 이임보, 당문의 당정, 아미의 임혜련이 나서고 있었고, 패천맹 쪽에서는 패천사룡 중 등애와 양의, 그리고 이제현의 대제자인 소도성과 천마궁의 대제자 위온이 나서고 있었다.

그래서 사람들은 패천사룡과 신오제 두 명 간의 대결을 기대하고 있었던 것이다.

한데 의외로 양의가 청성문주 장구령을 맞으러 나온 것이다. 승패를 떠나 중인들 사이에서 실망의 탄성이 새어 나왔다.

하지만 비무대 위의 두 사람은 이미 서로를 바라보며 검을 뽑아 들고 있었다.

먼저 움직인 사람은 장구령이었다. 장구령은 청성의 절기인 청운적하검을 극도로 연마한 것으로 소문이 나 있었다. 청성의 검은 비록 무당이나 화산의 웅장함이나 화려함은 없었지만 그 검의 날카로움은 결코 두 문파에 뒤지지 않았다.

장구령이 한 발을 내딛어 선제의 기를 잡아가자 양의가 한 발을 옆으로 비틀어 정면에서 겨누어지는 장구령의 칼끝을 피했다. 그러자 다시 장구령이 검을 수평으로 세워 자신의 가슴 앞에 가로로 가져다 대었다. 방어의 초식이었다.

순간 양의가 사양치 않고 장구령을 향해 날아들었다.

양의의 검이 강렬한 햇빛을 반사시키며 장구령의 머리 위로 떨어져 내리자 장구령이 기다렸다는 듯이 수평으로 세웠던 자신의 검을 쳐올리면서 양의의 검을 맞아갔다.

챙!

두 개의 검이 부딪치는 소리가 비무대 주변에 울려 퍼졌다. 그리고 두 사람의 신형이 바람같이 돌아가기 시작하였다. 시퍼런 검기가 두 사람 주위를 감싸자 사람들은 두 사람의 신형을 제대로 볼 수조차 없었다.

“와!”

비무대 주위에서 함성이 터져 나왔다. 화려한 두 사람의 몸놀림과 검술이 사람들의 탄성을 자아내게 했던 것이다.

“과연 청성의 검은 대단하구나!”

이제현이 혼자말로 중얼거렸다.

“하하하, 하지만 수룡왕 양의가 약간의 승기를 잡고 있는 듯합니다.”

옆에 있던 서린이 얼굴에 웃음을 띠며 말하자 이제현의 고개가 끄덕
여졌다.

역시 패천사룡이었다. 비록 장구령의 검이 양의의 검을 맞아 대등하
게 엉키고 있었지만 조금씩 양의의 힘에 밀려나고 있었던 것이다.

"이익."

약간씩 뒤로 밀리던 장구령이 수세에서 벗어나기 위해 크게 한 번
칼을 휘둘러 양의를 물러나게 한 후 자신도 십여 보 뒤로 물러나 자세
를 가다듬었다.

"과연 청성의 검이 소문과 같습니다, 어르신."

양의가 장구령을 보며 입을 열었다.

"아닐세. 과연 패천사룡의 이름은 허명이 아니었어. 늙은 몸으로 감
당키가 쉽지 않구먼."

장구령의 진심에서 나오는 소리였다.

"과찬이십니다. 어찌 수십 년을 검도에 매진한 원로의 깊이를 따르
리까."

"하하하, 내 얼굴에 금칠을 하는군 그래. 이보게, 나는 이미 힘이 빠
지고 있다네. 이번 한 수로 승부를 결해야 할 것 같네만."

"좋습니다. 한 수에 승부를 걸도록 하지요."

말을 마친 양의가 검을 들어 자신의 가슴 앞에 세웠다. 그러자 양의
의 몸이 가느다란 검에 가려 장구령의 시야에서 사라졌다.

그리고 잠시 후 양의의 검이 수평으로 세워지는가 싶더니 어느새 장
구령을 향해 날아들기 시작하였다.

"합!"

장구령이 기합을 내지르며 양의의 검을 맞아갔다. 하지만 양의의 검

은 마치 장구령의 검을 타고 오르듯 장구령의 손목을 향해 날아들고 있었다. 장구령이 손목을 보호하기 위해 급히 몸을 옆으로 돌리자 기다렸다는 듯이 양의의 검이 그의 가슴을 쓸어갔다.

"헉!"

장구령의 입에서 헛바람이 새어 나왔다. 그리고 양의와 장구령이 동시에 신형을 멈추었다. 잠시 비무대 위에 침묵이 흘렀다.

"자네가 이겼네. 손속에 사정을 둔 점 감사하네."

침묵을 깨는 장구령의 목소리였다. 양의의 검이 장구령의 가슴 앞섶을 자르고 지나간 것이었다. 만약 양의가 조금의 진기만 더했어도 장구령의 가슴은 양의의 검에 갈리었을 것이다.

양의가 검을 거꾸로 세워 두 손을 잡고 포권을 취해 보였다.

"양보해 주셔서 감사합니다, 어르신."

"좋은 검이었네."

두 사람이 서로에게 인사를 하고 비무대를 내려갔다.

"와아아아아!"

순간 패천맹 진영에서 환성이 터졌다.

개전을 승리로 장식한 패천맹도들의 사기가 하늘을 찌를 듯 올라갔다. 반면 정의맹 쪽에는 조용한 침묵이 흘렀다.

잠시 후 비무대에 다시 한 사람이 올라섰다. 패천맹 이제현의 대제자 소도성이었다. 그러자 정의맹 쪽에서 임혜련이 비무대로 올라섰다.

"이거, 패천사룡과 신오제가 서로 피하는 것 아니야?"

양 진영의 무사들 사이에서 웅성거림이 새어 나왔다.

"하지만 아직 묵룡과 독수가 남아 있으니 기다려 보자구."

"글쎄, 내가 보기에는 서로 피하는 것이 확실한 듯한데."

무사들의 웅성거림을 뒤로하고 두 사람이 비무대 위에 마주 섰다.

"패천맹이 소도성이오."

"대명은 익히 들어 잘 알고 있습니다. 아미의 임혜련이라고 합니다."

"하하하, 대명이라니요. 오히려 신오제의 명성을 귀가 따갑게 듣고 있었습니다."

소도성의 장쾌한 웃음이 허공에 울려 퍼졌다. 그의 웃음은 삽시간에 비무대 주위의 무거운 분위기를 일신시키는 기운이 서려 있었다.

"과연 철마의 대제자답구나."

멸절 사태가 한바탕의 웃음으로 장내의 분위기를 일신시키는 소도성의 기세에 머리를 끄덕였다. 하지만 비무대 위의 임혜련은 조금의 흐트러짐도 없이 검을 뽑아 들고 있었다.

"선수를 양보하지요."

소도성이 임혜련에게 선수를 양보했다. 여인에 대한 배려인 듯. 하지만 사양할 임혜련이 아니었다. 그녀의 몸이 허공으로 치솟으며 검이 휘둘러졌다.

허공에서 소도성을 향해 뻗어진 임혜련의 검이 수십 개로 불어나며 지욱한 검영을 그려냈다.

순간 소도성의 몸이 옆으로 삼 장이나 이동하면서 임혜련의 검세에서 벗어나려 하였다. 하지만 임혜련의 검은 어느새 다시 소도성의 신형을 따라붙고 있었다.

"합!"

소도성의 입에서 기합이 터지면서 그의 검이 머리 위에서 땅을 향해 떨어져 내렸다. 순간 소도성을 따라붙던 임혜련의 검기가 반으로 갈라졌다.

순식간에 두 사람의 신형이 벌어졌다.

"좋은 공격에 좋은 방어로군."

엽강이 입을 열었다. 황벽도 고개를 끄덕였다.

"누가 유리한 것 같나요, 황 가가?"

설연이 옆에서 황벽을 돌아보며 물었다.

"글쎄, 막상막하인걸. 하지만 검의 세기에서 아무래도 임 소저가 좀 나은 듯……."

황벽의 말에 설연이 고개를 끄덕였다. 그녀가 보기에도 소도성의 힘보다는 임혜련의 변화가 조금 앞서는 듯이 보였던 것이다.

그들의 예상처럼 비무대에서는 임혜련이 승기를 잡고 있었다. 그녀의 섬세한 검세는 소도성의 거친 검 중간 중간 나타나는 허점을 집요하게 노리고 있었다.

오십여 초가 지났을 때 소도성의 검을 쓰는 법이 어지러워지기 시작하였다. 반면에 임혜련의 검은 더욱 날카롭게 소도성의 빈틈을 찾아들고 있었다.

"어렵겠군, 어렵겠어. 저놈, 그렇게 패천에게 양보하지 말라 했거늘 기어코 사제에게 양보하더니 오늘 꼴 좋구나."

이제현이 혀를 차고 있었다. 과거 패천사룡의 양성을 위한 인재를 선발할 때 기회를 자신의 사제인 진패천에게 양보한 것을 말하는 것이었다.

"음……."

그때 비무대에서 한마디의 묵직한 신음이 흘러나왔다. 그리고 소도성이 한쪽 무릎을 꿇었다.

그의 한쪽 허벅지에서 혈흔이 보였다. 임혜련의 마지막 검에 허벅지를 내어준 것이다. 잠시 무릎을 꿇고 있던 소도성이 검을 집고 몸을 일으켰다.

"졌소이다. 과연 신오제의 명성이 그대로구려."

"소 대협의 양보에 감사드립니다. 그럼 이만."

임혜련이 가볍게 목례하고는 비무대를 내려갔다.

"와아아아! 최고다!"

이번에는 정의맹 쪽에서 함성이 터져 나왔다. 임혜련의 승리로 승패가 일 대 일로 균형을 이룬 것이었다.

"못난 놈!"

비무대를 내려서는 소도성을 보며 이제현이 혀를 찼다.

"죄송합니다, 사부. 역시 신오제가 무섭군요."

소도성이 이제현에게 고개를 숙여 보였다.

"이놈, 그렇게 매일 놀기만 하더니 꼴 좋구나. 이번 일이 끝나면 폐관할 준비나 하거라!"

"하하하. 알겠습니다, 사부. 그리하지요."

소도성이 패자답지 않은 호탕한 웃음을 터뜨렸다. 그리고는 패천맹 두들이 서 있는 뒤편으로 걸음을 옮겼다.

"속없는 놈 같으니. 지고도 뭐가 좋은지."

"하하하. 부맹주, 오히려 보기 좋습니다. 역시 광마의 호탕함은 다른 사람의 기분을 좋게 하는군요. 앞으로 크게 될 것입니다."

옆에서 서린이 입을 열었다. 하지만 제자의 패배를 바라보는 사부의 표정은 펴질 줄 몰랐다.

이때 다시 비무대 위에 또 한 명이 올라서고 있었다. 갑자기 패천맹도들 사이에서 함성이 터져 나왔다.

독수 등애가 비무대에 오른 것이다.

모든 사람들의 시선이 당정에게로 향했다. 천독림과 당문의 대결, 그들이 기대하는 것이었다. 정사 독의 명가의 대결이자 패천사룡과 신오제의 대결인 것이다. 하지만 당정은 움직일 줄을 몰랐다. 그리고 잠시 후 사람들은 실망의 탄성을 쏟아내야 했다.

점창의 장문인 이임보가 모두의 기대와는 달리 정의맹을 대표해 비무대에 올라섰기 때문이다.

"거봐, 패천사룡과 신오제는 일부러 승부를 피한다니까. 서로 확실한 승리를 챙기자는 것이지."

"정말 그런가 보이. 이거 보통 실망이 아닌걸. 오늘 무림 초유의 대결을 보나 했더니."

"아직 실망하지는 말게. 혹시 아나 의외의 결과가 나올지."

사람들은 실망의 쏟아내면서도 비무대 위에서 시선을 떼지 않았다.

"천독림의 등애라 합니다."

"점창의 이임보네."

등애와 이임보는 인사를 나눈 뒤 바로 대결에 들어갔다. 이임보는 검을 꺼내 들었고, 등애는 적수공권이었다.

등애는 자신이 손에서 가죽 장갑을 벗지 않고 있었다. 의미는 간단했다. 비무이고 목숨을 노리지는 않는다는 것. 독수가 독의 사용을 포기한 것이다.

하지만 수공만으로도 등애의 무공은 놀라웠다. 이임보가 펼치는 사일검법의 살벌함을 뚫고 등애는 끊임없이 이임보에게 접근해 갔다.

일반적으로 적수공권으로 적을 상대할 때는 적에게 얼마나 유효하게 접근하느냐가 승패를 갈랐다.

비무의 진행은 간단했다. 등애는 끊임없이 이임보에게 접근할 기회를 노렸고, 이임보는 검을 휘둘러 등애의 접근을 막았다.

막상막하의 대결이 어느덧 백여 초를 지나고 있었다. 등애의 우세를 점쳤던 사람들은 이임보가 선전하자 탄성을 지르기 시작했다.

"와아! 대단하다!"

사람들은 보통 약자의 편에 서게 마련이었다. 이임보의 선전은 정의맹뿐 아니라 패천맹의 사람들에게도 감탄의 탄성을 나오게 하고 있었다.

하지만 백 초가 지나면서 서서히 전력의 우열이 드러나기 시작하였다. 이임보의 보법이 눈에 띄게 느려진 것이다.

"합!"

등애의 입에서 기합성이 터져 나왔다. 그리고 그의 오른손이 이임보의 옆구리에 가볍게 닿았다가 떨어졌다. 순간 이임보가 움직임을 멈추었다. 그리고 그는 검을 자신의 검집에 넣었다.

"좋은 비무였네."

"양보해 주셔서 감사합니다."

두 사람의 승패은 이미 갈려 있었다. 비록 아주 야차게 옆구리를 허용한 이임보였지만, 만약 등애가 손에서 가죽 장갑을 벗었을 경우를 생각한다면 이미 이임보의 몸에 독이 퍼지고 있었을 것이다.

이임보는 그 사실을 알고 자신의 패배를 순순히 인정한 것이다.

"무인이군."

이제현이 순순히 패배를 인정하는 이임보를 보며 고개를 끄덕였다.

"정말 무인이군요."

옆에서 서린도 제자의 승리보다는 이임보의 깨끗함에 찬사를 보내고 있었다.

"자, 이제 문제의 그 대공자이신가?"

이제현이 입에서 위온이 언급되었다.

원래 위온은 이번 비무의 대상이 아니었다. 하지만 그가 비무 바로 전에 이곳에 도착하였고, 만약 그가 아니면 서린이 비무에 나서야 했다. 천독림에서 두 명의 비무자를 내보내는 것은 모양새가 좋지 않았다. 한데 마침 그때 위온이 도착한 것이다.

위온은 비무 요청을 순순히 받아들였다. 과거 엽강에게 상한 오른팔은 그 이후로 신경이 끊어져 사용하지 못하고 있었으므로 위온은 왼손으로 좌수검을 익히고 있었다.

이제현에게 위온의 비무 승낙은 예상치 못한 것이었다.

비록 사성 중 한 명인 양청길이 위온을 살폈다 하더라도 불과 몇 달 사이에 익힌 좌수검으로 비무에 나선다는 것은 무리한 일이었던 것이다.

한데 위온은 비무를 승낙했다, 그것도 아주 기다렸다는 듯이.

'무언가 한 수가 있다는 것인가?'

비무대 위에 올라선 위온을 이제현이 의혹에 찬 눈으로 바라보았다.

"당정이 나올 텐데 위험하지 않겠습니까?"

"그의 생사는 문제 삼지 않기로 했소."

이제현이 말에 서린의 눈이 커졌다.

"아니, 그럼?"

"어차피 함께 비밀을 공유할 수 없는 자이오. 어떻게든지 해결이 필요했소."

이제현의 말에 서린이 고개를 끄덕였다. 그도 이미 이제현을 통해 제갈가와 북두회의 존재를 알고 있었다.

"맹주나 군사가 문제 삼지 않을까요?"

"비무 중에 일어난 일이고 자신이 승낙한 일이니 일단은… 그리고 어차피 우리에게 필요한 건 시간이니까. 그들이 문제 삼는다 해도 상관없소. 어차피 가는 길도 다른 듯한데."

이제현의 말에 서린이 고개를 끄덕였다. 이미 양청길과 혈뇌자는 그들과 가는 길이 다르다는 것을 알고 있는 서린이었다.

두 사람의 시선은 다시 비무대 위로 향했다.

위온이 비무대 위로 올라오는 당정을 바라보고 있었다. 상대는 신오제의 한 명인 묵룡 당정이었다. 하지만 위온의 표정에는 어떤 자신감이 깃들어 있었다.

"저놈 무얼 믿고 나왔지?"

엽강이 황벽을 돌아보았다.

"분명 그때 나에게 오른팔을 상했는데… 다시는 사용하기 힘들 정도로."

"아마도 그의 오른팔은 지금도 사용하지 못하는 것 같으이."

황벽의 말에 엽강이 비무대 위로 고개를 돌렸다. 과연 위온은 자신의 왼손에 검을 들고 있었다.

"좌수검을?"

"그럴듯하군. 그간 좌수검을 익힌 듯하네."

이때 옆에 서 있던 설연이 두 사람을 돌아봤다.

"두 분이 아는 사람이에요?"

"좀 아는 사이가 아니지. 저 위온이라는 자는 몇 개월 전만 해도 우수검을 사용했어. 설 매, 그가 좌수검을 들게 만든 장본인이 바로 이 친구야. 상련의 일 때 우리의 앞을 막았었지."

황벽의 설명에 설연이 고개를 갸웃거렸다.

"그렇다면 정말 이상하군요. 겨우 몇 달 만에 좌수검을 익혀 신오제를 상대하려 하다니."

"그래, 확실히 이상하기는 해. 뭔가 한 수가 있다는 것인가?"

모든 사람이 위온의 행동에 의구심을 품고 있을 때 비무대위에서는 이미 두 사람이 격돌하고 있었다.

사람들의 예상과 같이 위온은 당정에게 처음부터 밀리고 있었다. 당정도 위온에게 암기와 독을 사용하고 있지 않았다. 위온의 좌수검은 꽤 현란했지만 익힌 지 얼마 안 된 탓에 그 깊이가 얕았다.

"이얍!"

이미 승기를 잡고 있던 당정이 승부를 빨리 끝내려는 듯 순식간에 위온의 검 사이로 파고들며 그의 오른쪽 무릎을 왼손으로 강하게 가격했다.

"악!"

순간 위온이 무릎에 강력한 통증을 느끼며 한쪽 무릎을 비무대에 꿇었다. 순간 당정이 몸을 뒤로 뺐다.

승부는 결정난 것이다. 당정은 이미 승부를 결정지었기에 추가적인 공격 없이 신형을 뒤로 물린 것이다. 그리고 위온이 일어나면 인사를 하고 내려가려고 위온이 일어나기를 기다렸다.

끌어올렸던 진기는 이미 풀어버린 지 오래였다.

하지만 위온은 자리에서 일어나지 않고 있었다. 그의 고개는 계속 비무대의 바닥을 향해 있었다. 사람들은 위온이 무릎에 타격이 심해 일어나지 못하는 것이라 생각했다. 당정도 그리 생각하고 그를 부축해 일으키기 위해 한 걸음 앞으로 내디뎠다.

"조심해!"

황벽의 입에서 고함이 터져 나왔다. 황벽의 소리에 당정이 순식간에 온몸에 진기를 끌어올렸다.

그 순간 위온의 오른손이 당정을 향해 뻗어 나왔다. 그리고 그의 오른손에서 검은 바늘과 같은 것이 쏟아져 나왔다.

"암기다!"

사방에서 함성이 터져 나왔다. 당정은 순간적으로 몸을 회전시켜 진기로 온몸을 감싸며 날아오는 암기를 튕겨냈다. 하나 모든 암기를 피해낼 수는 없었다.

몇 개의 암기가 그의 다리에 꽂혔다. 위온의 얼굴에 쾌재의 빛이 돌았다. 망가져 더 이상 쓸 수 없던 그의 오른팔에는 극독을 묻힌 암기가 숨겨져 있었던 것이다.

"이놈!"

당정은 순식간에 퍼져 오르는 독을 느끼며 위온을 바라보았다. 웃고 있던 위온은 당정의 분노에 찬 시선을 받고는 금세 얼굴이 굳었다. 바로 쓰러져야 할 놈이 아직 서 있었던 것이다.

당정의 신형이 끊임없이 흔들리며 그의 팔이 소매 속에 들어갔다 나왔다. 순간 하늘에 검은 구름이 일듯 비무대 위가 온통 검은 암기로 뒤덮였다.

"만천화우!"

사람들의 입에서 탄성이 흘러나왔다. 자욱한 암기의 구름이 하늘을 온통 검게 채우고, 사람들의 시선을 가로막았다. 그리고 잠시 후 검은 암기의 비가 멎고 사람들이 비무대 위를 보았을 때 그들은 고통에 찬 신음성을 내며 녹아내리는 위온을 볼 수가 있었다.

"네놈이… 네놈… 컥."

위온은 마지막 말을 마치지 못하고 비무대 위에 몸을 뉘었다. 당정의 신형도 끊임없이 흔들리고 있었다. 독 암기를 맞은 후 무리하게 진기를 끌어올린 탓에 독이 빠르게 그의 몸에 퍼지기 시작한 것이다.

"정아!"

순간 당선명이 비무대 위로 뛰어올라 쓰러지는 당정을 안아 세웠다. 그리고 즉시 당정을 안아 들고 비무대를 날아 내려 후방의 막사로 이동했다.

이 일련의 사태에 양맹의 사람들은 당황하고 있었다. 그리고 아무도 말을 꺼내지 못하고 있었다.

이때 철마 이제현이 일어나 멸절 사태를 바라보았다.

"사태, 비무는 무승부로 끝났구려. 전쟁은 계속될 것이오. 우리는 사람을 잃었소."

이제현의 말에는 분노가 섞여 나오고 있었다.

멸절 사태도 지지 않고 이제현의 말을 받았다.

"시작은 그쪽에서 먼저였어요. 정의맹도 걸어오는 싸움을 마다하지는 않겠어요."

둘의 시선이 허공에서 엉켰다. 그리고 잠시 후 철마 이제현의 사자후가 터졌다.

"돌아간다! 이 순간 이후부터 다시 전쟁이다! 가자!"

그리고는 순식간에 몸을 날려 말에 올라 자신들의 숙영지가 있는 무위산 방면으로 달려가기 시작했다. 그 뒤로 아직도 상황 정리가 되지 않은 패천맹도들이 어리둥절한 가운데 부지런히 이제현을 따라가기 시작했다.

정의맹의 수뇌와 맹도들은 멀어지는 패천맹을 허탈하게 바라보고 있었다. 피 흘리는 것을 막기 위해 시도한 비무는 결국 더 큰 원한을 남기고 끝이 났다. 내일부터, 아니, 바로 이 순간부터 다시 이 평원은 전장으로 바뀐 것이었다.

어느새 해가 서쪽의 지평선 너머로 기울어지면서 송림을 중심으로 평원에 붉은 핏빛 노을을 뿌려대고 있었다.

제48장
사천대전(四川大戰)

무림에 하나의 소문이 퍼지고 사람들은 혈풍을 이
야기했다. 소문의 진원지는 사천이었다. 정의맹 사천총단과 패천맹 사
천 원정군의 사천을 둔 비무에서 패천맹의 대공자 위온이 정의맹의 신
오제 당정의 만천화우에 목숨을 잃었다는 것이다.

위온이 먼저 악랄한 독수를 썼다느니, 또는 위온의 암수를 맞은 당
정도 사경을 헤매고 있다느니 하는 이야기들도 있었으나, 오직 위온이
죽었다는 것과 철마 이제현이 전쟁을 선언했다는 사실만이 세인들의
주목을 끌었다.

사람들은 숨죽여 사천을 주시했다. 언제, 어떤 방식으로 양측이 충
돌할지 누구도 섣부른 예상을 내놓지 못했다. 정의맹 석산 총단이나
패천맹의 감숙 총단도 침묵을 지키기는 마찬가지였다. 무림은 잠시 정
지 상태에 놓여 있는 듯했다.

그리고 패천맹 사천 원정군이 움직인 것은 비무가 있은 후 보름 뒤의 일이었다.

깊은 밤 어둠이 깔린 평원을 수없이 많은 인영들이 가로지르고 있었다. 천으로 말의 입과 말굽을 싸 소리를 죽였고, 사람과 사람의 간격은 일 장 이상으로 벌어져 서로 부딪치는 것을 방지하였으며, 아무도 입을 여는 사람이 없었다.

길을 떠난 지 두 시진이 지나서 평원을 가로지른 인영들 앞에 높은 목책으로 둘러싸인 정의맹 사천총단이 눈에 들어왔다. 곳곳에 밝혀져 있는 횃불 사이로 번을 서는 무사들이 보였다 사라졌다.

가슴까지 드리워진 긴 수염, 빛이 없어 더욱 빛나는 눈, 그리고 꽉 다문 입술, 주위 사람들을 주눅 들게 만드는 기세, 패천맹 사천 원정군의 총사령 이제현이 이 일단의 무리 선두에서 말을 몰고 있었다. 그 뒤로 독마 서린과 소도성, 그리고 패천사룡의 이 인 양의와 등애가 따르고 있었다.

조용히 전진하던 일행이 정의맹 총단이 오십여 장 떨어진 어둠 속에서 멈추어 섰다. 이제현의 손이 들려진 것이다.

"모두 자신이 한 일을 잘 알고 있겠지?"

이제현이 말에 서린과 소도성, 그리고 등애와 양의가 고개를 끄덕였다.

"그럼 이제 시작하지. 자, 가자!"

이제현의 말이 끝나자 사방에서 패천맹의 검은 인영들이 정의맹 총단을 향해 달려나가기 시작했다.

가장 앞서 달리는 사람은 등애와 양의였다. 그들은 순식간에 방책의 앞에 다다르더니 몸을 허공에 띄웠다.

정의맹의 경계 무사들이 벌 떼처럼 몰려드는 패천맹도들을 발견한 것은 이미 양의와 등애의 검이 검집째 그들의 눈앞에 다다랐을 때였다.

"적… 컥!"

미처 적의 침입을 알리기도 전에 정의맹의 무사가 땅에 쓰러졌다.

"적이다!"

"적이다!"

그제야 적의 침입을 알아차린 다른 무사들의 함성이 터지고 적의 공격을 알리는 타종 소리가 총단 전체에 울려 퍼졌다.

땡땡땡땡!

요란한 종소리와 함께 이미 패천맹의 선봉은 정의맹 사천총단 깊숙이 들어서고 있었다.

그러나 이때 어둠에 숨어 밀려드는 패천맹도들을 바라보고 있는 수백 명의 눈들이 있었다. 황벽과 오십 명의 호정단도 그 속에 있었다.

"이제 시작인가?"

엽강의 입에서 작은 속삭임이 흘러나왔다. 황벽의 고개가 조용히 끄덕여졌다. 그리고 멀리서 누군가가 외치는 큰 소리가 들려왔다.

"공격!"

양의와 등애가 이끄는 패천맹도들은 방책을 넘으면서부터 뭔가 이상하다는 생각을 하고 있었다. 정의맹의 저항이 예상외로 약했던 것이다. 그리고 그들은 정의맹 사천총단 중앙에 들어섰을 때 그 이유를 알 수 있었다.

정의맹 총단은 텅 비어 있었던 것이다. 그리고 그들이 잠시 비어 있는 총단의 중앙에서 당황하는 사이 사방에서 불화살이 쏘아 올려졌다.

“와아아아!”

그리고 불화살이 오르는 것을 신호로 사방에서 화살이 날아오기 시작했다.

“속았다! 함정이다!”

패천맹도들이 우왕좌왕하면서 사방에서 밀려드는 화살을 쳐내고 있었다.

“어억!”

“악!”

몇 명의 패천맹도가 화살을 맞고 쓰러졌다.

“후퇴하라! 총단 밖으로 나간다!”

철마 이제현이 뒤에서 선봉을 따라 들어오다가 적의 함정을 눈치채고는 맹도들을 물리기 시작했다. 하지만 앞으로 달려나가는 말은 바로 뒤로 돌릴 수는 없는 법이었다.

화살에 다시 얼마간의 패천맹도가 쓰러진 후에야 그들은 겨우 방향을 돌릴 수 있었다. 그리고 그 뒤로 정의맹 사천총단의 고수들이 따라붙기 시작했다.

한번 밀리기 시작한 전세는 급격하게 패천맹의 패퇴로 이어졌다. 패천맹도들은 어느새 정의맹 총단을 벗어나 있었지만, 뒤에서 무섭게 짓쳐드는 정의맹에 계속 밀리고 있었다.

“돌아간다!”

이제현이 입을 열자 소도성이 전군에 퇴각 명령을 내렸다.

“돌아간다! 목적지는 무위산이다!”

이제현이 이끄는 패천맹 사천 원정군의 퇴각이 시작되고, 그 뒤로 수백의 정의맹도들이 추격을 시작했다. 그 선두에는 호정단이 있었다.

호정단의 일곱 개 조 중 여섯 개 조가 말 머리를 나란히 하고 후퇴하는 패천맹도를 추격하고 있었다. 그리고 그 십여 장 뒤에 우세남이 이끄는 칠조가 따라붙었다.

순식간에 넓은 평원이 쫓고 쫓기는 수백 명의 사람들로 가득 찼다. 쫓는 사람도 필사적이었고 쫓기는 사람도 필사적이었다. 어느새 송림을 지난 패천맹도들의 눈에 멀리 무위산 앞 자신들의 숙영지가 보이기 시작했다.

"산으로 든다! 산에서 적을 맞는다!"

이제현의 목소리가 전장에 울려 퍼졌다. 그러자 퇴각하던 패천맹도들이 자신들의 숙영지를 지나쳐 무위산으로 숨어들었다.

패천맹을 추격하던 정의맹은 일단 무위산 앞에서 걸음을 멈추고 전력을 재정비했다.

가장 선두에 섰던 호정단이 멈추어 서 있는 동안 뒤따르던 사대문파가 속속 도착했다.

"이제 시작해야 할 때인가요?"

멸절 사태가 황벽을 보며 물었다.

"네, 총사령. 이제 시작입니다."

"긴 밤이 되겠군요."

멸절 사태의 말에 황벽도 고개를 끄덕였다. 긴 밤이 될 것이다, 패천맹에게도 정의맹에게도.

"진격!"

멸절 사태의 입에서 큰 소리의 진격 명령이 내려지고 수없이 많은 인영이 무위산으로 들어갔다.

어둠에 싸인 무위산에서는 검과 검이 부딪치는 소리와 사람들의 신음 소리가 그날 밤 내내 들려왔다.

그리고 새벽이 가까워지는 어느 순간 산 정상에 두 명의 인영이 마주 서 있었다. 주위에는 숨죽인 듯한 고요가 흘러 오늘 이곳에서 전쟁이 있었다는 사실을 믿기 어렵게 하고 있었다.

"여기까지 왔군."

철마 이제현이 황벽을 보며 입을 열었다. 그는 상당히 지쳐 있는 듯 얼굴에는 피곤한 기색이 역력했다. 하지만 그의 눈에는 생기가 흐르고 있었다.

"이제 도박의 시작인가?"

황벽의 귀에만 들릴 정도로 낮은 목소리가 이제현의 입에서 흘러나왔다.

"네, 먼 길 편히 가시기를."

순간 황벽의 검이 허공을 격하고 이제현을 찔러갔다. 이제현이 자신의 검을 들어 막았으나 황벽의 검은 어느새 이제현의 왼쪽 가슴을 찌르고 있었다.

"컥!"

검이 들어갔다 나온 자리에서 피가 솟구쳤다. 그리고 이제현의 몸이 뒤로 주춤주춤 물러나기 시작하였다.

두 사람의 결투를 지켜보던 수많은 무사들이 어둠 속에서 숨을 죽였다. 그 순간 한 명의 인영이 장내로 뛰어들었다.

"사부!"

그리고 그 인영은 철마 이제현을 안듯이 받아 들고는 산 아래로 달려 내려가기 시작했다. 이제현의 대제자 광마 소도성이었다.

"쫓아라!"

숨어서 황벽과 이제현의 결투를 보고 있던 정의맹도들의 입에서 커다란 함성이 터져 나오며 소도성의 뒤를 따라 후퇴하기 시작한 패천맹도들을 추격하기 시작했다. 무위산이 다시 함성과 신음 속에 휩싸였고, 어느새 새벽이 밝아오기 시작했다.

*   *   *

무림에 다시 하나의 소식이 전해지고 사람들은 광검과 사천 사대문파의 이야기로 밤을 새우고 있었다.

이 달 그믐에 벌어진 사천대전에서 패천맹 사천 원정군이 전멸했다는 소식이 무림에 전해진 것이다.

비무에서 위온의 죽음으로 촉발된 양 진영의 전쟁은 정의맹의 함정에 패천맹이 걸려들면서 정의맹 쪽으로 전세가 기울었고, 무위산에서 광검 황벽이 철마 이제현의 가슴에 검을 꽂음으로서 승부를 결정지었다고 전해졌다.

비록 가슴에 칼을 맞은 이제현이 그의 제자 소도성에 의해 구함을 받기는 하였으나, 결투를 지켜본 사람들의 말에 의해 그가 살아날 수 없을 정도의 중상을 입은 것으로 알려졌다. 하지만 비록 사천의 사대문파가 승리를 하기는 했지만 그 피해도 만만치 않은 것으로 전해졌다.

신오제 중 당정과 임혜련이 패천사룡 양의와 등애를 맞아 싸우다 양패구상을 했다는 말도 들려왔다. 사천 사대문파에서 당정과 임혜련이 차지하는 비중은 엄청났다. 구원으로 간 호정단을 제외할 경우 둘은 실질적인 사천정의맹 최고 고수였던 것이다.

사대문파 문도들의 손실도 엄청났다. 각 문파에서 이번 사천대전에 동원된 숫자는 총 팔백여 명. 이중 살아남은 사람은 채 이백이 되지 않는다고 했다.

사대문파가 비록 승리했지만, 문파의 존립이 위협받는 상황에 이른 것이다. 상처뿐인 승리였다.

그 와중에도 한 조직의 이름이 중원을 떨쳐 울리기 시작하였다. 바로 정의맹 전투 조직인 호정단의 이름이었다.

호정단은 이번 전투에서 가장 선두에 있었을 뿐 아니라, 황벽이 철마 이제현을 제거함으로써 이제 중원에서 가장 유명한 조직이 되었다. 또한 그들은 이번 전투에서 오십여 명의 조직원 중 겨우 다섯 명이 중상을 입었을 뿐 별다른 피해를 보지 않아 전쟁이 끝난 이후에는 사천 사대문파의 문도를 대신해 정의맹 사천총단의 명맥을 유지하는 제일의 세력으로 부상해 있었다.

그 소식이 무림에 전해지자 과거 호정단원의 모집 때 호정단에 들기를 꺼렸던 많은 명문세가의 제자들이 땅을 치며 후회했다는 소문도 들려왔다. 또한 호정단 각 조의 조장들은 하나하나 그 이름이 무림에 알려지기 시작하였다.

결국 사천대전은 패천맹 사천 원정군과 정의맹 사천 사대문파의 양패구상 속에 호정단이라는 한 조직의 이름만이 전 무림에 떨치는 결과를 가져왔던 것이다.

사천대전이 있은 지 열흘이 지난 후 정의맹 사천총단은 이제 어느 정도 전투의 흔적을 정리해 가고 있었다. 하지만 정리되어진 총단은 초라하기 그지없었다.

한때 일천 명 이상의 사람들이 머물던 곳에는 이제 겨우 이백오십여 명의 사람들이 머물러 있을 뿐이었다. 거기에다 남아 있는 이백오십여 명의 사람들 중 호정단 오십여 명을 제외하고 건강한 몸으로 움직일 수 있는 사람은 겨우 백여 명에 지나지 않았다. 사천 무림은 괴멸 상태에 이른 것이다.

사람들은 사천 사대문파가 과거의 세력을 회복하려면 아마도 십 년 이상의 시간이 필요할 것이라는 데 의견을 같이하고 있었다.

다행인 것은 사천 사대문파의 장문인들이 모두 건재하다는 것이었다. 그들이 건재하다면 시간은 걸리겠지만 언젠가는 사대문파가 다시 예전의 세력을 회복할 수 있을 것이다.

그들의 문파에는 아직 이번 전투에 참여시키지 않은 제일 낮은 항렬의 이십 세 이하 제자들이 남아 있었다. 십 년 정도 시간이 흐른다면 그들이 다시 사천 사대문파를 제자리에 돌려놓을 것이다. 사천은 이제 십 년의 긴 세월을 기다리려 하고 있었다.

*　　　　*　　　　*

"그들은 잘 움직였겠지요?"

멸절 사태가 입을 열었다. 사천 정의맹 총단이었고, 멸절 사태의 집무실이었다.

"아마 지금쯤 황하의 한가운데에 있을 것입니다."

황벽이 멸절 사태의 물음에 대답했다. 장내에는 멸절 사태와 사대문파의 장문인, 그리고 황벽과 설연, 막여가 있었다.

"저들이 과연 움직일까요?"

이번에는 당선명이 입을 열었다. 당선명의 표정은 어두웠다.

"아마도 이번 사천대전의 결과가 양패구상으로 끝났다는 것은 저들의 의도에 들어맞는 결과이니, 결국 그들이 무림에 모습을 드러낼 것입니다."

막여의 신중한 응대였다.

"조호이산이라……."

다시 당선명의 혼잣말이 흘러나올 때 멸절 사태가 입을 열었다.

"소림이 중요합니다."

"소림이요?"

"그렇습니다. 소림은 사실 정의맹에 속해 있으나 불문의 문파라 영인 선사의 지시에 의해 정의맹의 일에 깊이 관여치 않고 있습니다. 따라서 현재 석산에도 겨우 삼십여 명의 인원만을 보내놓고 있는 실정이지요."

소림은 무림의 태산북두였다.

한 문파가 무림의 태산북두에 오른다는 것은 단순히 무력만으로 가능한 일이 아니었다. 그동안 무림에는 수많은 문파의 흥망이 있어왔고, 한때나마 소림보다 강한 무력을 보유한 문파도 여럿 있었다.

하지만 소림은 항상 무림의 태산북두에서 내려오지 않았다.

그것은 소림이 가지는 상징성 때문이었다. 소림이 가지는 수행의 한 방편으로서의 무(武)라는 것은 자칫 가장 천박한 것으로 떨어지기 쉬운 무를 자신을 수행하는 도구로 자리매김하게 함으로써 무림인들에게 일종의 정신적 자존심을 채워주고 있었던 것이다.

해서 무림인들은 소림이 막강한 전력을 가지고도 무림의 일에 깊이 관여하지 않는 것에 대해 불만을 말하지 않았다. 소림은 단지 숭산에 있는 것만으로도 자신의 역할을 다하고 있었던 것이다.

"저들이 만약 소림을 굴복시킨다면 전세는 저들에게 유리하게 돌아갈 것입니다.”

“소림이 저들에게 동조할 리가 없지 않습니까?”

당선명의 반문이었다.

“동조는 아니더라도 봉문하거나 침묵한다면 말입니다.”

“침묵이오?”

“그렇습니다. 소림이 침묵한다면 중원에서 그들에 대항할 무력이 사라지는 것입니다.”

“음, 그렇군요. 그렇다면 누군가 이 일을 소림과 상의해야 하지 않겠습니까?”

“시간이 너무 촉박합니다. 아마 저들은 이번 대전 소식을 듣는 즉시 움직일 것입니다.”

“하면 누가……?”

“쉽게 소림에 들 수 있고 영인 선사를 접견할 수 있는 위치의 사람이어야 할 텐데…….”

멸절 사태가 말꼬리를 흐렸다.

“어쩌면 제가 마땅한 사람을 알고 있을 수도 있겠습니다.”

“황 대협께서요? 그게 누구입니까, 황 대협.”

“상련에 제 친구가 있습니다. 허승이라고…….”

“상련 총순찰!”

황벽의 말에 사람들이 모두 고개를 끄덕였다. 그들도 이번 북두회의 음모를 밝히는 데 허승이 가장 중요한 역할을 했다는 것을 잘 알고 있었다. 또한 상련 총순찰이라는 직책만큼 영인 선사를 접견하기에 좋은 직책도 없을 것이다.

비록 소림이 고행을 하는 스님들이 모인 곳이라 해도 그들도 먹고는 살아야 했고, 해마다 엄청난 시주금이 상련에서 소림으로 간다는 것을 사람들은 잘 알고 있었다.

"그게 좋겠군요. 상련 총순찰이라면 가장 적당할 것 같습니다."

당선명이 고개를 끄덕였다.

"하면 이 일은 황 대협께서 그리 처리해 주시지요."

멸절 사태가 황벽을 바라보며 웃음을 지었다.

"알겠습니다. 그리하지요."

"그러면 이제 저들의 움직임만 기다리면 되는 것인가요?"

설연이었다.

"일단은 이곳 총단을 옮겨야 할 것입니다."

그동안 잠자코 있던 막여가 입을 열었다. 사람들의 시선이 막여에게 모아졌다.

"총단을요?"

황벽이 막여를 바라보았다.

"그렇다. 이곳은 사실 감숙의 패천맹을 막기 위해 자리한 곳이었다. 하지만 이제는 바뀌었지. 이제 적은 북쪽이 아닌 동쪽, 즉 중원에 존재한다. 당연히 총단의 위치를 변경해야겠지."

막여의 말은 현 정세에서 지극히 타당한 것이었다. 적은 이제 중원에 있었다. 그들이 이들의 의도대로 몸을 드러낸다면 당연히 하남이나 호북이 되리라. 산서는 그들의 고향이었지만 그들이 몸을 나타낼 곳은 아니었다.

"하면 어디로?"

"성도에 동으로 사흘을 가면 섬서와 맞닿은 경계에 천수산이라는 곳이 있습니다. 천수산은 호북과 섬서 하남에 오 일 길이 채 안 되는 거리입니다. 저들이 어디에서 일을 벌인다 하더라도 쉽게 이동할 수 있습니다. 그리고 만약 저들이 우리 쪽의 일을 알아채고 공격해 온다 하더라도 산과 강이 험해 충분히 오랜 시간 지구전을 할 수도 있을 겁니다. 요충지이지요.”

“천수산이라…….”

“또한 황하로 연결되는 지류가 있지요.”

“황하와 연결되는 지류요?”

“그렇습니다. 현재 우리의 상황에서 황하와 연결되는 물길이 있는 곳에 자리를 잡는 것이 중요합니다. 우리 전력의 칠 할이 황하에 떠 있을 것이므로.”

사람들은 막여의 말에 고개를 끄덕였다.

“그럼 그리하기로 합시다. 최대한 빠른 시일 내에 이곳을 정리하고 천수산으로 진영을 옮깁시다. 각 장문인께서도 그리 준비해 주시기 바랍니다.”

멸절 사태의 말을 끝으로 사람들이 집무전을 빠져나갔다.

황벽은 호정단의 숙소로 돌아오자마자 설산을 불러 허승에게 보내는 전서를 전했다.

그날부터 총단은 짐을 꾸리는 사람들의 움직임으로 부산해졌다. 이미 한 번의 전투로 황폐해질 대로 황폐해진 사천총단을 이백오십 명의 잔존 인원이 떠난 것은 그로부터 다시 오 일이 지난 후였다.

＊　　　＊　　　＊

산서의 백우산으로 수십 마리의 전서가 날아들었다.

　언제부터인가 산서 일대에는 수많은 인영들이 나타나기 시작했고, 그들의 발걸음은 모두 백우산으로 향하였다. 백우산 인근 사람들의 말로는 적게는 오백에서 많게는 천을 이야기였다.

　하지만 한번 백우산에 든 사람들은 다시는 밖으로 나오지 않았다. 사람들은 도대체 백우산의 어디에 그 많은 사람들이 있을 수 있는지 고개를 갸웃거렸다.

　"이제 사천의 일은 정리가 된 것이냐?"

　제갈천이 제갈성을 보고 묻는 말이었다.

　"네, 할아버님. 이번 사천의 일은 저희의 의도대로 마무리되었습니다. 다만……."

　"다만?"

　"사천 사대문파의 장문인들이 살아 있다는 것이 좀 아쉽기는 합니다."

　"허허허, 네가 욕심이 많구나. 철마 이제현이 죽었고 신오제와 패천사룡 네 명이 죽었다. 이미 사천의 전력은 그들의 전성기에 이 할도 못 미치고 있어. 그것을 가지고 그들이 어찌 북두회에 반항할 수 있겠느냐?"

　"그렇기는 합니다만."

　"걱정할 것 없다. 일단 중원의 일이 정리되면 사천에 사람을 보내 그들의 굴복을 받아내면 되는 것이야."

　"알겠습니다."

　"이제 중원의 일에 치중할 때다. 사천에서 정의맹과 패천맹 양맹은 자신들 전력의 삼 할을 잃었다. 석산과 감숙의 격돌을 유도해 다시 양

패구상을 이끌어낸다면 무림은 자연히 우리의 손에 들어오게 될 것이
야."

"장소는?"

"아무래도 석산의 앞마당인 천사평이 좋겠지. 그곳이 중원의 중심이
니 앞으로 북두회는 그곳에서 무림을 다스릴 것이다."

"하면 이곳은?"

"이곳은 이제 버려야 할 때가 되었다. 그동안 서장이나 북해의 인물
들과 각지의 북두회 무인들이 이곳에 집결하는 바람에 주변의 시선을
너무 끌게 되었어. 곧 이곳을 나가 석산으로 향하자꾸나. 그곳에서 모
든 것을 정리하자."

"알겠습니다, 할아버님. 아버님과 숙부님께 그리 전하도록 하겠습니
다."

일성 제갈천과 칠성 제갈성은 그 뒤로도 한동안 대화를 계속했다.
백우산의 북두회 총단이었다.

*　　　　*　　　　*

허승이 화려한 마차에 금령과 함께 몸을 싣고 상련 총단을 나서고
있었다. 매, 난, 국, 죽 사 인의 호련사가 말을 타고 마차를 호위하고
있었고, 금적산이 총단의 문앞까지 나와 일행을 배웅하고 있었다.

"잘들 다녀오거라."

금적산이 웃는 얼굴로 허승과 금령을 바라보며 말했다.

"련주님, 그럼 다녀오는 동안 건강하시기 바랍니다."

"갔다 올게요, 할아버지."

금령이 환하게 웃으며 인사를 했다. 그녀는 처음으로 허승과 상련을 벗어나 여행하게 되었으므로 기대감에 부풀어 있었다.

"허, 그 녀석. 이 할아비와 떨어져 있는 것이 그리도 좋단 말이냐?"

"참, 할아버지도… 며칠 못 보는 것을 무얼 그래요. 금방 다녀올 테니 보고 싶어도 조금만 참으세요."

"허허허. 그래, 알았다, 이 녀석아. 소림은 엄숙한 곳이니 행여 가서 소란 부리지 말거라."

"치. 제가 뭐 어린앤가요?"

"알았다, 알았어. 그나저나 자네."

"네, 련주."

금적산의 부름에 허승이 금적산을 바라보았다.

"영인 선사를 만나면 내가 안부를 전하더라 이르고, 이번 일의 중함을 누구보다 잘 알 것이니 부디 신중에 신중을 기하시게. 혹여 소림에도 눈이 있을까 두려우이."

"알겠습니다, 련주. 최대한 조심하도록 하지요."

"그래, 그럼 어서 떠나게나."

"네, 련주."

인사를 마친 허승과 그 일행이 상련을 벗어나 소림이 있는 숭산을 향해 말을 몰기 시작하였다.

"아무 일 없어야 할 텐데……."

"상련이 매해 이맘때쯤 소림을 방문한다는 것은 이미 널리 알려진 사실입니다. 아무 일 없을 것이니 너무 걱정 마십시오, 련주."

기리계가 금적산을 돌아보며 말했다.

"그렇겠지요? 허허허, 늙으면 걱정만 는다더니… 자자, 들어갑시다.

총순찰이 없는 동안 우리가 련의 일을 보아야 하니."

멀리 사라져 가는 마차를 본 후 금적산과 기리계가 몸을 돌려 총단 안으로 걸음을 옮겼다.

상련 총단을 벗어난 마차는 빠르게 숭산을 향해 달리고 있었다. 상련 총단과 숭산은 마차로 채 오 일이 걸리지 않는 가까운 거리에 있었다.

허승은 마차에 탄 채 어린아이처럼 좋아하는 금령을 놓아두고 깊은 생각에 잠겨 있었다.

황벽의 서신에 의해 사천의 일을 알고 있는 허승으로서는 이번 소림행의 중요성을 잘 알고 있었다.

'소림과 낭인대 하오문을 엮으면 어느 정도의 세력은 될 터인데……. 하나 소림 속에 그들이 없다고 장담할 수 없으니……. 휴, 영인 선사를 만나볼 밖에.'

마차는 어느새 황하를 따라 달리고 있었다.

"와! 멋져요, 오라버니!"

금령의 탄성에 허승도 고개를 돌려 마차에 난 작은 창을 통해 굽이쳐 흐르는 황하를 바라보았다. 황하는 평온했다. 몇 개의 배들이 고기잡이를 하는지 강 위에 떠 있었다.

허승의 얼굴에 문득 웃음이 깃들었다. 어린 시절 바닷가에서 황벽 등과 함께 배를 몰고 바다로 향하던 생각이 떠올랐다.

'다시 돌아갈 수 있을까?'

허승은 이 몇 년 동안 자신에게 일어난 일들의 무게가 과거 황벽 등과 함께한 노룡촌 세월의 무게보다 훨씬 무겁다는 것을 느끼고는 숨이 가빠왔다.

'돌아갈 수만 있다면…….'

허승은 복잡하게 얽힌 무림의 일을 생각할 때마다 단조로운 생활이 이어지던 노룡촌의 삶이 그리워지곤 했다. 하지만 지금은 돌아갈 수 없었다. 아직 그에게는 할 일이 남아 있었던 것이다.

"앞에 누군가가 있습니다."

그때 가밀의 말이 들려왔다. 허승은 가밀의 말에 상념에서 벗어나 마차 밖을 내다보았다. 한 떼의 사람이 몇십 장 앞에서 그들을 바라보고 있었다.

"워어!"

마부의 말 세우는 소리와 함께 마차가 관도 한가운데 세워졌다.

"누구시오?"

가밀의 목소리가 들려왔다.

"혹 안에 타신 분이 상련 총순찰 허승 대인이시오?"

길에 서 있던 사람 중 한 명이 입을 열었다.

그러자 미처 가밀이 대답을 하기도 전에 허승이 마차에서 내리며 입을 열었다.

"내가 허승이오만."

"안녕하십니까, 허 대인. 경종이라 합니다. 낭인대를 맡고 있습니다."

"아, 경 대협! 우리 예전에 한 번 본 적이 있지요?"

허승이 아는 척을 하자 경종이 얼굴에 웃음을 띠었다.

"잊지 않고 계셨군요. 저는 잊기를 바랐습니다만. 하하."

"하하, 그 일이 없었으면 낭인대와 우리와의 만남도 없었을 텐데요?"

“하긴 그렇군요. 저희 낭인대에게는 좋은 일이기도 했군요.”

“한데 여기는 어찌……?”

그는 산서에 있어야 할 사람이었다.

“황 대협에게서 전서를 받았습니다. 혹 허 대인에게 무슨 일이 생길지도 모르니 뒤를 맡으라는.”

허승이 고개를 끄덕였다. 황벽도 혹 소림에 북두회의 눈이 있을까 그것을 걱정하고 있는 것이었다.

“그리고 어차피 저들의 실체가 드러난 이상 낭인대도 전력을 재정비할 필요가 있습니다. 해서 일단 낭인대의 거처를 이곳 하남으로 옮기기로 했습니다. 일이 벌어진다면 하남이나 뭐 호북, 그 정도일 테니까요.”

경종의 말에 허승도 고개를 끄덕였다. 역시 과거 낭인대의 군사 역할을 했던 경종의 판단은 정확했다.

북두회가 일을 벌인다면 산서가 아닌 하남과 호북, 둘 중 하나이리라. 그렇다면 낭인대의 무력이 쓰일 곳도 이 두 곳이므로 하남에 자리를 잡는 것은 적절한 판단이었다.

“잘하셨습니다. 재정은 걱정 마십시오. 상련에서 뒤를 책임지겠습니다.”

“감사합니다, 대인. 하지만 저희를 삼 년간 고용하실 때 황 대협이 주신 금전도 충분하니 너무 신경 쓰지 않으셔도 됩니다.”

그동안 낭인대에는 충분한 재정적 지원이 상련을 통해 이루어지고 있었다. 산서에서 북두회의 근거지를 살피는 일에 전 낭인이 투입되어 있었고, 이에 대한 재정은 상련에서 맡아왔던 것이다. 경종은 이미 고용된 몸에 계속적인 재정 지원이 미안했던 것이다.

"하하하, 괜찮습니다. 그거야 그야말로 고용의 대가였고, 지금의 비용은 활동비로 생각하시면 됩니다."

"그리 말씀해 주시니 감사합니다."

경종이 머리를 숙여 보였다.

"그래, 그럼 저와 함께 소림까지 가시겠습니까?"

"네, 그러지요. 하지만 저희들이 눈에 띄면 오히려 안 좋을 수 있으니 저희는 산길을 통해 이동하도록 하겠습니다."

"불편하시겠습니다."

"괜찮습니다. 오히려 산이 더 편합니다."

"하하, 알겠습니다. 그럼 소림에서 나오면 다시 뵙지요."

"그럼!"

경종이 허숭에게 가볍게 인사를 하고 총총히 자리를 떠나 길옆에 난 숲으로 사라졌다. 멀어지는 경종을 바라보고 있던 허숭이 마차에 오르자 마차는 다시 강을 따라 숭산으로 달리기 시작했다.

"오라버니, 저들은 누구예요?"

금령이 허숭을 보고 물었다.

"저들? 아, 낭인대 사람들을 말하는 거구나."

"낭인데요?"

"그래, 금 매는 낭인대에 대해 들어본 적 없어?"

"듣기야 들었지요. 한데 저들이 왜……?"

금령은 허숭의 이번 소림행에 포함된 속뜻을 모르고 있었다. 그저 단순한 방문으로 알고 있었던 것이다.

"사실은 저들이 황벽에게 고용되었거든. 해서 내가 이곳을 지나는 것을 알고는 인사차 들른 거야."

"황 대협께요?"

금령의 물음에 허승이 고개를 끄덕였다.

"황 대협은 참 돈도 많으시네요. 그런데 저들을 뭐 하러 고용했지?"

고개를 갸우뚱하는 금령에게 허승은 저들을 고용한 돈이 자신의 돈이며, 그들이 소림까지 자신을 암중리에 호위하고 있다는 사실을 말할 수는 없었다.

그저 작은 웃음만 흘려 보일 뿐이었다.

허승 일행이 소림에 닿은 것은 상련 총단을 나선 지 나흘 만의 일이었다. 서두른 탓에 일정이 단축된 것이다.

"어디서 오는 분들이십니까?"

소림의 정문을 지키고 있던 지객승이 의례적인 물음으로 허승 일행을 맞았다. 허승 일행은 숭산 아래의 객잔에 말과 마차를 맡기고 걸어서 소림에 오르는 중이었다.

"네, 상련의 허승이라 합니다."

"아, 상련 총순찰이셨군요. 잠시만 기다리십시오. 안에 연통을 하겠습니다."

지객승 중 하나가 빠르게 문 안으로 사라졌다. 잠시 후 안에서 몇몇 승인이 바쁜 걸음으로 걸어 나왔다.

"허 총순찰, 어서 오십시오. 연락을 받고 기다리고 있었습니다. 소림의 광인이라 합니다."

그중 선두에 선 스님이 허승에게 합장을 해 보였다.

"광인 선사셨군요. 상련의 허승입니다. 이렇게 번거롭게 해드려서

죄송합니다."

"번거롭다니요. 허허허, 상련이 소림에 쓰시는 신경에 비하면 이 정도는 번거롭다 말하기 부끄럽지요."

광인 선사가 웃으며 입을 열었다.

광인 선사는 정의맹 청룡단주인 광료 신승의 사형이었다. 평소 그 본신내력을 드러내지 않고 항상 말로써 모든 일에 대처하였으므로 법명에 인(仁) 자가 들어 있는 것이었다.

광인 선사의 법명은 바로 영인 선사가 내린 것이었는데, 영인 선사의 눈에도 광인 선사의 사람됨이 보였던 것이리라. 현재 소림은 장문인인 대비 선사가 정의맹에 나가 있었으므로 모든 일을 광인 선사가 맡아 하고 있는 실정이었다.

"자자, 밖에서 이럴 것이 아니라 안으로 드시지요."

"네, 그럼 하룻밤 신세를 지겠습니다."

두 사람은 어깨를 나란히 하고 소림의 문을 넘었다. 그 뒤를 매, 난, 국, 죽 사 인의 호련사와 금령이 따르고 있었다.

그리고 숭산의 동편 한쪽으로 허승이 소림에 드는 그때, 한 무리의 인영들이 조용히 노숙할 준비를 하고 있었다. 경종과 그를 따르는 낭인대 대원들이었다.

제49장
숨겨진 것들

따스하게 내리쪼이는 햇살, 짚으로 이엉을 엮어 얹은 지붕, 그리고 한 칸의 방과 하나의 부엌, 다섯 사람 이상은 도저히 앉을 수 없어 보이는 마루.

허승이 영인 선사가 거주하는 소림의 뒤편 숲에 있는 작은 암자를 찾은 것은 그가 소림에 도착한 다음날 오전이었다.

영인 선사는 비록 사성의 일원이기는 했지만, 직접 무림에 나와 손을 쓴 것이 이미 사십여 년 전의 일이었다. 그때에도 그는 무림 최고수로 불리었다. 그리고는 자신이 강호에 나서 손을 쓴 것이 부끄럽다며 이곳에 오두막을 짓고 은거한 지 사십여 년, 그는 지난 무림대전 때도 결코 소림의 문밖을 나서지 않았다.

그럼에도 사람들은 그를 사성의 가장 위에 넣기를 주저하지 않았다. 그만큼 그의 이름이 무림에서 가지는 비중이 컸다.

이제는 늙어 밭일을 할 수 없는 시골 노인. 허승이 영인 선사를 처음 보고 느낀 감정이었다. 허승이 영인 선사를 찾았을 때 영인 선사는 조용히 툇마루에 앉아 따스하게 내리쪼이는 햇살을 즐기고 있었다.

"어디서 온 누구신가?"

이 한마디의 질문은 받는 사람에 따라 아주 많은 의미로 해석될 수 있는 질문이었다. 깨달음을 찾는 승인에게는 고승이 내리는 하나의 화두로 들릴 수도 있는 질문. 하지만 허승은 상인이었고 세속의 사람이었다.

"상련에서 일하는 허승이라 합니다."

허승이 공손히 합장하고 허리를 굽혀 인사했다.

"상련이라. 내 밥을 먹여주는 사람이었구만. 이리 와 앉게. 볕이 좋네."

영인 선사가 옆으로 비켜 앉으며 툇마루의 한 부분을 나누어주었다.

"감사합니다, 선사님."

"선사는 무슨… 아직 나도 찾지 못한 늙은이에게. 그냥 중이라 부르게."

나직한 웃음이 영인 선사의 입가에 머물렀다.

허승이 영인 선사가 비워준 자리에 가만히 앉았다. 그러자 따스한 볕이 그의 무릎에 내려와 앉았다.

"좋지 않은가?"

영인 선사가 깊은 눈으로 허승을 바라보았다.

"좋군요."

허승은 영인 선사의 분위기에 감화되어 자신이 앉아 있는 자리가 지금까지 자신이 속했던 그 어느 자리보다 삶의 충만함으로 가득 차 있는 듯 느껴졌다.

두 사람은 그렇게 한동안 조용히 앉아 침묵 속에 머물렀다.

"그래, 무슨 일인가?"

먼저 침묵을 깬 것은 영인 선사였다. 이쯤 되었으면 자신을 찾아온 이유를 말해 보라는 것이었다.

"선사 무림에 일이 생겼습니다."

순간 영인 선사의 얼굴이 약간 찡그려졌다.

"허 시주, 지금 나에게 피를 이야기할 셈인가?"

허승이 영인 선사를 바라보았을 때 영인 선사는 듣기 힘든 소음을 듣는다는 듯한 표정을 지어 보였다. 순간 허승은 자신이 이 성스런 노승의 공간에서 세속의 일을 입에 담는 것이 매우 부끄럽게 느껴졌다. 하지만 어느 순간 영인 선사의 얼굴이 다시 편안한 상태로 돌아갔다.

"허허, 나도 아직 멀었구만. 피가 나올 때가 되면 나오는 것을 무에 그리 까탈스럽게 구노. 자자, 시주, 말해 보게."

"네. 죄송합니다, 선사."

허승이 천천히, 가능하면 조리있게 무림에서 일어난 일을 설명했다. 가급적 필요없는 말을 삼가하느라 오히려 말하는 시간보다 생각하는 시간이 길었다.

하지만 영인 선사는 아무런 말도 없이 허승의 말이 끝날 때까지 기다렸다.

"호, 제갈천이?"

영인 선사가 허승의 말을 모두 듣고 나서 처음 한 말이었다.

"아십니까?"

"알지, 잘 알지. 과거 제갈세가의 문주에 오르기 전 그를 만난 적이 있었네. 한데 의외이군."

"네?"

"그때 그는 뛰어난 두뇌의 소유자이기는 했으나 세상을 보는 눈이
그리 매섭지 않았는데 그가 어찌 이런 일을 꾸몄을까?"

영인 선사는 과거 강호에 잠시 나갔을 때 제갈천을 볼 기회가 있었
다. 제갈천보다 십여 세 연상이었던 영인 선사는 그에게서 한 명의 뛰
어난 천재를 보았을 뿐 효웅을 보지는 않았던 것이다.

"내가 사람을 잘못 보았는가?"

"그것은 아닌 것 같습니다. 선사께서는 잘못 보지 않으셨을 겁니
다."

"응?"

허승의 말에 영인 선사가 허승을 바라보았다. 허승은 제갈천이 문주
에 오른 후 구대문파로부터 겪은 일을 설명했다.

"그는 아마 그 일 이후 무림을 통제할 생각을 한 듯합니다."

허승의 말에 영인 선사가 고개를 끄덕였다.

"허허, 역시 세상일이란 것은 모두 업을 따라가기 마련이지. 결국 무
림의 입장에서 보자면 자업자득이 아닌가?"

"하지만 좀 지나치지 않습니까?"

"이보게, 젊은 시주. 세상에 피라는 것도 다 흘릴 이유가 있기 때문
에 흘리는 것이라네. 무림이 제갈천에게 주었다는 그 수모가 피로 돌
아왔을 뿐이니 누굴 원망하겠는가?"

"하지만 이미 충분하지 않습니까? 상황을 보니 지난 일차무림대전
도 그가 개입하지 않았다고는 말하기 어렵습니다."

"그래서 자네는 지금 이 늙은이에게 무림에 나서라는 것인가?"

영인 선사가 웃으며 허승을 바라보았다.

"어찌 제가 선사의 청정을 깨라는 말씀을 드리겠습니까? 단지……."

"단지?"

"소림의 무승들이 좀 나서 달라는 것이지요."

"그 문제라면 장문인에게 이야기하지 않고?"

"대비 선사께서는 지금 정의맹에 계시고, 정의맹은 이미 저들의 시선이 미치지 않는 곳이 없습니다."

"하면 광인에게 말해 보든지."

"광인 선사께서 선사의 답을 얻어오면 그리하시겠다고……."

"허허허. 광인 이 사람이 나를 지옥에 빠뜨리려 하는구먼."

"죄송합니다, 선사. 하나 소림도 무림의 일부이니……."

허승이 다시 고개를 숙였다.

"밥값을 해라?"

"어찌 그리……."

"하하하. 좋아, 좋아. 거기 법철 있느냐?"

갑자기 영인 선사의 음성이 커졌다.

"네, 여기 법철 대령입니다, 사조."

소림에서 오두막으로 오는 숲길에서 한 명의 승려가 모습을 드러냈다. 그는 바로 무림대회에서 고봉정에게 패한 법철이었다. 법철은 고봉정에게 패한 후 백호단에 들지 않고 소림에 돌아와 있었던 것이다.

"네가 거기 숨어 있었으니 광인도 있겠구나."

영인 선사의 말에 다시 숲에서 한 명의 노승이 나타났다. 바로 광인 선사였다.

“광인 이 사람, 나에게 무슨 빚이라도 있나?”

“무슨 말씀이시온지……?”

“이미 세속을 잊은 나에게 세속의 일을 보내다니.”

그제야 광인 선사는 영인 선사의 말뜻을 알고 깊이 허리를 숙였다.

“죄송합니다. 다만 장문인이 없는 상태에서 저 혼자 결정할 일이 아닌 듯하여.”

“됐네, 됐어. 나도 이 청정이 오래 계속되기를 원한다면 무림이 안정되어야겠지. 그래, 허 시주. 우리 소림이 어찌하였으면 좋은가?”

“소림을 숨겨주십시오.”

“소림을 숨겨?”

“네, 선사.”

그리고 허승이 다시 황벽에게서 온 전서에 적힌 계획을 세 사람에게 말했다. 세 사람이 허승의 말을 듣고는 고개를 끄덕였다.

“그 황벽이라는 친구 어떤 젊은이인가?”

“네?”

의외의 질문에 허승이 고개를 들어 영인 선사를 바라보았다.

“그 사천에 있다는 자네 친구 말이네.”

“아, 네, 그냥 뭐 삼 년 전만 해도 뱃사람이었습니다만.”

“뱃사람? 한데 어찌 그가 지금은 천하에 이름을 떨치고 무림의 구원이 되었지?”

“네, 그것은 저 때문이라고 할 수도 있습니다.”

허승이 다시 황벽의 지난 일과 상련행에 대해 이야기하였다.

“허! 허 시주, 자네는 그 업을 어찌 다 감당하려 하나.”

“네, 무슨 말씀이신지……?”

"결국 자네가 친구를 무림에 들인 게 아닌가?"

영인 선사의 말에 허승도 고개를 끄덕였다. 어쩌면 그가 황벽을 자신의 상행에 끌어들이지 않았다면 그는 아마도 무림의 일에 관여치 않았을 수도 있었다. 하지만 그는 곧 고개를 저었다.

비록 그가 황벽을 끌어들이지 않았어도 황벽은 자신의 사부나 설연을 찾아 무림에 나왔을 것이다. 그러면 또 자연히 무림의 일에 개입하였을 것이다.

그런 생각의 변화를 읽은 듯 영인 선사가 가만히 미소를 지었다.

"하하하, 농이니 너무 그리 신경 쓰지 말게. 그게 그 친구의 운명이었다면 아마 자네가 아니더라도 그 친구는 무림의 일에 관여하게 되었을 거야. 원래 세상에 공짜가 없는 법이거든."

즉, 무공을 얻었으면 또한 그에 합당한 일이 주어진다는 것이었다.

"자, 그건 그렇고, 어떻게… 광인 자네가 가겠나?"

그러자 광인 선사가 고개를 가로저었다.

"장문인이 없으니 저마저 자리를 비우기는 힘듭니다. 그렇다고 면벽에 드신 분들을 불러낼 수도 없고."

소림에는 영인 선사 이외에도 자신들만의 거처를 정하고 선도를 닦는 많은 고승들이 있었다. 그들은 아무리 무림에 급한 일이 생겨도 결코 자신의 수련을 멈추지 않았다. 영인 선사도 고개를 끄덕였다.

"불도의 길을 가는 사람들을 불러낼 수는 없지. 법철아!"

"예, 사조."

"네가 나서거라."

"제가요?"

"그래. 너는 아직 젊으니 이번 일을 마치고 불도에 들어도 되리라. 무림에 나서거든 가급적 살생을 피하고."

"알겠습니다, 사조."

"자, 허 시주, 이제 되었는가? 되었으면 이 늙은이는 낮잠이나 좀 자야겠는데."

축객령이었다.

허승과 광인 선사, 그리고 법철이 조용히 영인 선사의 오두막에서 물러났다. 그들이 물러나는 것을 보고 영인 선사가 혀를 찼다.

"쯧쯧. 제갈천 그 친구, 그 나이에 아직 세속의 일을 잊지 못하다니……."

소림제자 법철이 소림에 있던 무승 이백여 명을 이끌고 산문을 나선 것은 그날 밤이었다. 그리고 그들은 숭산의 동편에서 노숙을 하고 있던 낭인대와 만난 후 다시 산을 타고 숭산을 벗어났다.

아무도 그들이 간 곳을 알 수 없었다.

정의맹 석산 총단에서 소림의 무승을 요청한 것은 바로 그 다음날이었다. 소림은 영인 선사의 이름으로 무승들의 출사를 금지했다는 답을 정의맹 총단으로 보냈다.

그때 허승은 이미 낙양으로 이어지는 관도 위에 있었다.

*   *   *

어느 날부터인가 백우산 일대에서 사람들이 하나둘 관도를 타고 떠나가기 시작했다. 그들은 주로 밤을 이용해 백우산을 벗어났지만 하오문과 상련의 눈을 피하기는 어려웠다.

그들 중에는 중원의 승인과는 다른 복장의 승인도 있었고, 온몸이 눈처럼 하얀 일단의 인영들도 포함되어 있었다. 그들은 무리를 짓지 않고 하나둘씩 백우산을 빠져나가더니 어느 날부터 백우산은 사람이 없는 고요한 적막 속에 묻히게 되었다.

그리고 보름달이 떠 있는 어느 날 한 대의 마차가 백우산을 벗어나고 있었다. 마차는 온통 검은색으로 칠해져 있었으며, 마부석에 앉은 사람의 눈빛은 밤처럼 깊어 그가 보통의 마부가 아님을 말해 주고 있었다.

"성아, 백우산 전력은 모두 이동하였느냐?"

"네, 할아버님. 모두 천사평으로 이동시켰습니다."

"그래, 잘했구나. 날짜는 언제로 잡았느냐?"

"앞으로 한 달 뒤로 잡았습니다만."

"한 달 뒤라……."

"아무래도 감숙에서 패천맹이 천사평으로 이동하려면 그 정도의 시간은 필요할 것입니다."

제갈성의 말에 제갈천이 고개를 끄덕였다.

"소림은?"

"이번에 정의맹의 이름으로 무승들의 출사를 요청했지만 영인 선사의 이름으로 거절되었습니다."

"허허허, 역시 영인이야. 그 늙은이가 무림의 일에 제자들의 피를 흘리려 할 리가 없지. 예상했던 결과구나. 결국 소림이 이 정도에서 더 이상의 무력 지원을 않는다면 패천맹과 정의맹은 양패구상에 이를 것이다. 하하하, 우리의 계획대로 일이 진행되는구나."

"할아버님, 이제 우리 제갈세가가 저들의 위에 설 날이 얼마 남지 않았습니다.”

“그래, 다 자업자득이지. 그들이 우리에게 무에 들 것을 요구했으니.”

“할아버님, 한데 이성과 삼성은 어찌하실 요량이신지…….”

“그들이 욕심을 부린다면 이번 기회에 벨 것이다. 그들이 복종한다면 북두회의 일원으로 남아 있겠지.”

“그들의 무공은 상대를 찾기 어렵습니다만, 할아버님께서도 그들 둘을 한 번에 상대하시는 것은…….”

“하하하, 걱정 마라. 만약 저들을 모르는 상태였다면 어려웠을 것이나 지난 무림대전에서 무당과 천마궁의 무공을 이미 다 파악하였다. 무공이 파악된 이상 저들이 이 할아비를 당할 수는 없을 것이야. 비록 둘이 아니라 셋이라도.”

“알겠습니다, 할아버님. 제가 괜한 걱정을 하였나 봅니다. 하면 이제 어디로 가실지? 바로 천사평으로 가실지, 아니면?”

“일단 세가로 가자. 아직 한 달의 시간이 있으니. 그리고 네 무공도 가다듬을 필요가 있어. 아직 패천사룡 한 명과 신오제 두 명이 남아 있다.”

“알겠습니다. 그럼 세가로 가죠.”

제갈성이 마차 밖을 향해 진로를 이르자 마차가 어둠을 뚫고 제갈세가로 방향을 잡고 달려가기 시작했다.

*　　　*　　　*

사천대전이 벌어진 날로부터 한 달여 전, 패천맹 사천 원정군이 유수를 도하할 때 사용한 뗏목이 다시 강물에 떠워졌다. 그리고 수백여 명의 인영이 그 뗏목에 올라타 밤의 어둠을 뚫고 황하를 따라 내려가기 시작하였다.

그리고 어느 순간 차차 뗏목 간의 거리가 벌어지더니 나중에는 뗏목들이 황하의 넓은 강 이곳저곳으로 퍼지다 새벽이 밝았을 때는 뿔뿔이 흩어져 각자 황하를 따라 내려가기 시작했다.

예부터 황하의 상류 지역에서 벌목을 해 벌목한 나무들을 뗏목으로 엮어 황하의 물줄기를 따라 중원으로 내려가는 방식의 임업이 성행했기 때문에 제법 큰 무리로 묶인 일행들도 강변 마을에서는 그저 원목을 이동시키는 제법 큰 벌목꾼들로 생각되어졌다.

십여 개의 뗏목이 강변 갈대 숲에 대어져 있었다. 사람들은 뗏목에서 내려 갈대 숲의 작은 공터에 옹기종기 모여 앉아 이야기를 나누거나, 작은 모포를 이불 삼아 잠을 청하기도 하였다.

그들과 약간 떨어진 곳에 몇몇의 인영이 한 사람을 중심으로 둘러앉아 있었다.

긴 수염에 건장한 체구, 그리고 가슴 언저리를 감은 붕대. 철마 이제현이었다. 무림에 광검 황벽의 칼에 목숨을 잃었다고 알려진 이제현이 황하의 탁류를 바라보며 이렇게 모습을 드러낸 것이다.

이제현만이 아니었다. 지난 사천대전에서 양패구상을 한 것으로 알려진 등애와 양의, 그리고 당정과 임혜련이 이제현과 함께 있었다.

"어르신, 바람이 찹니다. 천막이라도 세울 것을."

"되었네. 다른 사람들로 모두 견디고 있는데 이 정도 추위야 대수겠는가."

“하지만 상처가 덧날 수도 있습니다.”

“허허허. 괜찮아, 괜찮아. 황벽 그 친구, 역시 대단하더군. 검이 위험한 부위는 모두 피해냈어.”

등애의 걱정에 철마 이제현이 너털웃음을 터뜨렸다.

“하나 어르신, 너무 위험한 도박이었습니다.”

당정이 이제현을 바라보았다. 당정의 눈빛은 지난 십오 년간 서로 칼을 겨누고 싸워온 적을 바라보는 눈빛이 아니었다.

당정의 눈에는 진실로 이제현을 걱정하는 마음이 담겨져 있었던 것이다. 아무리 이제현이 정사양도에서 그 인품을 인정받는 무림의 거성이라 하더라도 이러한 당정의 눈빛은 만약 모르는 사람들이 보았다면 그가 정의맹을 배신하고 패천맹에 들었다고 오해할 만한 눈빛이며 행동이었다.

“괜찮네, 당 소협. 이만한 위험을 감수하지 않았다면 아마도 적을 속일 수는 없었겠지.”

“과연 저들이 우리의 계책에 넘어갔을까요?”

다시 당정이 이제현을 바라보았다.

“아마도 그럴 거야. 그것 때문에 천독림주와 도성이 패천맹으로 다시 들어가지 않는가.”

모두들 이제현의 말에 고개를 끄덕였다. 사천대전에서 살아남은 것으로 알려진 독마와 철마의 대제자 소도성은 패천맹 감숙 총단으로 복귀해 있었다. 그것이 이들의 생존을 가리는 큰 역할을 할 것이다.

“사천에서 연락이 있었습니다. 총단을 사천의 동쪽 끝인 천수산으로 옮긴다는 전갈이었습니다.”

당정의 말에 이제현이 고개를 끄덕였다.

"잘 결정한 일이다. 기존의 총단은 중원과 너무 멀어 유사시 대응하기가 어려웠지. 천수산이라면 황하하고도 연결되어 있으니, 만약의 경우 우리가 합류하기도 용이할 것이네."

"아마도 그리들 생각하고 결정한 일인 듯싶습니다."

두 사람의 말에 주위의 사람들도 고개를 끄덕였다.

"자, 얼마나 더 가야 하지?"

"앞으로 닷새는 더 가야 할 듯합니다, 어르신."

이번에는 양의가 이제현의 물음에 답했다. 양의가 이끄는 장강수로채의 인원들은 이번 작전에서 커다란 힘을 발휘하고 있었다. 그들은 몇 명의 소단위로 쪼개져 각각 흩어진 무리마다 한 개 조씩 포함되어 있었다.

장강을 누비던 그들의 배 몰이 솜씨는 이곳 황하에서도 일행들을 목적지까지 안전하게 이동시키는 능력을 발휘하고 있는 것이었다.

"그래, 그 화양도라는 곳은 사람이 머물 만한 곳인가?"

"예, 어르신. 과거 일차무림대전 시 잠시 저희 장강수로채 인원들이 머물렀던 곳인데, 천여 명의 인원은 거뜬히 숨어 있을 만한 곳입니다."

"알았네. 좀 힘들더라도 수로채 형제들이 수고를 좀 더 해주고, 밤에만 이동하느라 낮과 밤이 바뀌어 피곤할 터이니 충분히 휴식을 취해 가며 이동하도록 하세."

"알겠습니다, 어르신."

"그리고……."

이제현이 말끝을 흐렸다. 사람들의 시선이 모두 이제현에게로 향했다.

"이곳에 있는 인원들은 불과 며칠 전만 해도 서로의 목을 노리던 사이였네. 비록 우리 수뇌부들의 설명에 이들도 이번 동행에 대해 이해를 하고 있다손 치더라도 이중에는 과거 자신의 친우나 형제를 잃은 사람들도 있을 것. 각별히 양맹 사람들 사이에 문제가 생기지 않도록 신경들 써야 할 것이네."

철마 이제현의 말에 모두들 고개를 끄덕였다.

이제현의 말처럼 이번 패천맹과 사천 정의맹의 동행은 무리한 면이 적지 않았다. 비록 제삼의 적을 맞이하기 위한 동거이지만 무림일차대전을 포함해 지난 십오 년간 쌓인 원한이 어찌 하나둘이겠는가. 이제현은 그것을 걱정하고 있었다.

"어르신, 이번 일이 우리의 계획대로 끝난다 하더라도 그 이후가 또 문제입니다."

당정이 다시 입을 열었다.

이제현이 무슨 말이냐는 듯이 고개를 들어 당정을 바라보았다.

"북두회을 멸한다 하더라도 다시 정사로 나뉘어져 대립을 한다면 결국 적만 달리질 뿐이지 무림의 위기는 같다는 말입니다."

당정의 설명에 이제현도 고개를 끄덕였다. 아마도 북두회의 음모에서 벗어난다면 이들은 다시 또 정사로 나뉘어져 대립할 것이다. 그렇다면 제산, 제사이 무림대전이 다시 벌어지지 않으리란 보장이 없는 것이었다.

"휴. 정말 어렵군, 어려워, 무림의 일이란. 어쨌든 북두회의 일을 먼저 해결하고 볼 일이야. 그 다음 일은… 그렇군. 그 다음 일이야 내가 신경 쓸 일이 아니지. 자네들 젊은 사람들이 이제 무림의 주역이 될 테니 자네들이 상의해 보게. 난 이번 일이 끝나면 더 이상 무림에 관여치 않을 것이야."

"안 됩니다, 어르신. 어르신만큼 정사양도로부터 인정받으시는 분이 또 어디 있습니까? 당연히 이번 일 이후의 일도 정리해 주셔야죠."

당정의 말에 이제현이 고개를 좌우로 흔들었다.

"이보게, 당 소협. 그것은 잘못된 생각일세. 자네 이번 무림대전의 발단이 어디에 있는 줄 아는가?"

"그야 당연히 남궁인과 제자이신 진패천 대협의 죽음이……."

"아니, 아니야. 그게 아니야. 사실 이번 무림대전의 발단은 두 사람의 죽음과는 상관이 없다네."

"네?"

"이번 무림대전의 발단은 바로 자네들, 신오제와 패천사룡의 출현이네. 자네들의 출현이 양맹의 권력 구도에 문제를 가져왔고, 결국 양맹의 수뇌부는 권력을 유지하기 위해, 아니면 새로운 권력을 잡기 위해 대외적인 전쟁이라는 기회를 노리고 있었네. 마침 북두회가 이러한 양맹 세력의 마음을 읽고 이를 이용했을 뿐이야. 결국 사람들은 마음속으로 전쟁이라는 혼란을 기다리고 있었던 것이지."

이제현의 말에 모두들 고개를 끄덕였다. 무림의 각 문파들은 휴전 이후 각 맹에서 자신들 문파의 세력을 키우기 위해 암중으로 치열한 경쟁을 하고 있었던 것이다. 그리고 그것이 표면화된 것인 바로 신오제와 패천사룡의 출현이었다.

"자네들이 출도하면서부터 무림은 이미 새로운 세대가 주역으로 떠오른 것이네. 바로 자네들이지. 어차피 이 전쟁이 끝나면 결국 좋으나 싫으나 자네들이 정사양도를 대표하게 될 것이야. 하니 앞으로의 일은 자네들이 알아서 하게."

이제현의 말에 무거운 분위기가 좌중에 깃들었다. 앞으로의 무림을

책임지라는 이제현의 말은 무거운 짐이 되어 그들의 어깨를 눌렀던 것
이다.

"이거이거, 젊은 사람들이! 이보게들, 이번 북두회의 음모에서 살아
난 다음에 걱정해도 될 문제이니 너무 신경 쓰지 말게. 어쩌면 우리가
실패할 수도 있으니."

그제야 사람들은 자신들이 너무 앞서 가고 있다는 것을 깨달았다.
눈앞의 적은 북두회였으며, 일은 성패를 가늠하기 어려운 상황이었다.

"그나저나 어르신, 도대체 광검의 무공은 어느 정도 입니까?"

양의가 이제현에게 묻자 사람들은 모두 호기심 어린 표정으로 이제
현을 바라보았다. 그들은 비록 정사로 나뉘어져 있지만, 또한 그들은
모두 같은 무인이었다. 무공에 대한 이야기는 정사를 떠나 그들의 관
심을 끌기에 충분했다.

"광검이라… 강하지."

이제현이 시선을 다시 황하의 탁류로 향하였다.

"자네들은 신진십왕이 나오기 전에 누가 천하제일인이었다고 생각
하나?"

이제현의 질문에 저마다 생각에 잠겼다. 그리고 당정이 입을 열었
다.

"역시 사성을 꼽지 않을 수 없군요."

당정의 질문에 이제현이 고개를 끄덕였다.

"맞네, 사성이지. 그러면 그 사성 중에서 누가 가장 강할 것 같은
가?"

이 질문에는 아무도 답을 하지 못했다. 무림에 사성이라는 이름이
나온 시기는 한창 무림이 전쟁의 열기에 빠져 있던 일차무림대전이 오

년 정도 지날 때였다.

무림대전이 장기전으로 들어서면서 무림에서는 무림대전에서 그 무위를 확인한 세 명의 인물, 즉 천마궁주 양청길과 정의맹주 장의현, 그리고 철마 이제현을 소림의 영인 선사와 함께 사성으로 부르기 시작하였다.

하지만 이 네 사람은 한 번도 서로 검을 나누어본 적이 없었다. 따라서 무림에서 그들을 사성으로 부르기는 했어도 천하제일인을 논하지는 않았던 것이다.

"네 분이 서로 무공을 겨루어보신 적이 없으니 그것은 알 수 없는 것 아닙니까?"

등애가 조심스럽게 말을 꺼냈다.

"그래, 무림에는 그렇게 알려졌지. 하지만 사실 우리 사성이 전혀 무공을 겨루지 않았던 것은 아니네."

이제현의 말에 모두들 깜짝 놀랐다.

"아니, 그럼 사성이 무공을 겨루었다는 말씀이십니까?"

등애의 질문이 이어졌다.

"물론 양청길과 나, 그리고 장의현은 서로 무공을 겨루지 않았네. 하지만 우리 세 사람은 사성 중의 한 명, 바로 영인 선사와 모두 무공을 겨루어보았다네."

무림의 비사가 이제현의 입을 통해 드러나고 있었다. 영인 선사가 사성 중 나머지 세 명과 무공을 겨룬 적이 있다는 것이었다.

"그럴 수가! 하면 결과는 어찌 되었나요?"

당정이 이제현을 바라보고 급히 물었다.

"사실 사십 년 전 영인 선사께서 은거에 드시기 전에 무림에 나오신 적이 있었네."

이미 알고 있는 이야기였다. 그때 선보인 영인 선사의 무공은 그 나이에도 당시 그를 천하제일로 불리게 만든 것이었다. 해서 사십 년이 지난 후 무림대전에 참여치 않았음에도 불구하고 영인 선사를 사성 중 일인으로 꼽고 있었던 것이다.

"그때 무림에는 알려지지 않았지만 우리 세 명 모두 영인 선사에게 패배를 맛보았네. 그 당시야 아직 사성이 무림의 최고수로 분류되지 않을 때이고, 그 이후 우리 세 명이 각고의 노력으로 그때와는 차원이 다른 무의 세계에 접어들기는 했지만."

무림에서 무림사성이 형성된 것은 십여 년 전, 그들이 사십 년 전 겨루었던 결과는 말 그대로 과거지사였다.

사십 년의 시간은 무인에게 있어서는 가장 하수의 무림인이 천하제일인으로 길러지기에도 충분한 시간이었다. 하물며 사성과 같은 무의 귀재들은 더 이상 말할 필요도 없었다.

"한데 나는 가끔 이런 생각을 한다네."

모두의 시선이 이제현에게 향했다.

"만약 지금의 우리가 사십 년 전의 영인 선사를 만난다면 승부가 어떻게 될까 하고 말이야."

"아무리 영인 선사께서 무의 귀재라 하셔도 어찌 지금의 사성을 그 나이에 능가했을 수 있겠습니까?"

등애의 말에 이제현이 고개를 끄덕였다.

"맞는 말이네. 아마 지금의 사성이 이겼겠지. 하지만 내가 자신있게 말할 수 있네. 이기긴 해도 그것은 아마 천 초 이상이 필요하고 반 초 이상의 우위를 점하지 못할 것이라는 것을."

사람들의 얼굴이 놀람으로 가득 찼다. 사십 년 전의 영인 선사가 지금의 사성과 천 초를 겨룰 정도였다면 지금의 영인 선사는 과연 어느 정도의 성취를 보일 것인가? 그것은 결코 상상할 수 없는 경지였다.

"모르지. 그 이후 영인 선사가 전혀 무공에 관심을 기울이지 않고 득도를 위한 고행을 해오고 있다 하시니 무공이 정체되어 있을 수도. 하지만 사십 년의 수도를 하신 분의 깨달음이 어찌 무공에 영향을 안 미칠까. 아마도 지금의 영인 선사의 무공은 나머지 사성이 견주기 힘들 정도일 걸세."

"영인 선사님의 무공이 그리 뛰어나시다면 어찌 무림의 일을 등한시하신 것입니까? 무림에 개입하셨다면 그간의 혈풍은 잠재워졌을 텐데."

"그게 바로 우리 같은 사람과 선사의 차이지. 선사께서는 분명히 정사라거나 문파 간의 세력 다툼을 초월하고 계실 것이네. 아마 전 무림인이 피를 흘리고 쓰러져도 절대 무림에 나서지 않으실 걸세. 무림은 무림인의 것이고, 무림이 피를 흘리는 것도 다 자업자득이며, 피를 흘릴 때가 되어 흘리는 것이라 생각하실 테니. 사실 말이 나왔으니 말이지 무림이 이렇듯 피를 흘리는 것은 각 문파 간의 이익 때문이 아닌가? 선사께서 관여하셔서서 해결될 일이 아니지. 그분이 무림을 통치할 생각이 아니시면."

"그렇겠군요. 그분이 손에 피를 묻히신다 한들 무림을 완벽히 통제하지 않으시는 한 무림이 조용해질 리는 없겠지요."

"그것은 오직 무림만의 문제는 아니지. 사람 사는 세상이 다 그런 것이야. 한 명의 성인이 만인을 구할 수는 없는 것이네. 공자의 시대든 석가의 시대든 사람들은 여전히 다투고 있었고, 또 앞으로도 그럴 것이네. 그나저나 이야기가 이상한 곳으로 흘렀군."

무공에 관한 이야기가 어쩌다가 세상에 관한 이야기로 흘러들고 있었던 것이다.

"자네들이 물은 것이 광검 황벽에 관한 것이었지?"

사람들이 고개를 끄덕였다.

"그럼 내 대답을 해주지. 광검의 무공은 사십 년 전의 영인 선사를 백 초 안에 꺾을 수 있는 수준이네."

쿠쿵!

이제현의 말이 장내를 침묵에 휩싸이게 했다. 지금의 사성이 사십 년 전의 영인 선사를 천 초를 겨루어야 겨우 반 초를 이긴다 했는데 광검은 그런 영인 선사를 백 초 안에 제압할 수 있다는 것은 결국 광검 황벽이 천하제일인이라는 말이 아니고 무엇이겠는가?

"하면 광검이 당금 무림의 천하제일이란 말입니까?"

"천하제일이 어디 있겠는가? 언제나 무림이라는 곳은 드러난 사람보다 감추어진 사람이 많은 곳인걸. 단, 영인 선사를 제외한다면 드러난 사람 중 광검 황벽을 이길 사람은 없다는 것을 내 보장하지."

결국은 천하제일인라는 소리였다.

"그는 무공을 익힌 지 이제 겨우 사 년이 지나고 있을 뿐입니다."

임혜련이 내뱉은 말이었다.

"무공을 익힌 시간이 무에 그리 중요한가. 단지 단전에 조금의 진기가 더 쌓일 뿐이지. 무공이란 결국 깨달음의 공부야. 아무리 내력이 강해도 무에 대한 깨달음이 없다면 힘 센 곰에 지나지 않을 뿐이지."

이제현이 잠시 말을 쉬었다. 그리고 먼 하늘을 바라보며 입을 열었다.

“내 그와 비무를 할 때 처음에 패배를 시인할 때까지의 그의 무공, 그가 아마 그것을 절대오검이라 했던 것 같은데?”

“네, 맞아요. 연 매에게 물어보니 황 대협은 절대오검이라는 검초를 익혔다고 하더군요.”

임혜련이었다.

“그래, 그 절대오검. 나는 그것에 패했네. 하지만 내가 그에게 감탄한 것은 그 절대오검 때문이 아니네. 그 절대오검이라면 결국 내가 패하기는 하겠지만 나도 능히 일백 초 이상은 버틸 자신이 있었다네. 한데 혹 그의 요청에 의해 내가 내공을 싣지 않고 백 초를 받은 것을 기억하나?”

“네, 어르신. 기억합니다.”

“그래, 기억들 하겠지? 정작 내가 그를 두려워했던 것은 바로 그 백 초의 교환이었네. 사실 나는 그 백 초의 오 초도 제대로 받기 힘들었어. 이후로는 그가 북두회의 일을 이야기하기 위해 일부러 시간을 끈 것이고.”

“대체 그 무공이 무엇인데……?”

사람들의 놀람은 더욱 커져 갔다. 철마 이제현을 오 초 안에 제압하는 무공. 그것을 광검 황벽이 가지고 있다는 것이었다.

“내가 보기에 그의 그 검초는 초식을 잊는 경지였네. 무형검이라… 전설의 무형검이 그러한 것일지도. 사실 이번 이 금선탈각의 계를 내가 동의한 것은 바로 그의 그 전율적인 무공을 믿고 있는 마음이 컸네.”

광검 황벽이 정말 이제현을 오 초 안에 제압할 무공을 가지고 있다면, 아마도 숨겨진 칼은 지금 뗏목을 타고 화양도로 숨어들고 있는 자신들이 아니라 황벽 그 자신일 것이었다.

그리고 어느 틈에 사람들에게서 한숨이 흘렀다. 그들은 무인이다. 비록 전쟁 중에 있지만 그들은 엄연한 무인이고, 그 시대의 천하제일인을 보고 달려가는 사람들이었다. 그런 그들에게 황벽의 존재는 너무 버거운 것이었다.

의기소침해 있는 사 인을 보며 이제현이 웃었다.

"자자, 너무 그렇게들 의기소침해하지 말게. 영인 선사나 광검 같은 사람은 사실 정상적인 무의 세계를 벗어난 사람들이라고 보아야겠지. 그들은 아마도 특이한 체질에 특이한 무공을 연성했을 것이야. 내 이건 장담하지."

사람들이 이제현을 바라보았다.

"정상적인 무공 수련을 통해 무도를 수련한 사람들 중 가장 빠른 진전을 보이고 있는 사람을 들라 하면 난 당연히 자네들 사 인을 들겠네. 자네들이야말로 무림인 중 최고의 자리에 올라설 수 있는 사람들이네. 아니, 엽강이라는 그 친구도 있기는 있군. 어쨌든 광검이나 영인 선사는 무인을 평하는 곳에서는 논외로 쳐야 하는 사람들이네. 우리 같은 사람이야 무공이 전부이지만, 내가 보기에 그들에게 무공은 하나의 방편일 뿐이야. 그들이 무엇을 보고 가는지는 모르겠지만. 자, 그러니 너무 의기소침하지 말고 이제 그만 떠나보도록 하세. 시간이 많이 흘렀구면."

철마 이제현이 말을 마치고 자리에서 일어나자 나머지 사 인도 자리를 털고 일어났다. 하지만 그들은 무거운 마음이 좀체 가시지 않고 있었다.

"자, 출발이다!"

등애의 외침에 이곳저곳에 흩어져 있던 사람들이 뗏목이 있는 쪽으로 몰려들었다. 그리고 하나의 뗏목에 십여 명씩 올라타자, 뗏목은 서서히 황하의 탁류 속으로 흘러들어 가기 시작했다.

서쪽으로 기울어진 해가 그렇지 않아도 붉은 강을 더욱 붉게 만들고 있었다.

어느덧 십여 개의 뗏목이 일렬로 늘어서서 강물을 따라 흘러내려 가기 시작했다. 사람들은 물살의 흐름에 뗏목을 맡기고 그 위에서 묵묵히 흘러가는 강물을 바라보고 있었다.

뗏목은 그렇게 밤에는 강물을 따라 황하를 내려가고 낮에는 강변의 숲이나 갈대가 우거진 곳에서 머물면서 오 일을 더 흘러갔다. 그리고 오 일째 되던 날 새벽녘에 호북이 바라다보이는 황하의 한 지류에 있는 작은 섬에 닿을 수 있었다.

사람들은 이 섬을 화양도라 불렀다.

화양도는 강의 한중간에 있은 무인도였다. 일반적으로 황하나 장강에 있는 큰 섬에는 사람들이 들어와 농사를 지으며 살고 있는 곳이 꽤 되었다. 하지만 화양도는 농사를 짓기에는 섬의 크기가 작았고, 또한 사람 사는 마을로부터도 뱃길로 하루는 걸렸으므로 농사짓기에는 적당하지 않았다.

과거 일차무림대전 때 이곳은 감숙에서 하남이 석산 총단을 급습하기 위해 장강수로연맹이 잠시 머물기도 했으나, 그것은 채 한 달이 안 되는 기간이었다.

일행은 화양도에 닿자마자 뗏목을 뭍으로 끌어 올려 숲에 감추었다.

섬은 작았으나 숲이 울창해 멀리 강변에서 보자면 안에 있는 사람이 눈에 띄지 않았다. 가끔 지나가는 배가 있기는 했으나 숲 속에 숨어든 이들을 발견하지는 못했다.

이제현 등은 도착한 첫날부터 숙영지를 만들기 시작했다. 그리고 그들이 도착한 다음날부터 하나둘씩 뗏목에 탄 사람들이 속속 화양도에 도착하기 시작했다. 마지막 뗏목이 도착했을 때 사천을 떠나 화양도에 집결한 양맹의 맹도 수는 천 명을 약간 넘어서고 있었다.

때는 사천대전이 벌어진 지 보름이 지나고 있을 때였다.

제50장
다시 천사평

　　석산 정의맹 총단 맹주전에 수많은 사람들이 모여
들었다. 장의현을 비롯해 사천으로 떠난 사천 사대문파의 **수장들**을 제
외한 구대문파와 오대세가의 수뇌들이 모두 모여 있었다.
　장의현의 앞에 놓인 탁자 위에는 하나의 서찰이 놓여져 있었다. 모
두가 볼 수 있게 펼쳐진 서찰 맨 위에 쓰여진 글씨가 선명하게 드러났
다.

　　결전장(決戰狀).

　그것은 바로 지난밤 패천맹 사자가 가지고 온 결전장이었다. 패천맹
은 무림을 건 한 번의 승부를 요구하고 있었다. 오늘 패천맹의 사자들
은 석산을 떠날 예정이었으므로 정의맹의 답변도 오늘 내로 저들에게

주어야 했다.

"많은 피가 흐를 겁니다."

소림의 대비 선사가 침중한 음성으로 입을 열었다.

"하지만 피할 수 없는 일이 아닙니까?"

남궁세가의 남궁룡이었다. 작금의 남궁세가는 남궁인의 죽음이 가져온 충격을 극복하고 있었다. 그들은 개전 초기 패천맹 호남 분타를 제거하고 장악한 호남성에서 막대한 재원을 확보하며 남궁인의 죽음으로 침체된 문파의 부흥을 시도할 수 있었다. 죽은 남궁인 한 사람만을 제외한다면 역사 이래 가장 강력한 세를 자랑하고 있다고 볼 수 있었다.

"군사께서는 어찌 생각하십니까?"

장의현이 제갈의현을 바라보며 넌지시 의사를 물어봤다.

"벌써 무림이 전쟁에 든 지 이십여 년을 바라보고 있습니다. 물론 중간에 사 년간의 휴전이 있기는 했지만, 그 또한 암중에 다툼이 없었던 것은 아니지요."

"허, 그렇군. 엊그제 같은데 벌써 십오 년이 흘렀군 그래."

개방의 방주 풍진신개 여석지가 감회가 새롭다는 듯이 중얼거렸다.

"무림대전 초기에 태어난 각파의 제자들이 이제 사오 년 뒤에는 무림의 정영으로 나설 만큼의 시간이 흐른 것이지요."

시간은 어느새 흘러 새로운 세대에게 전쟁의 업을 넘기려 하고 있었다.

"저는 이런 생각을 해보았습니다. 과연 우리의 다음 세대에게 이 지리한 전쟁을 넘겨야 하는 것인지. 결론은 절대 그럴 수 없다는 것입니다. 이것은 어쩌면 좋은 기회입니다, 전쟁을 끝낼 수 있는."

제갈의현의 말에 모두의 눈이 반짝였다. 일거에 전쟁을 끝낼 수 있는 기회, 뿌리치기 힘든 유혹이었다.

"그만큼 위험도 크겠지요?"

대비 선사가 걱정 어린 표정을 지었다.

"하지만 또 이렇게 전쟁이 장기화된다면 무림은 다시 일차무림대전 말기의 상태, 무림의 존폐를 걱정해야 하는 상황으로 치닫게 될 것입니다. 그리고 그 결과는 이미 사천에서 나타나지 않았습니까?"

"아! 사천!"

제갈의현의 입에서 사천이라는 말이 나오자 장내에 있던 사람들의 얼굴에 순간적으로 부끄러운 기색이 스쳐 지나갔다.

사천의 사대문파가 회복하기 어려운 타격을 받았다는 사실은 모두 알고 있었다. 물론 밖으로 드러난 것이야 패천맹의 사천 원정군을 궤멸시킨 승전으로 나타났지만, 실질적인 결과는 양패구상에 의한 사천 무림의 몰락이었다.

"여기 계시는 각 문파가 어느 날 사천의 문파처럼 되지 않으리라는 보장이 없습니다. 그럴 바에는 모두 힘을 합쳐 일거에 무림의 향배를 결정하는 것이 오히려 피를 덜 흘릴 방법이지 않겠습니까?"

제갈의현의 말에 모두의 고개가 끄덕여졌다. 언제, 어느 때 자신들의 문파가 패천맹의 공격을 받을지 불안한 상태로 다시 몇 년을 이어 가느니 한 번의 결전으로 승패를 가늠하는 것이 나을 것이다.

"아마 패천맹에서도 같은 생각이었을 겁니다."

"한데 군사, 정면으로 맞이한다면 과연 승산이 있겠소?"

풍진신개 여석지의 질문에 모두의 시선이 제갈의현에게로 모여졌다. 풍진신개는 제갈의현과는 가히 좋은 사이는 아니었지만, 작금에 와서는 개방의 능소개가 제갈의현 밑에서 부단주로 있는 것을 계기로 어느 정도 관계가 회복되고 있는 중이었다.

풍진신개의 질문은 장내에 있는 모든 사람들이 가장 묻고 싶은 말이었다. 패천맹과 전력으로 부딪쳤을 때의 승산, 이번 일을 결정할 가장 중요한 요인이었다.

"승산은 칠 할 이상 자신합니다."

"칠 할이나요?"

"근거가 무엇입니까?"

여기저기서 질문의 말이 쏟아졌다.

현재의 무림 상황은 정의맹과 패천맹의 팽팽한 대치가 이어지고 있는 중이었다. 한데 제갈의현은 칠 할의 승산을 말하고 있었다. 무림의 정세와는 상당히 어긋나는 예측이었다.

"먼저 가장 중요한 것은 철마 이제현의 죽음입니다. 이제현이 패천맹에서 차지하고 있던 비중은 삼 할 이상입니다. 그는 사성의 일인일 뿐 아니라 특정 문파에 속하지 않고 패천맹에 든 마도인들의 중심입니다. 그런 이제현이 죽었다는 것은 마도의 구심점 하나가 사라졌다는 것을 의미합니다. 그들은 분열될 것입니다. 분열된 적을 맞이하는 것은 쉬운 일이지요."

사람들의 얼굴에 기대의 빛이 떠올랐다. 분열된 적을 맞이하다. 좋은 일이었다.

"군사의 의견에 반대하시는 분은 의견을 말해 주시오."

장의현이 장내를 돌아보며 물었다. 하지만 반대를 표시하는 사람은 아무도 없었다. 사람들도 이 지리한 전쟁을 끝낼 때가 되었다고 생각하고 있었다. 거기다 칠 할의 승률, 도전을 받지 않을 이유가 없었다.

"좋습니다. 그러면 다음달 보름에 천사평에서 일전을 결하자는 패천맹의 도전을 받아들이는 것으로 하겠습니다."

장의현의 말이 장내에 울려 퍼졌다.

"한데 사천의 호정단과 사대문파는 어찌하실 요량인지……?"

화산파의 설장벽이었다. 설장벽은 가급적 이번 천사평이 전투에 호정단의 참여를 막고 싶었다. 설연을 다시 전장에 끌어들이고 싶지 않았던 것이다.

"일단 전서를 보내 이 사실을 알리고, 참여 여부는 그들의 판단에 맡깁시다. 아직 사천대전의 후유증이 가시지 않았고, 또 사대문파는 이제 그 뿌리를 다시 심는 일을 해야 하는 처지이니 천사평의 대전에 참여하라 요청하는 것은 무리입니다. 호정단도 사천에서 사대문파의 지원할 일이 많을 테니."

"그리하시지요."

제갈의현의 말에 설장벽이 얼른 동의했다. 다른 의견이 나오는 것을 막기 위해서였다. 다른 사람들은 제갈의현과 설장벽의 의견에 반대하지는 못했지만 내심 서운함이 느껴졌다. 호정단은 현재 무림에 드러난 전투 조직으로서는 최강이라 할 만했다.

이제현을 벤 광검 황벽과 엽강이 포함된 호정단을 천사평 대전에 참석시키지 못한다는 것은 확실히 아쉬운 일이었던 것이다.

"자자, 그럼 이만 회의를 끝내는 것으로 하고 패천맹의 사자를 돌려보내도록 하겠소. 그럼 각 문파는 출전 준비를 서둘러 주시오. 세부 일정은 군사가 다시 통지를 돌리도록 하겠소. 회의를 마칩시다."

장의현이 말을 마치고는 먼저 자리에서 일어났다. 사람들의 얼굴은 흥분과 기대로 상기되어 있었다. 많은 피가 흐를 결정이었지만, 또한 앞으로 흘릴 피를 막기 위한 결정이기도 했다. 물론 회의에 참석한 사람들만의 기대였는지도 모르지만.

"한데 왜 호정단을 사천에 놓아두는 것이오?"
장의현이 제갈의현에게 물었다.
"호정단이 참여한다면 변수가 될 수도 있기 때문입니다. 그들은 강
해졌습니다. 그들이 참여하면 싸움이 균형을 잃게 될 것입니다."
제갈의현의 말에 장의현이 고개를 끄덕였다.
"회는?"
"이미 천사평으로 이동 중입니다."

                    *   *   *

무림이 솥 안의 물처럼 들끓었다.
패천맹의 사자가 미처 감숙 총단에 도착하기도 전에 전 무림에 패천
맹과 정의맹의 천사평 결전의 소식이 알려진 것이다. 무림은 기대와
흥분으로 술렁였다. 이십여 년을 끌어온 정사의 대결이 한판의 결전으
로 판가름나게 된 것이다.
수많은 전서구가 중원의 하늘을 덮었다.
패천맹과 정의맹은 각 맹에 소속된 전 문파에 총동원령을 내렸다.
그리고 며칠 후부터 양맹의 총단에는 천하 각지에서 수많은 무림인들
이 몰려들기 시작하였다. 모여드는 사람의 숫자만큼이나 그들이 모여
드는 이유도 다양했다.
그리고 그중에는 멀리 절강성 상해의 무림문파 진가장도 포함되어
있었다.

진가장의 장주 진무외는 그의 세가 살림을 동생 진무근에게 맡기고 정의맹으로 출발한 지 보름 만에 정의맹에 닿았다. 정의맹의 주력이 천사평으로 출발하기 오 일 전의 일이었다.

진무외가 이번 천사평의 전투에 참여하는 각오는 비장하기 이를 데 없었다. 과거 신오제일행에 대한 접대에 전 세가의 역량을 기울였지만, 정의맹으로 떠난 남궁세가의 장로 남궁헌에게서는 특별한 연락이 없었다.

진무외는 그것이 혈림의 습격을 제대로 막지 못한 자신의 잘못 때문이라 생각하고 있었다. 사실 남궁헌의 기억에서 진무외는 진가장을 나오는 순간 사라져 버렸다는 것을 그는 결코 알지 못했다.

그런 그가 정의맹의로부터 전서를 받고 이번 천사평의 대전에 문파의 사람을 보내라는 요청을 받았을 때, 그는 다시 한 번의 기회가 자신을 찾아왔다고 생각했다.

과거 일차무림대전 때 중원과 멀리 떨어져 있어 전쟁에서 소외된 것이 진가장의 정의맹 진출에 커다란 약점으로 작용한다고 생각하고 있던 진무외에게 이번 천사평 전투는 좋은 기회였던 것이다.

그는 그동안 많은 돈을 들여 금이야 옥이야 기른 문파의 정예 이십여 명을 모두 대동하고 진가장을 나섰다. 다시 상해에 돌아올 때는 최소한 정의맹의 직책 하나 정도는 자신의 이름 앞에 달고 올 것이라는 다짐과 함께.

"누구요?"

진무외가 정의맹 총단에 처음 도착했을 때 받은 첫 번째 질문이었고, 질문한 사람은 총단의 정문을 지키는 일개 무사 형오였다.

순간 진무외의 눈꼬리가 살짝 위로 올라갔다. 진무외의 기분이 상한 것을 눈치챈 수제자이자 아들인 진평천이 대신 대답을 하였다.

"상해 진가장의 진무외 장주이시오. 어서 맹 안으로 안내하시오. 이번 천사평 전투에 참여하기 위해 고수 이십 명을 대동하고 오셨소이다."

그러나 진평천의 호기있는 대답과는 달리 형오의 반응은 신통치 않았다.

"상해의 진가장? 못 들어본 곳인데. 어디 보자, 진가장이라……."

정문을 지키는 무사는 진평천의 호통을 완전히 무시하고 하나의 책자를 펼치고 있었다. 중원의 전 지역에서 이름없는 소문파까지도 정의맹에 사람을 보내는 관계로 정문 위사들은 전서를 보낸 각파의 명단을 적은 작은 책자들을 가지고 있었다.

진가장은 그 책자를 펼쳐야 이름을 알 수 있는 문파였던 것이다.

"아, 여기 있군. 상해 진가장이라… 하면 오신 분이 진무외 장주이시오?"

"그렇소. 내가 진무외요."

진무외가 말 위에서 위엄있는 목소리로 대답했다.

"진가장은 병급으로 백호단에 소속되었으니, 안으로 들어가 우측으로 가다 보면 병급 문파의 숙소가 있을 것이오. 그리로 가시오."

무엇인가를 더 물으려는 진무외를 뒤로하고 무사가 다시 정문 앞으로 나가며 소리쳤다.

"어디에서 오신 누구요?"

"하북의 팽가에서 왔소."

"아, 하북팽가 분들이셨군요. 어서 안으로 드시지요. 맹의 중앙으로 가시면 갑급 문파 분들이 머무시는 숙소가 있습니다. 어이, 하가! 이분들은 팽가에서 오신 분들이야! 숙소까지 안내를 해드리게, 어서!"

그러자 안에서 한 명의 무사가 나와 하북팽가에서 온 사람들을 맹으로 안내해 들어갔다.

하북팽가의 사람들이 맹 안으로 들어가는 것을 보고 있던 형오는 아직 자리를 뜨지 않고 있는 진가장의 사람들을 보고는 뭐 하냐는 듯이 물었다.

"아니, 아직 가지 않았소? 뭐 궁금한 것이라도 있소?"

순간 진무외가 잠시 망설이다가 목소리를 죽인 채 입을 열었다.

"아니, 이보게. 사실 내가 이곳 정의맹은 처음이라 지리를 잘 모른다네. 좀 안내를 붙여줄 수는 없겠나?"

진무외의 말에 형오의 시선에 아니꼬운 빛이 서렸다.

"아니, 이보시오. 여기 정의맹 정문 위사가 그래 병급 문파까지 안내하라고 있는 줄 아시오. 참나, 아무리 정문 보초라지만 이제는 병급까지 안내를 하라네."

"이보게. 그리 화만 내지 말고 한번 편의를 좀 봐주게. 자자, 이건 성의로 알고."

진무외가 품속에서 작은 전낭을 꺼내 형오에게 몰래 넘겼다.

"아니, 이 사람들이!"

순간 형오는 전낭을 밀어내는 척하다 전낭의 묵직함을 느끼고는 은근슬쩍 전낭을 넘겨받았다.

"아, 뭐 처음 이곳을 오는 분이시라니 그러실 수도 있겠구려. 자자, 나를 따라오시오. 내 직접 안내하리다."

그리고는 앞장서서 걸음을 내딛기 시작하였다.

진무외와 그의 스무 명 수행원은 그런 형오를 따라 맹 안으로 들어

섰다.

"한데 이보게. 내 하나 물어볼 말이 있는데."

"말씀하시지요, 진 장주."

형오는 전낭을 받은 이후 말에 존대까지 섞고 있었다.

"커흠, 거 갑은 무엇이고 병은 무엇인가?"

일순 형오는 진무외의 말을 이해하지 못하다가 잠시 후 그의 말을 깨닫고는 입을 열었다.

"아, 그걸 모르셨군요. 이번 천사평 대전을 앞두고 맹에서 전서를 보내 참여를 요청한 문파가 백여 곳입니다. 거기다가 전서를 받지 못한 문파까지 몰려드니 그들을 체계적으로 관리할 필요가 생겼지요. 정의맹의 숙소도 한정이 있고 해서 각 문파의 등급을 갑, 을, 병, 정 네 개의 등급으로 나누었습니다. 먼저 갑은 구파일방과 오대세가의 명문대파를 말하고, 을은 비록 명문대파에는 들지 못하지만 지난 무림대전 내내 일정한 역할을 담당했던 문파들이 속합니다. 그리고 진가장처럼 저번 무림대전에 참여치 않은 곳 중에서 이번에 전서를 받은 문파가 병, 그리고 전서를 받지 못했지만 천사평 대전에 참여하기를 원해 이곳에 온 문파들을 정으로 구분하고 있는 것이지요."

순간 진무외의 얼굴이 일그러졌다. 결국 자신들은 전서를 받은 문파 중에서는 최하의 등급이었던 것이다.

그러나 한편으로는 일차무림대전에 참여하지 못한 결과라고 자책하면서 이번 천사평의 일전으로 상해 진가장을 최소한 을의 등급까지는 끌어올리리라는 결심을 다지며 형오의 뒤를 따랐다.

하지만 그러한 꿈도 형오가 안내한 숙소 앞에서는 잠시 잊어야 했다. 형오가 안내한 숙소는 한곳에서 오십여 명이 생활해야 하는 곳으로, 임시로 지어진 곳이라는 티를 유감없이 드러내고 있었다.

그래도 일문의 문주인 자신의 숙소는 독방은 고사하더라도 제대로 된 침상은 있는 곳은 되어야 한다고 생각한 진무외가 형오를 돌아보며 입을 열려 할 때 옆에서 누군가가 나누는 대화가 들렸다.

"에이, 드러워서, 정말!"

"아니, 이보게. 왜 그러나?"

"내가 이래 뵈도 요동에서는 제법 이름있는 가문의 사람이란 말이야. 요동에서 요동석가 하면 모르는 사람이 없어. 이번에 중원에 나왔다가 정의맹이 어려움에 처했다는 소식을 듣고 도우러 달려온 나인데 이런 취급을 당하다니 이게 말이 되는가?"

"이보게, 참게나. 어쩔 수 없지 않나? 갑자기 중원 전체의 세력이 몰려드니 맹에서도 미처 자리를 마련할 수가 없었을 거야."

"그래도 그렇지, 요동석가가 병의 등급이라니… 더러워서."

마치 진무외의 마음을 대변하는 듯한 이야기였다. 한데 이때 그들의 대화를 덮는 옆에서 목소리가 들려왔다.

"요동석가라 하셨소?"

사람들은 모두 목소리가 들린 쪽으로 고개를 돌렸다. 그리고 목소리의 주인공을 확인하고는 저마다 탄성을 자아냈다.

"저 사람은… 화산의 고봉정!"

"맞아, 고봉정이야. 신오제."

사람들의 웅성거림에 요동석가의 무인이라는 사람이 얼굴이 굳어졌다. 그런 그의 귀에 다시 고봉정의 목소리가 들려왔다.

"이번 전쟁은 정파의 사활이 걸린 전쟁이오. 이런 중요한 전쟁에 참여하는 사람이 겨우 잠자리나 탓한다면 과연 그 사람이 전쟁에서 제대로 칼이나 휘두를 수 있겠소? 만약 이 자리에서 잠자리에 불만이 있으신 분이 있다면 지금 즉시 맹을 떠나 귀가하시오. 맹은 정파의 기치를 높이 세울 전사를 원하지, 겨우 잠자리나 투정하는 어린애를 원하는 것이 아니오.”

말을 마친 고봉정이 요동석가 출신이라는 무인을 바라보았다. 그러자 요동석가의 무인은 아무 소리도 못하고 얼굴을 붉힌 채 자리를 피했다.

진무외는 순간 한숨을 내쉬었다.

조금만 빨리 자신이 입을 열었더라도 방금 전 고봉정의 말은 요동석가가 아니라 진가장을 향해 떨어져 내렸을 것이었다. 하지만 진가장의 장주 진무외는 역시 행운아였다.

아슬아슬하게 위기를 모면한 그의 귀에 이번에는 정말 바라 마지않는 목소리가 들린 것이었다.

“아니, 이거 상해의 진가장주님이 아니십니까?”

고봉정의 일장 연설에 가라앉은 분위기를 깨고 누군가의 걸걸한 목소리가 들려왔다. 진무외는 맹에서 자신을 알아보는 사람이 누군지 궁금하여 고개를 돌리다가 얼굴에 함박웃음이 퍼졌다. 그의 시선이 닿는 곳, 바로 개방의 능소개가 서 있었던 것이다.

고봉정과 능소개는 이번 맹에 집결한 무림인 중 백호단에 소속된 무인들을 돌아보러 이곳에 나와 있던 것이었다.

“아니, 이거 능 대협 아니시오?”

진무외는 신오제의 일인 능소개가 자신을 아는 척하자 한껏 주위를 의식하면 큰 소리로 과장된 반가움을 표했다.

“이게 얼마 만입니까, 능 대협!”

진무외의 인사에 능소개도 웃는 낯으로 진무외를 바라보았다.

"상해에서 보고 거의 일 년만이군요. 그때는 급히 떠나느라 제대로 감사의 인사도 못 드렸습니다."

"감사라니요. 다 맹의 일인데."

이때 두 사람을 보고 있던 고봉정도 진무외를 알아보고는 두 사람이 서 있는 곳으로 다가왔다.

"진 장주님, 안녕하십니까? 제가 미처 못 알아뵈었군요. 이번에 진가장도 맹에 나오셨군요."

"아, 고 대협, 이렇게 만나니 반갑소이다. 전 무림의 정파가 참여하는데 어찌 진가장이 빠질 수 있겠소. 내 비록 적지만 뛰어난 제자 이십여 명을 데리고 왔소이다."

"진 장주님이야말로 정파의 어른이십니다. 그 먼 길을 오시다니요."

"아니, 뭐, 허허허. 어른이라고까지야……. 허허허."

"그나저나 숙소가 이리 부실하여서……."

"하하하, 괜찮습니다. 전장에 나가는 사람이 어찌 잠자리를 신경 쓰리까."

"역시 진 장주님이십니다. 이번에 백호단에 편입되셨으니 앞으로 자주 뵙도록 하겠습니다. 그럼 저희는 바빠서……."

"아, 어서 일 보십시오, 바쁘실 테니."

"그럼 다음에 뵙지요."

고봉정과 능소개가 진무외에게 인사를 하고 사람들의 시야에서 멀어지자 숙소 여기저기에 널려서 앉아 있던 사람들의 신선이 진무외에게 집중되었다.

진무외는 사람들의 동경 어린 시선을 느끼며 한쪽에 마련된 공동으로 사용하는 긴 침상에 가 걸터앉으며 입을 열었다.

"아, 여기서 저 친구들을 보는구만."

신오제를 저 친구들이라 부를 수 있는 사람이 무림에 몇이나 될 것인가? 사람들의 눈빛이 동경에서 존경으로 바뀌고 있었다. 그때 진무외의 앞에 누군가의 손이 내밀어졌다. 그리고 그 손에는 전낭이 들려 있었다. 정의맹 정문 위사 형오의 손이었다.

"죄송합니다, 어르신. 제가 몰라뵙고 실례를 범했습니다. 너그러이 용서해 주십시오."

순간 진무외의 손이 무의식적으로 전낭을 잡아가다가 주위의 시선을 느끼고 손을 멈추었다.

"허허허. 이 사람, 괜찮네. 다들 번을 서느라 힘들 테니 정문 위사들끼리 오늘밤 한잔씩들 하게나."

진무외의 말을 들은 형오의 눈에는 존경의 빛이 흠씬 배어났다. 자신의 허물을 책하지 않고 너그러이 이해해 주는 대인의 풍모라니.

"감사합니다, 어르신. 감사합니다. 혹 맹에서 생활하시는 데 필요한 것이 있으시다면 꼭 저를 찾아주십시오. 그러면 저는 이만……."

"그래그래, 어서 가보게. 자리를 오래 비우면 안 될 테니."

형오는 진무외에게 깊숙이 허리를 숙여 보이고는 몸을 돌려 정문을 향해 빠르게 사라졌다.

진무외의 정의맹 입성은 뜻하지 않는 신오제의 출현으로 아주 성공적으로 끝이 났다.

그날 이후 백호단 제구조에 소속된 상해 진가장주 진무외는 일약 백호단원들이 가장 사귀고 싶어하는 사람이 되어버렸다.

상해 진가장이 정의맹 석산 총단에 도착한 지 오 일 후, 드디어 삼천 오백의 정의맹 세력이 맹을 나서고 있었다. 그들이 향하는 곳은 과거 호정단이 향했던 천사평, 당시의 호정단은 미끼였으나 이번에는 정의맹 본 전력이 이동하고 있었다.

이번 정의맹 세력는 좌군 중군 우군 삼 개의 군으로 나뉘어져 있었다. 좌군은 구파일방과 오대세가의 정예 일천으로 구성되어 있었고, 중군은 청룡단을 중심으로 다시 천 명을, 그리고 우군은 백호단을 중심으로 중소 문파의 인원을 편입해 또한 천 명의 인원을 모았다.

또한 맹주 장의현과 군사 제갈의현이 별도로 각파에서 차출한 정예 오백을 이끌고 있었다. 장의현과 제갈의현이 차출한 사람들은 모두 각파의 주력들로 두 사람이 직접 지명하여 선출한 사람들이었다.

정의맹 석산 총단에서 호북 천사평에 이르는 관도는 정의맹도 삼천오백의 인영들이 일으키는 먼지로 가득 차 올랐다.

관의 대군의 이동에는 크게 미치지 못하는 인원이었지만, 그래도 관도 주변의 사람들은 삼천오백 명의 이동을 신기하다는 듯이 바라보고 있었다.

진무외와 그의 일족 이십여 명도 백호단에 속해 가장 후미에서 행렬을 따라나섰다.

그는 맹을 나서며 정문에서 그를 보며 손을 흔들고 있는 형오를 발견하고는 가볍게 웃음을 지어 보이는 여유를 보이기도 하였다.

*　　　*　　　*

정의맹이 삼천오백의 인원을 이끌고 석산을 나서고 있을 무렵, 패천맹은 이미 감숙을 거의 벗어나고 있었다. 그들은 감숙 총단을 떠나 이동하는 중간에도 끊임없이 천하에 산재한 마도인들을 끌어 모으고 있었다. 그래서 처음 감숙을 출발할 때 삼천이었던 세력이 호북에 들어서면서는 사천으로 불어나 있었다.

하지만 그들의 얼굴은 어두웠다. 사천에서의 패배와 철마 이제현의 죽음이 가져온 충격에서 아직도 벗어나 있지 못한 것이었다.

전력은 네 개로 나뉘어져 있었다.

수라마대로 대변되던 이제현의 군세가 사천에서 궤멸되었으므로 패천맹의 조직도 다시 정비되었다.

일군은 장강수로채의 채주 번어기가 이끌고 있는 일천, 이군은 녹림의 총표차자 왕분과 이제는 한 명밖에 남지 않은 패천사룡의 일인 소살부 마대가 이끄는 일천, 그리고 삼군은 사천에서 겨우 돌아온 독마서린과 소도성이 이끄는 일천, 그리고 마지막으로 천마궁의 정예로 구성된 맹주 직속의 일천이었다.

총 사천의 군세가 천사평에 도착한 것은 보름을 삼 일 앞둔 날이었다. 그리고 그들이 채 숙영지를 구축하기도 전에 정의맹도 삼천오백이 천사평에 도착하고 있었다.

양맹은 드디어 호북성 천사평에서 무림의 운명을 건 일대 견전을 벌이려 하고 있었다.

*   *   *

황벽과 설연은 오십여 명의 호정단을 이끌고 천사평이 내려다보이는 서쪽의 야산에 숨어들어 있었다. 아직 피아가 식별되지 않는 양맹의 군세 속에는 호정단원들의 친인도 포함되어 있었다. 설연도 설장벽과 고봉정을 포함한 화산 일문의 걱정으로 며칠째 얼굴을 펴지 못하고 있었다.

"설 매, 너무 걱정 마라. 설 장문이나 고 형 정도의 고수는 그리 쉽게 일을 당하지 않는 법이야."

황벽이 설연의 어깨에 손을 올리며 그녀를 안심시켰다.

"하지만 황 가가, 수천 명이 뒤섞이는 난전에서 어찌 백부님과 사형의 안전을 자신할 수 있겠어요. 거기다 그 뒤를 다시 북두회가 노리고 있는데."

"그렇기는 하지만……."

"차라리 백부님과 사형을 지금이라도 저곳에서 빼내는 것이……."

"설 매, 그러면 지금까지 우리가 준비한 일이 허사가 될 수 있다. 이번 기회가 아니면 북두회를 드러나게 할 방법이 없을 거야."

"알아요. 하지만……."

설연의 눈은 안타까움으로 가득 차 있었다.

황벽이 가만히 설연의 어깨를 감싸자 설연이 황벽의 가슴에 몸을 기댔다. 이때 막여가 두 사람의 곁으로 다가왔다.

"이거 분위기를 깨서 미안한데."

막여의 말에 설연의 얼굴이 붉어졌다. 황벽도 웃으며 막여를 바라보았다.

"사부도 참. 왜요, 질투가 나십니까?"

"하하하. 이놈이, 질투는 무슨… 앞으로의 일을 다시 한 번 점검하려고 왔다."

"이미 계획은 다 세워져 있는 것 아닙니까?"

"그렇기는 해도 다시 한 번 점검할 필요는 있겠지. 그래, 화양도에는 연락을 취했느냐?"

"예, 일단 철마 어른께서 아마 내일쯤이면 황하의 줄기를 타고 천수산 북쪽 언저리에 들어서실 겁니다."

막여가 고개를 끄덕이며 다시 입을 열었다.

"낭인대와 소림은?"

"그들도 이미 사천에 들어서 있습니다. 천수산의 남쪽을 막아설 것입니다."

"그러면 이제 저들 중 북두회 세력이 드러나기만을 기다리면 되겠구나."

"양맹이 전투에 지칠 무렵 북두회가 모습을 드러내면 천독림주와 소형이 북두회에 포섭되지 않은 무림인을 인솔해 천수산으로 후퇴하기 시작할 겁니다."

"저들의 추격이 거세겠지?"

"그래서 저희들이 여기 온 것이지요."

막여가 고개를 끄덕였다.

"저들이 과연 천수산으로 추격해 올까?"

"아마도 시간의 차이는 있겠지만 반드시 올 겁니다 북두회로서는 이번에 끝을 보려 할 겁니다."

황벽의 말에 막여가 고개를 끄덕였다.

"이제는 정말 기다리는 것만 남았구나."

"부디 가급적 희생이 적기를 바랄 뿐이지요."

세 사람이 다시 양 진영이 운집해 있는 천사평으로 시선을 돌렸다. 천사평에 어둠이 내리고 있었다.

　　　　*　　　　　*　　　　　*

　철마 이제현이 이끄는 일천의 정사양도 연합 세력이 화양도를 떠난 것은 이틀 전 밤이었다. 그들은 일단 황하로 나와 다시 천수산과 연결된 작은 지류를 타고 이동하고 있었다. 어둠 속에서 누군가 풀로 만든 피리를 불고 있었다.

　사람들은 모두 밤공기 속으로 울려 퍼지는 피리 소리를 들으며 감상에 젖어들었다.

　"참 서글프게도 부는구만."

　양의가 소리 죽인 말을 꺼냈다.

　"양 형, 장강이 그리운가 보오이다."

　당정이었다. 한 달 전만 해도 서로의 목숨을 노리던 두 사람이었다. 하지만 이제는 제법 친분이 쌓여 서로의 속내를 드러내어 이야기를 나눌 정도가 되어 있었다.

　"그립지요. 벌써 장강을 떠나 감숙으로 온 지 사 년이 넘었군요."

　"이번 전쟁이 끝나면 제게 장강 구경이나 한번 시켜주시지요?"

　당정이 웃으며 양의를 바라보았다.

　"하하하, 여부가 있겠습니까? 당 형이라면 제가 직접 배를 몰아 장강을 구경시켜 드리지요."

　"약속하셨습니다."

　"네, 약속드리지요, 이 전쟁에서 살아남는다면."

　두 사람은 다시 침묵에 빠져들었다. 그리고 그들은 그들이 이 전쟁에서 살아남는다면 참 하고 싶은 일들이 많다는 것을 깨달았다. 그들이 살아남는다면…….

황하의 찬물을 거슬러 일천의 군세가 천수산으로 향하고 있었다.

*　　　*　　　*

또 다른 한 무리의 인영들이 천수산 남쪽으로 접근하고 있었다. 그 중 이백여 명은 달빛을 머리로 반사시키는 스님들이었다. 그리고 나머지 오백여 명의 인영은 하나같이 얼굴에 거친 삶의 흔적들이 배어나는 무인들이었다.

한참을 소리없이 전진하던 이들이 경종의 손이 올려 세워지자 조용히 멈추어 섰다.

"이곳입니까, 경 대협?"

법철이 경종을 돌아보며 입을 열었다. 경종이 가볍게 고개를 끄덕였다.

"예. 황 대협으로부터 연락받은 지점이 바로 이곳입니다, 스님."

"다른 곳은 준비는 다 되었답니까?"

"이미 황 대협과 호정단이 천사평으로 떠났고, 북쪽에는 철마 이제현 어른이 와 계실 겁니다. 사천의 사대무파도 이미 준비를 마친 것으로 알고 있습니다. 기다리는 일만 남은 것이지요."

경종의 말에 법철이 고개를 끄덕이며 주위의 지세를 돌아보았다.

서편으로는 천수산이 높다랗게 솟아 있고, 천수산의 북쪽을 끼고 황하의 지류가 흐르고 있었다. 그리고 자신들이 서 있는 이곳 남쪽의 울창한 수림이 천수산 동쪽 앞으로 펼쳐진 평지를 삼면에서 둘러싸고 있었다.

‘저 안에 적이 들면 아마도 살계를 열어야 할 것이다.’

“아미타불.”

법철의 입에서 조용히 염불 소리가 새어 나왔다.

‘휴, 나도 이번 일이 끝나면 정착을 해야겠어. 이젠 이 검에 더 이상 피를 묻히기가 싫군. 한데 어디로 간다?’

경종이 법철의 염불을 들으며 잠시 생각에 잠겼다가는 불현듯 법철을 보며 입을 열었다.

“스님!”

경종의 약간 큰 목소리에 법철이 경종을 돌아보았다.

“왜 그러십니까, 경 대협?”

“스님, 중이 되려면 어찌해야 합니까?”

제51장
대혈투(大血鬪)

그날 아침 해가 뜨지 않았다. 안개인 듯싶던 것은 하늘을 가린 구름이었다. 그리고 그 구름을 뚫고 은은하게 살아남은 빛이 이제 밤이 지나고 날이 밝았음을 알리고 있었다. 날이 밝았지만 양측에서는 아무런 움직임도 없었다. 무림의 싸움이었다. 무림에서 집단전은 누구나 꺼리는 싸움의 방식. 하지만 오늘 양측은 집단전을 피할 수 없을 것이다.

근 만여 명에 육박하는 무인들이 한두 사람의 손에 자신의 미래를 맡길 리 만무하였고, 비록 처음에는 생명의 고귀함 운운하며 한두 사람의 비무로 승부를 결정짓는 것을 동의한다 하더라도, 결국 비무에 패한 쪽에서 그 승부를 인정할 리 없었다. 무림이 정리되려면 그만큼의 피가 필요한 시기였다.

어느덧 한줄기 빛이 구름 사이로 뚫고 나와 양 진영의 중앙에 펼쳐진 평원을 비췄다. 그리고 그 빛 속으로 한 떼의 인영들이 달려 나오고 있었다. 패천맹 이군(二軍) 녹림 총표파자 왕분이 이끄는 일천의 무사들이 평원에 모습을 드러낸 것이다. 선두에 선 왕분의 뒤에는 소살부 마대와 새로운 흑막주 혈운이 따르고 있었다.

"어느 분께서 수고를 해주시겠소?"

장의현이 좌중을 돌아보았다.

"저희가 가지요."

남궁룡을 수뇌로 하는 정의맹 좌군이 앞으로 나섰다.

"그러시겠습니까? 그럼 무운을!"

장의현이 일어나 남궁룡 등에게 포권을 취해 보이자, 가볍게 머리를 숙여 보인 남궁룡이 좌군을 이끌고 평원을 달려나갔다.

평원의 중심에서 부딪친 양측은 아무 말 없이 달리는 속도 그대로 섞여들기 시작했다. 검과 검이 부딪치고 주먹과 주먹이 어우러졌다.

"아악!"

"악!"

순식간에 천사평은 사람들의 비명 소리로 가득 찼다.

"정말 무식하구나!"

산 위에서 양측의 격돌을 지켜보던 엽강이 혀를 내둘렀다.

"원래 무림인들이라는 것이 일 대 일 대결에만 익숙해 전술이라거나 하는 집단전에는 취약한 편이네. 전술이 없는 전투이니 결국 저리 무식하게 부딪칠 밖에."

막여가 엽강을 돌아보며 입을 열었다.

그때 설연은 전장의 한 부분을 뚫어지게 바라보고 있었다. 그곳에는 백의를 입고 흰 수염을 휘날리며 검을 휘두르고 있는 한 명의 무인이 있었다. 바로 화산장문인 설장벽이었다.

"백부님."

설연의 입에서 안타까운 신음이 흘러나왔다. 설장벽은 구파일방과 오대세가가 중심이 된 좌군에 속해 있었던 것이다.

난전 속에서 앞에 서는 적을 가차없이 베어버리던 양측의 수뇌들이 급기야 서로를 마주 보고 대치하기 시작했다.

패천맹 이군 수장 왕분의 눈에 패천맹도를 가차없이 베고 있는 종남 장문인 위일청이 들어온 것도 그때였다.

"하압!"

위일청을 본 왕분의 신형이 오 장을 날아 위일청의 머리 위로 떨어져 내렸다. 거구의 몸에 어울리지 않는 움직임이었다.

위일청은 자신의 머리 위로 떨어져 내리는 거대한 살기를 느끼고 반사적으로 몸을 뒤로 빼며 검을 휘둘렀다. 시퍼런 검기가 허공에 뿌려졌지만 그 검기는 벼락같이 떨어지는 왕분의 도끼를 막을 수 없었다.

빡!

둔탁한 소리와 함께 위일청의 신형이 허무하게 무너져 내렸다. 쓰러진 위일청은 다시 일어서지 못했다.

위일청이 무너지는 순간 강맹한 하나의 도기가 왕분의 허점을 베며 짓쳐들었다. 왕분이 급급히 위일청의 시신에서 시선을 거두고 밀려드는 도기를 막아갔다. 왕분에게 향해 도를 뿌려대는 인물은 하북 팽가의 가주 팽립이었다.

도와 부가 허공에서 부딪쳤다.

쾅!

서로 중병을 사용하는 탓에 두 사람의 격돌에 의한 진기의 폭발이 주위를 뒤흔들었다. 서로 몇 보씩 뒤로 물러선 두 사람이 서로를 바라보았다. 그리고 금세 상대가 자신과 동질의 인간임을 알아보았다.

두 사람의 얼굴에 적수를 만난 것에 대한 기쁨 때문인지 약간의 미소가 드리워졌다 싶은 순간, 왕분의 도끼가 다시 팽립을 향해 날아들었다. 팽립은 자신의 정수리를 쪼개오는 왕분의 도끼를 도를 이용해 옆으로 비껴 내리며, 순간적으로 도를 수평으로 돌려 왕분의 허리를 베어갔다.

순간 왕분의 거구가 믿어지지 않을 만큼 빠르게 하늘로 솟아올랐다. 그리고는 공중에서 몸을 뒤로 한 바퀴 회전시키며 팽립의 머리 위로 떨어져 내렸다.

쾅!

다시 격한 파열음이 터져 나왔다. 미처 왕분의 도끼를 피하지 못한 팽립이 도를 들어 내려오는 도끼를 다급히 막은 것이었다.

"우욱!"

순간 팽립이 신음성을 터뜨리며 오 장여 뒤로 밀려났다. 그의 입에서는 내상으로 인해 내부로부터 올라온 피가 가늘게 흘러내리고 있었다.

"이런 곳에서 만나 유감이오."

왕분이 팽립을 바라보며 입을 열었다. 승부는 이미 정해진 것이나 마찬가지였다. 이제 한 번 더 왕분이 자신의 도끼를 휘두르면 팽립은 견뎌내기 어려울 것이다.

"마찬가지! 훌륭한 부술이오."

팽립이 피로 가득한 입을 열어 왕분의 말을 받았다.

"자, 시간이 없으니."

왕분이 최후의 일격을 날리기 위해 도를 머리 위로 들어올렸다. 그리고 왕분의 도가 허공을 격하고 팽립에게 떨어져 내렸다. 죽음을 예감한 팽립의 두 눈이 질끈 감겼다.

쾅!

그러나 절체절명의 순간 커다란 폭음이 울려 퍼졌고, 팽립은 살아남았다. 누군가 팽립에게 내려쳐진 왕분의 부를 막아선 것이다. 건장한 체격, 한 올의 머리카락도 보이지 않는 머리… 소림의 대비 선사였다.

"대사!"

"팽 문주, 몸을 살피시오. 이곳은 내가 맡겠소이다."

팽립은 대비 선사의 말에 아무런 대꾸도 없이 몸을 뒤로 뺐다. 이런 경우, 괜한 예의를 차리기 위한 대화는 오히려 상대에게 기회를 줄 수 있었다.

팽립의 위기를 보며 가슴 졸이는 한 명의 사내가 있었다. 바로 호정단 이조장 팽성이었다. 그는 왕분의 부가 팽립을 밀어낼 때 엽강의 한 손이 그의 어깨를 지그시 눌러오지 않았다면, 자칫 전장으로 뛰어들 뻔했다. 대비 선사가 왕분을 가로막았을 때야 팽립은 겨우 여유를 찾을 수 있었다.

한편, 양측이 팽팽히 맞서고 있는 가운데 단연 돋보이는 두 사람이 있었다. 패천사룡의 일인 소살부 마대와 신오제의 일인 능소개였다. 둘은 마치 양 떼 속에 풀어놓은 맹수처럼 날뛰고 있었다. 튀어나온 칼은 언젠가 만나게 되어 있다. 수없이 많은 적을 살상한 둘이 어느 순간 서로를 향해 손을 쓰기 시작했다.

적수공권의 능소개와 부를 사용하는 마대는 속도와 힘의 대결을 펼치고 있었다. 마대가 강한 힘으로 능소개를 압박하면 능소개는 바람 같은 보법으로 이를 피해내며 마대를 향해 권각을 날렸다.

능소개의 발은 마치 십여 개나 되는 듯 수많은 잔영을 만들며 마대를 압박해 들었다. 하지만 마대는 강했다. 능소개의 발이 몇 번이나 마대의 몸을 스쳤지만 그의 부는 전혀 힘이 빠지지 않았고, 그의 몸도 뒤로 물러서지 않았다.

그렇다고 능소개의 퇴법에 실린 진력이 약한 것도 아니었다. 그의 퇴법은 절벽에 한 자 깊이의 자국을 남길 정도로 강했다. 하지만 마대의 몸은 바위보다도 단단했고, 그의 힘은 천생의 신력을 타고난 듯했다. 그들의 대결도 그 끝을 알 수 없이 길어지고 있었다.

어느덧 전투가 시작된 지 세 시진이 지나고, 일반 무사들은 더 이상 칼을 들 힘조차 없어 보였다. 그나마 양측의 수뇌부만이 서로를 겨누고 있었다.

둥, 둥, 둥, 둥!

서로가 지쳐 가는 그 즈음 패천맹 진영에서 커다란 북소리가 들려왔다. 퇴각을 알리는 소리였다. 지쳐 있던 패천맹도들이 살았다는 듯이 뒤로 물러나기 시작했다. 그러나 퇴각하는 적을 바라보고도 정의맹 무사들은 추격할 수가 없었다. 추격이라는 것은 적보다 조금이라도 힘이 남아 있을 때나 하는 것이다. 정의맹도들에게도 더 이상 힘이 남아 있지 않았다. 그들은 고개를 돌려 정의맹 수뇌부가 있는 진영의 중앙을 바라보았다.

“물려야겠습니다.”

제갈의현의 말에 장의현이 고개를 끄덕였다.

뿌우우우!

정의맹 진영에서도 나팔 소리가 울렸다. 역시 퇴각을 알리는 소리였다.

"이거, 내일 다시 봐야겠소?"

아직 전장에서 물러나지 않고 있던 마대가 능소개를 바라보았다.

"그렇구려. 참 좋은 부요."

"하하하, 부가 좋은 게 아니라 사람이 좋은 것이오. 좋은 발을 지녔소."

마대도 능소개의 발을 칭찬했다.

"감사하오. 다시 봅시다."

능소개가 신영을 돌려 퇴각하는 정의맹도들의 뒤에 따라붙었다.

그렇게 첫날의 전투가 마무리되고 있었다.

사망자는 패천맹 삼백, 정의맹 이백. 얼핏 보면 패천맹의 손해인 듯하지만 정의맹은 고수의 손실이 있었다. 왕분의 부에 종남 장문인 위일청이 목숨을 잃은 것이다.

무림의 전투나 관의 전투나 수뇌부의 전사는 전체의 사기를 떨어뜨리기 마련이었다. 비록 백여 명이나 더 많은 적을 베었지만 정의맹의 분위기는 침체되어 있었다.

그날 밤 장의현의 막사에 어두운 표정을 한 정의맹 수뇌부가 모여들었다.

"허! 종남 장문인이 가다니……."

대비 선사가 혀를 찼다.

"그렇게 말입니다. 맹도들의 사기가 말이 아닙니다."

"아무래도 내일은 우리가 선공을 해야 할 것 같습니다."

설장벽과 제갈의현의 말이 동시에 나왔다.

"선공이라면 누가?"

"역시 청룡단이 움직여야겠지요. 오늘 좌군은 손실이 많았고, 우군은 아무래도 중소문파의 인물들이 많으니 역시 청룡단밖에는……."

제갈의현이 말꼬리를 흐렸다.

"그리하지요."

청룡단주 광료 신승이 선선히 대답하였다.

"그리고 능 대협과 각파의 장로님들도 다시 한 번 수고를 해주시기 바랍니다. 청룡단에는 단주 이외의 고수가 없으니."

청룡단은 그 개개인의 능력이 뛰어난 무사들로 구성되어 있지만, 초절정고수는 광료 신승이 유일했다. 과거 신오제 중 남궁인이 부단주로 있다가 독살된 후 아직 그 자리를 메우지 못했던 것이다. 이후 몇 가지 사항이 더 논의된 후 회의는 종료되었다.

"언제를 총력전으로 잡고 있소, 군사?"

사람들이 물러간 곳에 장의현과 제갈의현 둘만 남았다.

"일성에게서 전갈이 왔습니다. 내일 한 번 더 부딪쳐 양측의 세력을 좀 더 약화시키 후 모레 승부를 내는 것으로……."

"모레요?"

제갈의현이 고개를 끄덕였다.

"모레면 모든 게 정리되겠군요."

장의현의 음성에는 괴로움이 배어 있었다. 오늘 쓰러진 정의맹의 무사들 중 무당의 문도들도 섞여 있었던 것이다.

"어차피 어느 정도의 희생은 감수해야 하는 일이었습니다. 이성, 너무 괴로워 마시지요."

　제갈의현이 맹주라는 호칭 대신 이성이라는 호칭으로 부르자 장의현의 어깨가 흠칫했다. 이성이라는 호칭은 비록 그의 것이지만 역시 익숙지 않은 호칭이었던 것이다.

　다시 하룻밤이 지나고 날이 밝아왔다. 어제와는 달리 하늘은 구름 한 점 없이 맑게 개어 있었다. 또한 어제와 달리 이번에는 정의맹 쪽에서 먼저 평원 위로 달려 나오기 시작했다.

　그들이 향한 곳, 어제 종남의 장문인을 벤 왕분이 이끄는 패천맹 이군이 있는 곳이었다.

　"허허, 이거 오늘도 이군이 나서야겠습니다."

　양청길이 웃음을 터뜨리며 왕분을 바라보았다. 순간 왕분이 얼굴을 찡그렸다. 아직 어제의 피로에서 회복하지 못한 부하들을 생각하고 있었던 것이다. 하지만 싸움을 회피할 수는 없었다.

　"가지요."

　거칠게 말을 내뱉은 왕분이 자리를 떠 이군의 선두로 나섰다. 그리고 달려오는 정의맹 중군을 향해 달려나가기 시작했다.

　"이거, 일이 너무 쉽게 풀리는 게 아닌지……."

　양청길이 혈뇌자를 보며 입을 열었다.

　"두고 봐야지요. 어차피 내일이 되어야 정리가 될 겁니다, 삼성."

　혈뇌자도 양청길을 맹주라는 호칭 대신 삼성이라 부르고 있었다. 그리고 혈뇌자와 대화를 나누는 양청길의 모습은 마도를 호령하는 대패천맹주의 모습과는 거리가 먼 것이었다.

과연 정의맹 청룡단의 위력은 대단했다. 삽시간에 패천맹 이군이 수세에 몰리기 시작하였다. 그러자 패천맹의 일군을 이끌고 있는 장강수로채주 번어기가 일군을 이끌고 전장에 뛰어들었다. 그 여파로 싸움은 다시 팽팽한 접전으로 이어졌다.

광료 신승의 눈에 멀리서 혈기를 내뿜고 있는 흑막의 젊은 막주 혈운이 들어온 것은 그때였다. 혈운의 독수는 과연 잔인해서 정의맹 청룡단원의 몸속 깊이 자신의 손을 넣을 때마다 정의맹도들이 속절없이 쓰러져 나갔다.

"이놈!"

광료 신승의 입에서 호통이 터져 나오며 그의 신형이 혈운을 향해 날아갔다. 광료 신승의 모습은 마치 지옥에서 나온 야차와도 같았다. 평소 마도를 마귀와 동급으로 생각하는 광료 신승이었지만, 그는 아마도 오늘은 자신이 사람들에게 마귀처럼 보인다는 것을 알지 못할 것이다.

"컥!"

단 일 수였다. 광료 신승의 기세에 눌린 혈운은 광료 신승이 뻗어낸 단 한 번의 선장에 가슴을 맞고 뒤로 날아갔다.

즉사! 승려의 손속치고는 너무도 살벌한 손속.

혈운의 죽음은 주위에서 싸움을 벌이던 흑막의 문도들에게 큰 충격을 주었다. 그들은 자신들의 막주가 죽자 더 이상 싸울 기운을 잃은 듯 서서히 뒤로 밀리기 시작했다. 그 뒤를 청룡단원들이 따라붙었다.

"너무 깊이 들어가지 마라!"

광료 신승의 입에서 고함이 터져 나왔다. 후퇴하던 패천맹도를 쫓던 청룡단원들이 걸음을 멈추었다. 더 이상 들어가면 적에게 포위될 염려가 있었던 것이다. 이때 갑자기 정의맹의 진영에서 나팔 소리가 들려왔다. 후퇴를 알리는 소리였다.

"회군한다!"

광료 선사의 입에서 회군 명령이 떨어지자 청룡단원들이 열을 맞춰 숙영지로 돌아가기 시작했다. 전투 중이거나 전투 후에도 규율이 잡힌 청룡단의 그런 행동은 왜 청룡단이 정의맹의 주력으로 불리는지를 잘 보여주고 있었다.

오늘의 전투는 채 두 시진을 넘기지 않고 끝이 났다. 하루의 전투치고는 짧은 시간. 회군한 광료 신승이 막사 앞으로 나와 청룡단을 맞는 장의현을 바라보았다. 회군의 이유를 묻는 것이었다.

"수뇌 한 명을 베었으면 되었습니다. 어차피 승부는 내일 벌어지게 될 것입니다. 더 이상 맹도들을 지치게 할 필요가 없었습니다."

대답은 제갈의현이 대신하였다. 그제야 광료 신승도 눈빛을 가라앉히고 청룡단을 인솔해 중군의 막사로 돌아갔다.

그날 양맹은 더 이상의 충돌 없이 밤을 맞았다. 전장은 다시 침묵에 빠져들었다. 하지만 사람들은 내일은 오늘과 같은 고요를 맞이할 수 없다는 것을 알고 있었다. 내일은 양맹이 승부를 낼 것이라는 소문이 양맹의 막사에 파다하게 퍼져 있었다.

*　　　*　　　*

진가장주 진무외는 지금까지 자신의 운이 아주 좋다고 생각하고 있었다.

그는 비록 무가에서 태어났지만, 혈림의 습격 이외에는 별다른 칼부림을 겪지 않고 살아온 사람이었다. 첫날의 전투가 끝나고 그는 자신이 왜 이곳으로 왔는지를 후회하기 시작했다. 도저히 자신이 익힌 무공과 담력으로는 저 전장에서 살아남을 자신이 없었던 것이다.

전투에 대한 두려움으로 첫날밤을 보낸 진무외는 하늘에 감사했다. 다행히 두 번째 날도 자신이 속한 백호단은 출정을 하지 않았던 것이다. 진무외 자신이 운이 강한 사람이라고 생각하기 시작한 것은 이 즈음이었다. 그래서 두 번째 날 밤이 깊었을 때는 첫날과 다르게 제법 깊은 잠을 청할 수도 있었다.

하지만 세 번째 날이 밝았을 때 청천벽력과도 같은 소식이 그의 귀에 들려왔다. 오늘 양맹이 총력전을 벌인다는 소식이었다.

그리고 드디어 백호단에도 출천 명령이 떨어졌다. 진무외는 떨리는 가슴을 진정시키며 자신이 데리고 온 무사들을 자신과 아들 진평천의 주위에 둘러서게 하고는 백호단의 가장 후미에 다가가 섰다. 멀리 선두에 영웅건을 두른 고봉정이 늠름하게 앞서 가는 모습이 보였다.

'가장 뒤에서, 가장 느리게, 그리고 가장 빨리 쓰러지자.'

진무외가 오늘의 전투에서 생존 방법으로 택한 행동 규칙이었다.

뿌우우우!

긴 나팔 소리가 들렸다. 진군의 소리였다. 갑자기 고봉정을 선두로 백호단원들이 앞으로 달려나가기 시작하였다. 진무외는 갑자기 앞으로 달려가는 단원들을 따라 허겁지겁 꽁무니를 따르기 시작했다. 그에 따라 그의 주위에 둘러선 진가장의 무사들도 전장으로 달려나가기 시작했다.

피유우웅!

"컥!"

갑자기 한 명의 진가장 무사가 쓰러졌다. 쓰러진 무사의 가슴에는 화살이 박혀 있었다. 패천맹의 화살 공격에 순식간에 정의맹 무사들이 쓰러져 갔다.

하지만 화살 공격은 오래될 수 없었다. 어느새 정의맹의 선두와 패천맹의 선두가 뒤섞이고 있었기 때문이다. 일단 접전이 시작되면 화살 공격은 있을 수 없다. 피아를 구분하기 쉽지 않아 아군이 상할 수도 있었기 때문이다.

드디어 도검이 부딪치는 격전이 시작될 무렵, 갑자기 진무외가 전장의 중심에서 오십여 장 떨어진 후미에서 땅에 꼬꾸라졌다.

"어억!"

그의 입에서 신음성이 터져 나왔다.

"장주!"

놀란 진가장 무사들이 진무외를 돌아보았을 때 진무외의 가슴에 한 대의 화살이 꽂혀 있었다. 그리고 진무외는 숨이 끊어진 듯 더 이상 움직이지 않았다. 쓰러진 장주를 돌아보던 진가장의 무사들 눈에는 불길이 일었다.

"이 패천맹 놈들 다 죽이리라!"

흥분한 진가장 무사들이 장주의 복수를 위해 전장에 뛰어들었다.

'미안하다. 정말 미안하다. 내 살아간다면 반드시 자네들의 식구들을 잘 건사할 것이야.'

숨이 끊긴 것 같던 진무외의 가슴이 다시 일렁이기 시작했을 때 진무외는 전장에 뛰어드는 진가장의 무사들을 어렴풋이 뜬 눈으로 바라보고 있었다. 그의 눈에서는 눈물이 흐르고 있었다. 하지만 그는 결코 몸을 일으키지 않았다.

양맹의 맹도들은 순식간에 뒤섞였다. 양맹 맹주들을 따르는 별도의 무리를 제외한 전 인원이 천사평의 평원에서 부딪친 것이다. 순식간에 평원은 시체로 가득 차기 시작했다. 그 외중에 양맹의 수뇌부들도 자신에게 걸맞는 상대를 찾아 겨루고 있었다.

한데 이때 이상한 움직임을 보이는 일단의 사람들이 있었다. 그들은 바로 사천에서 살아 돌아온 소도성과 서린이 이끄는 패천맹도들이었다. 그들은 이상하게도 전장의 겉을 맴돌고 있었다.

그것은 광마 소도성이나 독마 서린의 명성과는 어울리지 않는 모습이었다. 광마 소도성의 광마라는 별호는 그의 손에서 칼이 뽑히면 오직 미친 마인만이 남는다고 해서 생긴 별호였다. 한데 오늘 그는 칼을 뽑았음에도 불구하고 자신을 공격해 오는 정의맹도만 상대할 뿐 자신이 직접 적을 공격해 들어가지 않았다.

그것은 독마 서린도 마찬가지였다. 평소 독수로 이름이 높은 서린이었지만, 웬일인지 오늘은 전혀 독수를 사용하지 않고 광마 소도성과 함께 전장의 밖을 돌고 있었다.

"쯧쯧, 뭐 하는 짓이지?"

멀리서 광마 소도성과 독마 서린의 움직임을 보고 있던 양청길과 혈뇌자가 동시에 혀를 찼다. 두 사람의 행동이 눈에 들어왔던 것이다.

"저들이 사천에서 호되게 당하긴 당한 모양이오. 저리 몸을 사리다니."

양청길이 혀를 차며 입을 열었다.

'그렇기는 하지만 이건 좀 이상한데. 결코 저 두 인간은 겁먹을 인간들이 아닌데……. 뭐, 상관없겠지. 이미 일은 거의 끝난 것이나 마찬가지이니.'

혈뇌자는 둘의 행동에 의심이 들기는 했지만 이미 계획대로 일이 진행되고 있었기에 크게 신경 쓰지 않았다. 그 순간에도 전장의 치열함은 더욱 심해지고 있었다.

해가 떠오를 때 시작한 전투는 해가 서쪽으로 기울어졌을 때까지 계속되고 있었다. 중앙에서 부딪친 양맹의 세력은 어느새 이천으로 줄어 있었다. 수천의 인명이 천사평에서 생을 마감한 것이었다.

"이건 미친 짓이야!"

다시 한 명의 패천맹도를 베어 넘기며 고봉정이 씹어뱉듯 소리쳤다. 그의 온몸은 온통 피로 얼룩져 있었다. 어릴 때부터 길러온 무인의 호연지기는 전장에서 그 자취를 감추었고, 오직 적을 베는 살검만이 그의 손에 들려 있었다. 다시 몇 명인가의 패천맹도를 베어 넘기고 있을 때 한 명의 인영이 바람처럼 그에게 다가왔다.

꽝!

검과 검이 부딪치는 소리가 강하게 울려 퍼졌다. 고봉정은 자신의 손을 통해 울려오는 적의 진기에 놀라 퍼뜩 고개를 들었다. 얼얼하게 느껴지는 통증이라니… 그의 앞에 온통 피로 목욕을 한 듯한 인물이 서 있었다.

녹림 총표파자 왕분이었다.

"자네, 검이 괜찮군."

왕분은 전투가 시작되면서부터 줄곧 고봉정을 주시하고 있었다. 오직 일검만을 내리긋는 고봉정의 검은 오히려 도에 가까웠다. 일검에 십 장씩 뻗어나는 검기에 수많은 패천맹도들이 고혼으로 변했다. 그런 고봉정에게서는 진정한 무인의 기세가 흘러나오고 있었다. 왕분은 그를 향해 자신의 도끼를 내리긋고 싶다는 충동에 전투 내내 고봉정을 향해 다가갈 기회를 노리고 있었던 것이다. 그리고 전투가 네 시진이

넘어서려는 지금에서야 그는 수많은 무사들 틈에서 벗어나 고봉정의
앞에 내려설 수 있었다.

"왕분? 녹림의 총표파자?"

"맞네. 자네가 화산의 검룡 고봉정인가?"

고봉정이 말없이 고개를 끄덕였다.

"처음부터 자네를 보고 있었네. 이런 전장이 아니라도 한 번쯤은 겨
루어보고 싶은 무인, 오늘같이 더러운 날 자네를 만난 것은 행운이야."

왕분의 말에 고봉정의 입가에도 미소가 떠올랐다.

"과연 그렇군요. 정말 행운이지요, 최소한 이번만은 살검이 아닌 무
인의 검을 휘두를 수 있을 테니."

고봉정도 왕분에게서 뿜어지는 무인의 강한 투지를 느끼고 있었다.

"자, 그럼 시작해 볼까?"

왕분의 말에 고봉정이 검을 천천히 자신의 머리 위로 들어올렸다.
그리고 진기를 끌어올리기 시작했다.

순간 왕분이 흠칫 몸을 떨었다. 고봉정에게서 느껴지는 진기가 지금
껏 자신이 보았던 고봉정의 진기와 사뭇 다른 것이었다.

'진신내력을 숨기고 있었던가?'

왕분이 고개를 갸웃거렸다. 하지만 그것은 그가 잘못 판단한 것이었
다. 고봉정의 투기는 막여가 인정한 것이다. 막여의 판단대로라면 신
오제의 수위는 남궁인이 아니라 고봉정이어야 했다. 단지 이런 일방적
인 살육이 벌어지는 전장에서 무인으로서의 고봉정의 투기가 감추어져
있었던 것뿐이다.

'어쨌든 상관없겠지.'

왕분도 머리를 흔들어 다른 생각을 털어내고는 자신의 도끼를 어깨

위로 치켜들었다. 그리고 둘은 그대로 서로를 향해 검과 도끼를 내리
그었다.

쾅!

천지를 뒤흔드는 폭음. 사방으로 비산하는 진기의 파편들. 두 사람
이 펼친 무공의 여파로 주위가 일대 아수라장으로 변해 버렸다. 그리
고 주위가 진정되었을 때 사람들은 왕분과 고봉정 사이에 난 커다란
웅덩이를 볼 수 있었다. 두 사람의 진기가 부딪치며 일어난 현상이었
다.

"또 무식한 짓을 시작했구나!"

능소개가 두 사람을 보며 혀를 찼다. 그는 지난 무림대회에서 고봉
정이 소림의 법철을 상대로 비무했던 일을 잊지 않고 있었다.

콰쾅!

다시 한 번 거대한 폭음이 울려 퍼졌다. 그리고 이번에는 두 사람의
신형에 약간의 변화가 있었다. 고봉정의 다리는 발목까지 땅속으로 박
혀 있는 반면 왕분은 뒤로 다섯 걸음 물러나 있었다.

그리고… 왕분의 입에서는 붉은 피가 흐르고 있었다. 고봉정의 안색
도 파리하게 변해 있었다. 하지만 두 사람은 검과 도끼를 멈추지 않았
다. 그들은 최후의 일격을 위해 다시 한 번 검과 도끼를 집어 들고 있
었다.

"저, 저……!"

주위에서 전투를 벌이던 패천맹도와 정의맹도 모두 싸움을 멈추고
두 사람의 대결을 바라보고 있었다. 그들은 태어나서 이렇게 무식하게
손을 쓰는 사람들을 처음 보고 있었다. 하지만 사람들은 두 사람에게
서 순수한 무인으로서의 열정 또한 느끼고 있었다.

“자, 마지막이오.”

고봉정의 입에서 신음처럼 낮은 음성이 흘러나왔다.

“오시게.”

왕분도 입가에 흘러내리는 피를 아랑곳하지 않고 고봉정을 맞아갔다.

그리고 다시 한 번 두 사람의 검과 도끼가 휘둘러졌다.

쾅!

“억!”

격렬한 울림이 일어난 다음 순간, 왕분의 신형이 평원 위로 무너져 내렸다. 고봉정은 비틀거리며 땅속에 박힌 자신의 발을 빼내 왕분의 앞으로 다가갔다. 왕분의 숨은 아직 끊어지지 않고 있었으나, 죽음은 피할 수 없어 보였다.

“사부!”

그때 한 명의 인영이 바람같이 달려와 왕분을 안아 일으켰다. 왕분의 제자이자 패천사룡의 일인 소살부 마대였다.

“소란 떨지 마라.”

왕분이 눈물을 흘리고 있는 마대를 보며 입을 열었다. 그리고는 시선을 고봉정에게 돌렸다.

“자네, 정말 멋진 검이었네.”

“어르신의 부도 최고였습니다.”

“나는 오늘 내가 행복한 사람이라는 것을 알았네. 죽음에 눈물 흘려 줄 제자와 무인다운 죽음을 선사해 준 적이 있었으니. 아, 정말 이런 전쟁은 마음에 들지 않아. 비록 산적질을 하는 나에게도 이런 식의 살육은 정말… 마대야.”

“말씀하시오, 사부!”

“이 전쟁이 끝나면 산으로 들어가 산적질이나 해먹고 살아라. 절대 다시는 무림의 은원에 끼어들지 마라. 산적은 그저 산적질이나 하면 되는 것이지 정이니 마니 하는 것은 애초에 산적과는 관계없는 것이었다. 그리고 이 사부의 복수도 생각지 마라. 난 저 친구에게 오히려 감사하고 있다. 무인다운 죽음을 맞이하게 해주었으니… 내가 살아 있다면 난 아마도 이 무림의 은원에서 결코 헤어나지 못했을 것이다……..”

“알겠소, 사부! 내 다시는 산에서 나오지 않으리다!”

마대의 말에 왕분이 빙그레 미소를 지으며 숨을 거두었다. 마대가 천천히 왕분의 시신을 안고 몸을 일으켰다.

“원하신다면 상대해 드리리다.”

고봉정이 마대를 보며 입을 열었다. 그러나 마대가 고개를 저었다.

“아니오. 사부가 원한 죽음이었으니 원한은 없소. 난 이제 이곳을 벗어나 산으로 들어갈 것이오. 앞을 막지 않는다면 가겠소.”

마대의 말에 고봉정이 고개를 끄덕이며 한 발 옆으로 비켜섰다. 마대가 고개를 까닥이고는 고봉정을 지나쳐 전장을 벗어나려 했다. 그러나 마대는 결코 전장을 벗어날 수 없었다.

진무외가 거짓으로 가슴에 활을 꽂고 쓰러져 네 시진을 버티는 동안 진가장의 사람들 중 살아남은 사람은 아무도 없었다. 진무외의 아들 진평천도 이미 죽은 지 오래였다. 하지만 진무외는 살아남았다.

그는 ‘가장 뒤에서, 가장 느리게 출발하여, 가장 빨리 쓰러져’ 목숨을 구했던 것이다.

그가 쓰러진지 네 시진을 넘기고 있을 때 전장은 소강 상태에 들어

가고 있었다. 대부분의 사람들은 검을 휘두를 힘조차 남아 있지 않았다. 단지 몇몇의 고수만이 서로를 향해 검을 겨누고 있을 뿐이었다.

한데 이러한 전장에서도 아직 건재를 과시하는 세 부류의 사람들이 있었다.

첫 번째는 정의맹 맹주와 그의 직속에 있는 오백여 명의 무리들이었다. 그들은 정의맹 맹도들이 평원에 쓰러져 가는데도 자신들의 자리를 굳건히 지키며 전투에 참여하지 않고 있었다.

두 번째 무리는 역시 패천맹주 양청길의 천마궁 직속 세력이었다. 천여 명에 이르는 그들도 전장의 상황에 아랑곳하지 않고 자신들의 자리를 지키고 있었다.

두 세력이 움직이지 않은 것은 한편 이해가 가는 면이 있었다. 서로가 서로를 견제하고 있었을 수도 있는 것이다. 해서 정의맹이나 패천맹도들은 전장에서 쓰러져 가면서도 결코 그들에 대한 원망이나 의문을 갖지 않았다.

한데 그들 말고도 움직이지 않고 있는 또 하나의 무리가 있었다. 독마 서린과 이제현의 제자 소도성이 이끄는 패천맹의 삼군은 전장의 겉만 맴돌고 있었다. 그들은 자신들을 공격해 오는 적에게는 대응했으나 자신들이 먼저 나서서 적을 공격하지는 않았다. 삼군에 속한 대부분의 인원들은 천독림과 이제현을 따르던 인물들이었다.

삼군이 전투에 적극적으로 참여하지 않은 결과는 컸다. 삼군을 제외하고 전장에서 살아남은 사람들은 대부분 정의맹 인원들이었다. 만약 삼군이 전투에 적극적으로 개입했다면 살아남은 사람을 찾아보기 힘들었을 것이다.

그리고 이때 녹림의 총표파자 왕분이 죽었다. 양맹의 수뇌부 인사

중 최초로 거물이 숨을 거둔 것이다. 전장의 칼 소리는 멈췄고, 살아남은 사람들은 자신들의 적을 바라볼 뿐 더 이상 서로를 향해 달려들지 않았다.

진무외가 쓰러져 있던 몸을 들어올려 고개를 든 시기가 바로 이때였다. 진무외는 일단 병장기 부딪치는 소리가 멈추었고, 간간이 들려오는 부상자들의 신음 소리 이외에는 새로운 죽음의 소리가 들리지 않음을 깨닫고는 전투가 중지되었다고 생각했다. 그리고 이제부터가 중요했다.

진무외가 천천히 가슴에 살짝 꽂혀져 있는 화살이 떨어지지 않도록 왼손으로 화살을 잡아 누르며 오른손으로 땅을 짚고 신형을 일으켰다. 그리고 마치 부상을 입어 정신을 잃었던 것과 같은 표정으로 주위를 둘러보았다. 역시 예상대로 전투는 멈추어져 있었다. 그는 혈림의 사건 이후 또 한 번 죽음의 위기를 넘긴 것이다.

하지만 그가 안도의 숨을 내쉬며 고개를 돌려 주변 상황을 살피는 순간, 그의 눈에 또 하나의 위기가 보이기 시작했다. 드디어 움직이지 않던 무리, 즉 양맹의 맹주 직할군이 움직이기 시작한 것이다.

그들은 천천히 양맹의 막사를 떠나 칼부림이 멈춘 평원의 중앙을 향해 다가서고 있었다.

'이런 젠장! 아직 끝난 게 아니잖아!'

진무외는 자신이 너무 일찍 몸을 일으켰다고 생각했다. 그렇다고 다시 그 자리에 누울 수도 없었다. 이미 그가 일어선 것을 본 이들이 여럿 있었기 때문이다.

'저것들은 여태 뭘 하다 이제야 기어 나오는 거야?'

진무외는 지금에서야 움직이는 그들을 원망하며 다가오는 양측의 무리를 번갈아 바라보다가 갑자기 동쪽으로 이어진 평원의 끝자락에 시선을 고정시켰다.

'저건 또 뭐야?'

그의 눈에 평원 동쪽으로 이어진 산에서 수많은 인마가 평원으로 내려와 전장을 향해 밀려오는 것이 보였던 것이다.

제52장
변란(變亂)

천사평의 동쪽 편에 모습을 드러낸 이천여 명의
인영들이 전장의 중심으로 다가선 것은 눈 깜짝할 사이였다. 그들은
순식간에 다가서는가 싶더니 정사양도의 사람들을 빙 둘러 포위하기
시작했다.

'관인가?'

순간적으로 사람들은 관을 떠올렸다. 비록 무림의 일에 관이 개입하
지 않는 법이었지만 그것은 어디까지나 소수의 무림인 사이의 다툼일
때였다. 이렇듯 무림인들이 대규모의 병력을 형성하고 전쟁을 방불케
하는 전투를 치른다면 관이 개입할 여지는 충분했다.

하지만 다음 순간 사람들은 고개를 저었다. 나타난 사람들의 복장이
관이라고 볼 수 없었기 때문이다. 흑의에 검은 복면. 이천여 명의 인영
들 중 천오백여 명의 차림새였다. 그리고 나머지 오백의 차림은 중원

의 복식이 아니었다.

붉은 가사로 온몸을 감싼 이들과 온통 흰색으로 된 옷을 입은 사람들이 다시 각각 이백오십씩 오백이었다. 이들 이천의 무리가 뿜어내는 기세는 남아 있던 정의맹과 패천맹 세력을 압도하고도 남음이 있었다.

그리고 흑의인들의 가슴에 새겨진 하나의 단어가 이들의 존재를 나타내 주고 있었다.

북두(北斗).

그 두 글자가 모든 사람들이 시선에 잡힐 때,

둥둥둥둥!

갑자기 거대한 북소리가 천사평에 울려 퍼지면서 정사 무림인들을 포위한 무리의 한쪽이 열리며 화려한 마차가 등장했다.

"북두천하! 북두천하!"

순간 이천여 명의 무인들이 내는 소리가 천사평을 가득 메웠다.

"이건 뭐야?"

능소개가 신경질적인 소리를 내뱉었다. 그는 직감적으로 뭔가 잘못되어 가고 있다는 것을 알아챘다.

모습을 드러낸 화려한 마차에서 두 명의 인영이 내려섰다. 그러자 이천여 명의 인영들이 모두 땅 위에 한쪽 무릎을 꿇었다,

"일성을 뵈오."

금의에 금빛 복면, 마차에서 내린 일성이라 불리우는 사람의 복장이었다. 그리고 그의 옆에는 다른 사람들과 마찬가지로 흑의에 검은 복면을 한 인영이 서 있었다. 그의 가슴에는 북두라는 글씨와 칠성이라는 글씨가 함께 새겨져 있었다.

"칠성은 천하에 북두의 뜻을 알리라."

일성의 말에 칠성이 앞으로 나섰다.

"전 무림에 북두의 뜻을 알리오! 지난 이십여 년간 무림은 전쟁의 소용돌이를 겪어왔소. 따지고 보면 무림대전의 시작은 사소한 각 문파의 이해관계에서 벌어진 것이었소. 시간이 지나며 무림인들은 순수한 무인으로서의 자세를 잃고, 오늘날 무림은 공멸의 위기에 처해 있소이다. 해서 북두회가 탄생하였소. 북두회는 뜻있는 무림인들이 모여 무림을 피의 굴레에서 건져 내기 위해 만들어진 조직이오."

칠성이 잠시 말을 끊고 전투에 지치고 새로운 세력의 등장에 충격받아 머리가 텅 비어버린 정사양도의 무인들을 바라보았다.

"해서 북두회는 오늘을 기점으로 무림을 통제하기로 결정하였소. 향후 무림의 모든 대소사는 북두회의 이름 아래 결정지어질 것이며, 이에 동의하지 않는 문파나 무인은 북두회의 이름으로 처단될 것을 선포하는 바이오!"

쿵!

순간 정의맹과 패천맹 수뇌부는 정신적 충격에 빠져 아무 말도 할 수 없었다. 그렇게 얼마나 시간이 흘렀을까. 그나마 가장 먼저 정신을 차린 남궁룡이 입을 열었다.

"당신들이 도대체 무엇인데 무림의 일을 당신들 마음대로 하겠다는 것이오? 이미 무림에는 정사를 대표하는 정의맹과 패천맹이 있고 각각 그 맹주들이 있소."

남궁룡의 말에 각파의 수장들이 고개를 끄덕였다. 이미 무림은 정의맹과 패천맹이 정사의 구심점으로서 확고히 자리를 잡고 있었다.

"그래서 정의맹과 패천맹이 지금까지 무림을 위해 한 일이 무엇이오. 결국에는 무림의 정기를 꺾는 전쟁밖에 더 일으켰소? 그리고 이미 무림의 원로들이 우리와 뜻을 같이하기로 하였소. 정의맹과 패천맹은 이제 무림에서 사라질 것이오.”

“원로가 뜻을 같이해? 양맹의 수뇌를 제외하고 누가 원로라는 말을 쓸 수 있으며, 누가 무림의 향방을 결정할 수 있단 말이냐?”

남궁룡의 입에서 거친 반말이 튀어나왔다.

“원하신다면 가르쳐 드리지요. 이성, 삼성, 사성, 오성께서는 일성께 문안드리시오!”

칠성의 목소리가 천사평에 굵게 울려 퍼졌다. 그러자 누구도 예상하지 못한 일이 벌어졌다. 남과 북으로 갈라서 있던 양맹의 맹주군에서 각각 두 명의 인물이 걸어 나와 일성 앞에 무릎을 꿇은 것이다.

“일성을 뵈오.”

순간 전장이 무겁게 가라앉았다. 사람들은 자신들의 눈앞에서 벌어지고 있는 일들을 도저히 믿을 수 없다는 표정을 짓고 있었다.

“맹주!”

“군사!”

일성이라 불리우는 금의 인물 앞에 무릎을 꿇은 사람들은 바로 정의맹과 패천맹을 대표하는 맹주들과 총군사들이었던 것이다. 그리고 그 슈가 패천맹주와 정의맹주 직할의 특별규으로 자리를 지키고 있던 처 오백여 명의 무사들이 중인들을 포위하고 있는 북두회 무사들 틈으로 섞여들었다.

순식간에 사천에 육박하는 무인이 싸움에 지친 무인들을 포위했다. 각파의 수뇌들은 상황의 반전에 당황하다가 어느 순간 체념이 빛을 보이기 시작했다. 하루 동안 격전을 치른 무사들이 감당하기에는 적이 너무 많았고, 너무 강했다.

"자, 어떻소. 이 정도면 충분하겠소?"

칠성이 한곳에 몰려든 패천맹과 정의맹 수뇌들을 보며 물었다.

"맹주, 도대체 어찌 된 일이오?"

대비 선사가 조용히 장의현을 보며 입을 열었다.

"장문인들, 들어보시오. 그간 우리 구대문파와 오대세가가 정의맹을 구성하여 패천맹과 싸우며 흘린 피가 얼마요. 각 문파의 정기는 훼손되었고, 무림은 신음하고 있소이다. 어떤 식으로든 이러한 혼란을 종식시킬 필요가 있다는 것이 일성을 비롯한 우리 북두회이 생각이었소. 생각들 해보시오. 만약 정의맹과 패천맹 중 한 곳이 승리한다면, 그렇다면 무림에 과연 평화가 오리까? 그렇지 않소이다. 결국 무림은 피의 수레를 멈추지 못할 것이오."

"무림인에게 피는 주어진 운명이오."

장강수로채주 번어기였다. 번어기의 말에 이번에는 양청길이 앞으로 나섰다.

"물론 무림의 은원이 끊이지 않는 한 무림에는 계속 피가 흐를 것이오. 하지만 그 피를 최소화할 수는 있소. 우리 북두회는 앞으로 무림의 분쟁을 조절하는 역할을 함으로써 그 피를 최소화할 것이오."

"이보시오, 맹주. 천하에 깔린 것이 무림인인데 어찌 북두회가 그 일을 다 감당할 수 있겠소이까?"

이번에는 칠성이 앞으로 나섰다.

"해서 북두회는 무림을 재편할 것이오. 각 문파의 장은 북두회의 승인 하에 임명될 것이며, 문파의 비전은 북두회가 지정하는 장소에 보관될 것이오. 북두회는 각 문파의 비전을 연구해 더욱 발전된 형태의 무공을 무인들에게 제공할 생각이오."

칠성의 말은 사람들을 더욱 어이없게 만들었다.

"이보시오. 무림에서 문파라는 것은 무림인의 생명과도 같은 것이오. 만약 당신들의 말대로 한다면 무림의 문파라는 것 자체가 사라지게 될 게 아니오. 결국 북두회는 무림의 일통을 노리는 것이 아니오?"

화산의 설장벽이 칠성을 보며 추궁했다.

"그리 생각하신다면 그리되겠지요. 더 이상의 말은 필요없소. 지금 즉시 각 문파의 장문인들께서는 장문영부를 일성께 바치고, 손에서 무기를 내려놓으시오. 따르지 않는 자는 베겠소이다."

칠성이 손을 들어올리자 무림인들을 포위하고 있던 사천의 북두회 무인들이 제각각 무기를 움켜쥐었다.

이때 한 명의 인영이 급히 앞으로 나섰다.

"한 가지만 물어봅시다."

천독림의 림주 서린이었다.

"말씀하시오."

칠성이 거만하게 서린을 바라보며 대답했다.

"이제 일성이라 불리우는 저 사람과 당신도 정체를 밝힐 때가 되지 않았소?"

서린의 말에 칠성이 일성을 돌아보았다. 일성이 잠시 생각에 잠긴 듯하더니 고개를 끄덕였다. 그리고 서서히 자신의 금빛 복면을 벗기 시작했다. 이성과 삼성이라 불리우는 장의현과 양청길도 그간 장막에 가려져 있던 일성의 정체를 궁금해하며 일성을 바라보고 있었다.

흰 수염이 가슴을 지나 허리까지 내려오고, 얼굴에는 잔주름이 가득했다. 하지만 두 눈에서 뿜어져 나오는 기세는 천하를 압도할 만하였다.

"제갈천!"

순간 살아남은 사람들 중 육십을 넘은 원로들의 입에서 놀람의 소리가 터져 나왔다.

"제갈천? 제갈세가의 전대 가주?"

놀람은 중인들만의 것이 아니었다. 양청길과 장의현도 일성의 정체에 놀라 입을 다물지 못했다. 이때 제갈천이 앞으로 나섰다.

"여러분 안녕들하시오. 제갈천이외다. 오늘은 제갈가의 전대 가주가 아닌 북두회의 일성으로 여러분을 뵙는 것이니 그리들 이해해 주시기 바라오."

그리고 주위를 둘러싼 북두회 무인들을 보며 큰 소리로 외쳤다.

"자, 그만 복면을 벗어라! 이제 북두회가 어둠을 벗어나 밝은 곳으로 나갈 때이다!"

제갈천의 외침에 검은 복면으로 얼굴을 가리고 있던 북두회 무인들이 복면을 벗기 시작하였다.

"헉! 사제?"

"이 장로!"

"사형이 어떻게?"

장내는 순식간에 아수라장으로 변했다. 무림인들을 둘러싸고 있던 복면인들은 바로 그들의 사형이며 그들의 사제이고, 그들이 사숙이었던 것이다. 그리고 일성의 주위로 일단의 사람들이 몰려들었다. 그들을 본 사람들은 다시 한 번 경악하지 않을 수 없었다.

이미 은거한 것으로, 혹은 죽은 것으로 알려진 무림의 전대 고수들이 일성이 주위에 다가선 것이다. 그들 중에 일곱 사람을 목격한 장내는 완전히 체념의 기운이 감돌았다.

“칠악!”

그중에는 수십 년 전의 전대 거마 칠악도 들어 있었던 것이다. 전대의 고수들의 등장은 그래도 견딜 만하였다. 하지만 한 달 전만 해도 자신들의 무운을 빌어주던 동문들의 등장은 양맹의 생존자들에게 한 가닥 남아 있던 의지를 완전히 끊어버리기에 충분했다.

“자, 이제 더 이상 피를 보지 맙시다. 각 장문인들은 어서 자신의 의사를 밝히시지요.”

작지만 강한 음성이 장내에 퍼졌다.

몇몇 장문인이 몸을 움찔거리다. 옆 사람이 움직이지 않는 것을 보고는 걸음을 멈추었다.

“하나만 더 물어봅시다.”

서린이 다시 입을 열었다.

“허 림주께서는 궁금한 것도 참 많소이다. 말씀해 보시오.”

제갈천이 귀찮다는 듯 서린을 바라보았다.

“지금부터 오 개월 전 천독림은 독정을 분실했소. 부끄러운 말이지만 제 못난 자식놈이 누군가에게 꼬임을 당해 독정을 들고 나간 것이오. 그리고 몇 달 후 그 독이 신오제 남궁인을 죽이는 데 쓰였소. 나는 지난 몇 달간 못난 자식놈을 꼬여 독을 유출시킨 자를 찾고 있었소. 그리고 며칠 전 하나의 사실을 확인할 수 있었소. 그리고 오늘 여기서 모든 일을 알아차릴 수가 있었소이다.”

“호! 그래, 림주가 알아낸 것이 무엇인지 어디 한번 말해 보시오.”

“아들놈이 발견된 개봉에서 바로 당신들이 칠성이라 말하는 저 제갈성의 흔적을 발견한 것이오. 제갈성, 네가 당문과 천독림에서 무형지독과 독정을 유출시킨 장본인이냐?”

서린의 눈초리를 받은 제갈성은 잠시 당황하는 듯 보였지만, 잠시 후 상관없다는 표정으로 입을 열었다.

"그렇다면?"

순간 남궁룡의 눈에 불꽃이 일기 시작하였다.

"그렇다면 이야기가 되는군. 결국 정사연에서 신오제 중 최고수라는 남궁인에게 독을 사용할 수 있는 사람은 한 사람밖에 없겠지. 그리고 역시 같은 이유로 진패천이 독에 중독되도록 손을 쓴 것은 혈뇌자 당신이겠지. 그렇지 않소?"

서린의 시선이 혈뇌자와 제갈의현을 향했다.

"하하하, 정말 대단하군. 평소 그리 똑똑해 보이지 않더니만, 림주가 이리 똑똑한 인물이라는 것을 알았다면 진즉에 북두회의 일원으로 받아들였을 텐데. 림주, 지금이라도 북두회에 들어오시오. 아마도 일성 께서 섭섭치 않게 대우해 드릴 거외다."

혈뇌자가 서린을 보며 말했다. 그의 행동은 서린의 말을 시인한다는 것과 같았다.

"이놈들! 너희들이… 너희들이 내 아들을……!"

남궁룡의 입에서 분노의 일갈이 터져 나왔다.

"이보시오, 남궁 가주. 대를 위한 소의 희생을 어쩔 수 없는 법이외다."

"대를 위한 소의 희생? 그가 나에게는 가장 큰 의미라는 것을 너희들이 어찌 알겠느냐? 오냐, 오늘 내가 제갈세가의 무공을 견식하리라!"

분노한 남궁룡이 자신의 검을 빼 들고 일성 제갈천을 향해 날아갔다.

남궁룡은 남궁세가의 가주로서 무림에 명성이 높았지만, 한 사람의 무인으로서도 그 존재가 무거운 사람이었다. 그럼으로써 그의 분노가 녹아 있는 검은 결코 가벼운 것이 아니었다. 남궁룡의 검이 어느새 제갈천의 가슴을 파고들고 있었다. 하지만 남궁룡의 검을 내려다보고 있는 제갈천의 표정에는 여유가 있었다.

남궁룡의 검이 명치의 한 치 앞까지 파고들었을 때야 제갈천이 살짝 몸을 움직였다. 그의 금포 소매가 살짝 휘둘러지자 매섭게 달려들던 남궁룡의 검날이 옷자락에 휩싸여 엉뚱한 방향으로 휘어졌다.

"음."

갑자기 꺾인 검의 방향에 당황한 남궁룡이 땅에 내려서며 잠시 몸을 비틀거렸다. 사람들의 얼굴에 은은한 놀람의 빛이 서렸다. 그들이 생각한 것보다 제갈천의 무공이 훨씬 뛰어났던 것이다.

사람들은 비록 제갈천이 북두회의 우두머리라 해도 그것은 그의 두뇌에 의한 것이라 생각했다. 양청길과 장의현마저도 밝혀진 일성의 정체가 제갈천이라는 것에 놀라면서도 한편으로는 안도의 한숨을 내쉬고 있었던 것이다.

그만큼 무림에서 제갈세가는 무공보다는 그들의 두뇌로 이름이 알려졌고, 무공은 구대문파나 나머지 오대세가에 훨씬 미치지 못하는 것으로 알려져 있었디. 그런 제갈세기의 전대 기주 제갈친이 일성이라는 사실에 양청길과 장의현은 자신들의 무공에 대한 자신감이 새롭게 생겨나고 있었던 것이다.

한데 그 제갈천이 너무도 간단하게 남궁룡의 일검을 막아낸 것이다. 더구나 제갈천이 보여준 그 일수는 사성의 사성으로 불리우는 양청길이나 장의현도 쉽사리 보여줄 수 없는 것이었다.

"내 북두회를 따르지 않는 자들에게 그들의 말로를 보여주마."

순간 제갈천이 선 자세에서 그대로 날아올랐다. 그리고 그가 떨어져 내린 곳, 그곳엔 겨우 신형을 바로 세우고 있는 남궁룡이 있었다.

파직!

우악스런 파열음이 일어났다. 그리고 서서히 남궁룡의 신형이 땅바닥에 허물어졌다. 천하를 떨치던 강남 거호 남궁세가의 가주 남궁룡이 제갈천의 일수에 목숨을 잃은 것이다.

사람들은 두 가지 사실에 경악하고 있었다. 하나는 남궁룡을 일수에 제압하는 제갈천이 가공할 무공이었고, 다른 하나는 머리를 파열시키는 그의 잔혹함이었다.

"아미타불, 손속이 지나치시오, 제갈 시주!"

대비 선사가 은은한 분노를 담은 음성을 터뜨렸다.

"대사, 손이 독하지 않으면 어찌 일을 성사시킬 수 있겠소. 이 한 수로써 이곳에 모인 무림인이 상황을 파악하고 북두회의 그늘로 들어온다면 그 또한 피를 피하는 일이니 어찌 나쁘다고만 할 수 있겠습니까?"

제갈천이 독수를 뿌린 사람답지 않게 침착한 어조로 대답했다.

그의 대답을 들으면서 대비 선사는 가슴이 서늘해지는 것을 느꼈다. 대저 사람을 상하게 하고도 마음의 동요가 없는 사람은 만인의 피를 두려워하지 않는 사람이라 할 수 있었다.

"궤변이오!"

순간 정의맹 청룡단주 광료 신승이 앞으로 나섰다. 그의 성격상 지금에서야 앞으로 나선 것은 오히려 좀 늦은 감이 있다고 할 수 있었다.

"무엇이 궤변이란 말이오?"

"무림의 피를 멈추게 하기 위해 또 다른 피를 부른다는 것이 궤변이고, 북두회가 제갈가의 주도 하에 이루어진 단체라면 결국 제갈가 하나의 문파가 무림을 통제한다는 것 또한 궤변이오. 제갈 시주, 무림은 자유로움이 그 존재의 이유인 곳이오. 하나의 문파가 통제할 수 있는 세계가 아니오이다."

"이런이런, 소림이라 내 예의를 차렸더니 나에게 훈계를 하는구나."

순간 제갈천이 다시 한 번 신영을 움직였다. 단 한 번의 움직임으로 그의 몸이 어느새 광료 신승의 앞으로 다가서 있었다.

"이익!"

광료 신승은 이미 남궁룡이 당하는 것을 보았기 때문에 제갈천이 일수를 방비하고 있었다.

쾅!

"억!"

제갈천의 장력이 광료 신승을 향해 뻗어가고 광료 신승이 팔을 들어 이를 막아갔다. 하지만 결과는 비참했다. 광료 신승이 오른팔로 왼팔을 감싸 쥐고 뒤로 물러나고 있었다. 제갈천의 일수를 막아간 그의 왼팔은 온통 피로 물들어 있었다.

"이런… 사제!"

대비 선사가 광료 신승을 받쳐 안았다. 그리고 즉시 광료 신승의 왼팔을 살폈다. 광료 신승의 왼팔은 마치 끊어져 버린 실처럼 너덜거리고 있었다. 향후 다시는 왼팔을 사용하지 못하리라. 대비 선사의 얼굴이 굳어졌다.

"시주, 정말 악독하구려."

"선사, 내 영인 선사의 얼굴을 보아 그쯤 한 것이오. 내 소림에게는 장문영부를 요구치 않으리다. 하나 소림은 향후 이십 년간의 봉문을 받아들여야 할 것이오."

제갈천에게도 영인 선사는 거북스러운 존재였다. 그가 비록 무림을 떠났다 하더라도 소림에 혈겁이 일어나면 다시 무림에 나서지 않는다는 보장이 없었다. 봉문 정도가 적당했다. 봉문이라면 오히려 평소 선의 수행을 강조하던 영인 선사의 입장에선 반길 일일지도 몰랐다.

"아! 선사께서 소림의 정예를 보내지 않으신 것도 다 앞날을 내다보신 일이었나!"

대비 선사의 입에서 탄식이 흘러나왔다.

천사평의 대전을 앞두고 정의맹이 요청한 원군을 소림은 영인 선사의 이름으로 거절했다. 비록 자신이 소림의 장문이었지만 영인 선사의 뜻을 거스를 수는 없었다.

"자, 이제 결정들을 하시오. 북두회의 뜻에 따르는 분들은 문파의 장문영부를 일성께 바치시고 무기를 내려놓으시오. 앞으로 일각 안에 무기를 내려놓지 않는 사람은 북두회에 반대하는 것으로 알고 그에 따른 대우를 해드리리다. 이미 각 문파는 북두회와 뜻을 같이하는 문도들에 의해 장악되어 있다고 해도 과언이 아니오. 하니 더 이상 고집 부리지 마시오."

제갈성이 위협하듯 중인들을 압박해 갔다.

침묵을 깨고 가장 먼저 움직인 사람은 의외로 소림이 대비 선사였다.

"소림은 이십 년 봉문을 받아들이겠소. 시주, 사제를 데리고 떠나도 되겠소이까?"

"소림의 결정에 감사드리오. 하나 지금 이곳을 벗어나실 수는 없습니다. 무림의 일이 정리될 때까지 각파의 장문인은 북두회에 머무셔야 할 것입니다."

한마디로 인질이 되라는 이야기였다.

소림의 결정이 있자 눈치를 보던 다른 문파의 장문인들이 하나둘씩 앞으로 나서 제갈천의 앞에 문파의 장문영부를 내려놓기 시작했다.

개방의 타구봉이 제갈천의 앞에 놓이는 것을 눈물을 흘리며 바라보던 능소개의 귀에 전음이 들린 것은 바로 그때였다.

"능 형, 패천맹의 소도성이오. 고개를 돌리지 말고 내 말을 들으시오."

능소개는 의외의 전음에 잠시 당황했으나, 바로 정신을 가다듬고 소도성의 전음을 듣기 시작하였다.

이때 장내에서 고봉정과 능소개, 그리고 마대 등 젊은 신진고수는 뒤로 물러나 있었다. 그들이 비록 천하를 울리는 고수지만 문파의 일을 논하는 것은 문의 어른들이었기 때문이다. 그래서 그들은 어느 정도 중인들의 시선에서 벗어나 있었다.

소도성의 전음을 들으며 능소개의 얼굴이 수시로 변했다.

"…해서 잠시 후 기회를 보아 사천으로 길을 틀 것이오. 능 형, 함께 사천으로 가 후일을 도모합시다."

능소개가 천천히 고개를 끄덕였다. 지금은 상황을 역전시킬 아무런 기회도 없었다. 사천에 힘이 있다면 사천으로 가는 수밖에 없었다.

그사이 서린이 사람들이 눈치채지 못하게 뒤로 물러나고 있었다. 이미 마대와 고봉정은 소도성과 능소개의 전음을 받고 서서히 장내를 벗어나고 있었다.

장내에서는 계속 각파의 장문인들이 제갈천에게 장문영부를 바치고 있었다. 어느덧 화산의 설장벽도 제갈천 앞으로 다가가고 있었다.

그때였다. 갑자기 서린이 뒤로 빠지며 자신이 통솔하던 천여 명의 패천맹 삼군을 향해 소리쳤다.

"지금이다!"

순간 패천맹의 삼군이 일제히 포위의 서쪽 방면을 뚫고 나가기 시작했다. 그리고 그들의 선두에 고봉정과 능소개, 그리고 소도성과 마대가 서 있었다.

"막아라!"

의외의 상황에 당황한 제갈성의 입에서 고함 소리가 터져 나왔다. 순간 북쪽을 포위하고 있던 북두회 인원들이 패천맹 삼군의 앞을 막아섰다.

"북두회의 그늘에 들기를 거부하는 자는 모두 베어라!"

제갈성이 고함이 다시 터지고, 삼군은 채 포위망을 벗어나기도 전에 쓰러져 가기 시작했다.

"던져라!"

위기의 순간 서린의 다급한 음성이 터져 나왔다. 그러자 선두에 서서 길을 뚫던 몇몇 사람이 검은 덩어리를 앞으로 던져 냈다.

쾅! 콰쾅!

천지를 진동하는 폭음이 천사평 전역으로 울려 퍼졌다.

"벽력탄이다!"

"아악!"

순식간에 서쪽을 포위하고 있던 북두회의 진이 흐트러졌다. 그 틈으로 고봉정 등이 파고들었다. 그들 개개인은 무림을 울리는 고수들, 흐트러진 진으로 그들을 막을 수 없었다. 순식간에 포위망이 뚫렸다. 그리고 둑이 터지듯 사람들이 쏟아져 나오기 시작했다.

그들의 가장 후미에 있던 상해 진가장의 장주 진무외도 얼떨결에 포위망을 벗어나기 시작했다.

"어찌 된 일이냐? 벽련탄이라니!"
제갈천이 혈뇌자를 보며 얼굴을 찡그렸다.
"죄송합니다. 저도 잘……. 삼성께서는?"
혈뇌자가 양청길를 바라보았다.
"군사가 모르는데 제가 알겠소이까?"
양청길이 고개를 가로저었다.
두 사람의 대화를 듣고 있던 제갈천의 입에서 냉막한 소리가 흘러나왔다.
"어쨌든 패천맹에서 발생한 일이니 삼성과 네가 책임을 지거라."
"알겠습니다, 아버님. 삼성! 갑시다."
얼떨결에 혈뇌자를 따라나서던 양청길의 얼굴이 어느 순간 딱딱하게 굳어졌다.
'아버님? 하면 두 사람이 부자지간?
뒤통수를 쇠뭉치로 얻어맞은 듯한 충격이 그의 머리를 때렸다. 혈뇌자는 바로 제갈천의 아들이었던 것이다.
죽이들도 혈뇌자가 제갈천에게 하는 소리를 듣고 있었다. 그리고 잠시 후 무심히 들은 그 말이 의미하는 바에 잠시 경악을 금치 못했다. 혈뇌자가 제갈천의 또 다른 아들이라면 무림은 그동안 철저히 제갈세가의 수중에서 놀아나고 있었던 것이다.

한편, 포위망을 벗어난 고봉정 등은 평원을 가로질러 내달리고 있었다. 그 뒤로 무사히 포위망을 벗어난 삼백여 명의 삼군이 간간이 섞여

든 정의맹도들과 함께 따라오고 있었다. 그리고 그 뒤를 양청길과 혈뇌자가 이끄는 북두회의 오백여 무사들이 뒤쫓았다.

"으악… 악!"

선두가 채 천사평을 빠져나가기도 전에 후미에서 비명 소리가 들리기 시작했다. 어느새 추격군이 따라붙은 것이다.

'이대로 과연 사천까지 갈 수 있을 것인가?'

고봉정의 얼굴에 그늘이 드리워지는 그때 천사평 서쪽의 산에서 한 떼의 인마가 무서운 속도로 달려 내려왔다. 모두 오십여 명의 인마는 그대로 말을 몰아 도망하는 사람들과 추격자 자들 사이를 자르고 들어갔다.

"기습이다!"

순간 추격군 몇이 쓰러지면서 고함을 질렀다. 어느새 고봉정 등은 저 멀리 천사평을 벗어나고, 추격군의 앞에는 오십여 명의 사람이 말을 탄 채 가로막고 서 있었다.

"호정단!"

앞서 달려나가던 고봉정이 뒤를 돌아보며 소리쳤다. 순간 선두의 속도가 잠시 느려졌다. 이때 한 팔의 소매를 바람에 휘날리며 한 사람이 말을 타고 그들에게 달려왔다.

"멈추지 말고 그대로 달리게. 상강(象江)변에 배가 마련되어 있을 거이네. 거기서 기다리게."

막여였다.

"하지만 저들만으로……!"

"걱정 말게. 호정단은 기마를 하고 있어 곧 따라올 것이네."

막여의 재촉에 소도성이 거들었다.

“고 형, 어서 갑시다. 호정단이라면 충분히 몸을 뺄 수 있을 것이
오.”

막여와 소도성의 재촉을 받은 고봉정 등이 다시 앞으로 달려나가기
시작했다. 잠시 후 포위망을 뚫은 삼백여 명의 인영이 천사평에서 완
전히 사라졌다. 멀리서 고봉정 등의 탈출을 바라보던 무림명숙들의 얼
굴에 숙연한 기운이 돌았다.

‘그래, 너희들이라도 어딘가에서 터전을 잡고 재기를 노려라. 패천
사룡과 신오제라면 불가능하지만은 않을 터.’

“네놈들은 누구냐?”

앞을 가로막은 황벽과 엽강을 보면서 혈뇌자가 소리쳤다.

“늙은이, 그건 알아서 뭐 하게?”

엽강의 목소리가 곱지 않았다. 엽강은 하루 동안 일어난 전투를 보
며 무림인에 대한 경멸이 극에 달해 있었다.

“이놈! 어린 놈이 버릇이 없구나!”

“버릇은 니 아들에게서나 찾아라, 이 빌어먹을 놈아!”

나오는 말끝마다 반말이요, 욕이었다.

“이이… 이놈이……!”

더 이상의 화를 참지 못한 혈뇌자가 엽강을 향해 몸을 날리려는 순
간,

“네가 대장이냐?”

다른 목소리가 그의 귀에 들려왔다. 반말은 같았으나 엽강은 아니었
다.

‘네가 대장이냐?’

이 말에 혈뇌자는 쉽게 대답할 수가 없었다. 이 추격군의 우두머리는 자신인가, 양청길인가? 혈뇌자가 양청길을 돌아보았다. 그리고 양청길의 눈과 마주쳤다. 양청길도 혈뇌자를 바라보고 있었던 것이다.

그도 누가 대장이냐는 이 단순한 질문에 대한 혈뇌자의 대답이 궁금했던 것이다. 과연 제갈세가의 사람임을 드러낸 혈뇌자가 아직도 삼성이라는 자신의 위치를 인정할 것인가?

'여우 같은 늙은이.'

혈뇌자가 속으로 양철길을 욕하며 입을 열었다.

"아니, 여기 삼성 양청길 천마궁주께서 일행을 이끄신다."

혈뇌자의 대답을 들은 양청길의 입가에 살짝 웃음이 드리웠다.

"그럼 넌 빠져!"

황벽이었다.

순간 혈뇌자의 얼굴이 벌게졌다.

"놈들, 버릇을 고쳐 주마!"

혈뇌자가 신형을 날리며 황벽에게 달려들었다.

"넌 빠지라잖아!"

순간 황벽에게 달려들던 혈뇌자를 향해 하나의 창이 날아들었다. 혈뇌자는 황벽을 향해 날리던 신형을 다급히 멈추며 날아오는 창을 피해 옆으로 몸을 날렸다. 창의 속도가 얼마나 빠른지 급히 땅 위를 굴렀음에도 그의 등에 한줄기 혈선이 그어졌다. 그리고 재빨리 신형을 일으킨 혈뇌자가 자신이 두 가지를 잘못 알고 있었다는 것을 깨달았다.

하나는 자신을 공격한 것이 창이 아니고 작살이었으며, 다른 하나는 이들이 아무것도 아닌 젊은 놈들이 아니라는 사실이었다.

"너희들은 누구냐?"

맨 처음 던졌던 질문을 다시 던지는 혈뇌자였다.

"그 늙은이, 궁금한 것도 많네. 궁금하다니 가르쳐 주지. 우리는 대정의맹 호정단 소속의 무사다. 저 친구는 황벽이고 나는 엽강이라 하지. 이제 됐나?"

"광검!"

"뇌전창!"

순간 추격군 여기저기서 탄성이 흘러나왔다.

"호정단? 너희들이 어떻게 여기에……?"

"왜, 북두회는 와도 되고 우리는 안 되나?"

황벽의 대꾸에 혈뇌자의 말문이 막히고 잠시 양 진영에 침묵이 흘렀다.

"더 이상 할 말이 없다면 우리는 이만 가야겠어."

황벽이 주위를 돌아보며 입을 열었다. 이 정도 시간이면 고봉정 등이 충분히 상강에 도달해 있을 것이다. 하지만 그대로 호정단이 가도록 두고 볼 혈뇌자가 아니었다.

"그냥 갈 수는 없다! 모두 공격해라!"

혈뇌자의 입에서 호통이 터지자 북두회의 무사들이 호정단을 향해 달려들기 시작했다. 순간 황벽이 입에서도 고함이 터져 나왔다.

"나도 그냥 갈 생각은 없었다!"

황벽의 검이 검집에서 보이지 않을 정도로 빠르게 뽑혀졌다. 뽑혀진 검은 기이한 각도를 그리며 혈뇌자를 향해 날아갔다. 혈뇌자가 급급히 진기를 끌어올려 황벽의 검을 피해 몸을 날렸다. 하지만 황벽의 검은 마치 혈뇌자가 움직일 곳을 미리 알고 있기나 하는 듯 그의 몸에 따라붙었다.

“이건 뭐……? 컥!”

미처 혈뇌자의 말이 그의 입에서 나오기도 전에 황벽의 검이 그의 목을 통과했다.

서걱!

소름 끼치는 살 베어지는 소리가 들렸다.

“최소한 네 목은 베고 갈 생각이었다.”

순식간에 혈뇌자의 목을 벤 황벽이 말 머리를 돌리며 설연을 바라보았다. 설연이 황벽과 눈이 마주치자 고개를 끄덕이며 호정단에 명을 내렸다.

“물러난다!”

오십여 명의 호정단이 바람처럼 천사평을 벗어나기 시작했다. 호정단의 가장 후미에는 황벽과 엽강이 따르고 있었다.

호정단이 물러나는 것을 보면서도 북두회 무인들은 그들을 추격할 수 없었다. 황벽이 보인 한 수의 충격이 아직도 그들의 눈에 생생히 남아 있었기 때문이다. 제갈천이 북두회 고수들을 이끌고 장내에 도착한 것은 바로 그때였다.

“수야!”

제갈천이 타고 오던 말에서 날아 내리며 혈뇌자의 머리를 안아 들었다.

“네가? 네가 어찌… 수야!”

감정이 없을 것 같던 제갈천의 눈에서 눈물이 흘러내렸다. 그리고 잠시 후 제갈천의 고개가 들려졌을 때 그의 눈은 잿빛으로 변해 있었다. 아무런 감정이 없는 듯한 눈빛, 하지만 그 속에 담긴 분노는 세상을 재로 만들고도 남음이 있었다.

“어찌 된 일이냐?”

살기 넘치는 시선이 양청길에게 쏟아졌다. 양청길의 온몸에 소름이 돋아났다.

“어쩔 수가 없었소. 너무 순식간에 일어난 일이라……..”

그 말은 사실이었다. 황벽의 검은 너무 빨라 도저히 양청길이 개입할 여지가 없었던 것이다. 제갈천은 노회한 인물, 양청길의 말이 사실임을 금세 알아차릴 수가 있었다.

“누구냐?”

계속되는 하대였지만 양청길은 반발할 수가 없었다.

“광검 황벽이었소.”

“광검 황벽? 그가 어떻게 이곳에 있었단 말이냐?”

“정의맹 호정단이 이곳에 매복해 있었소.”

“매복?”

“그렇소. 아무래도 천사평 대전을 지원하려 매복해 있었던 듯하오.”

제갈천이 어느새 침착함을 되찾고 고개를 끄덕였다. 호정단이 사천을 떠나 정의맹을 지원하러 이곳에 올 수도 있는 문제였다.

“그들은 어디로 향했나?”

“상강으로 간다 하더이다.”

상강은 천사평에서 멀지 않은 곳이었다.

“추격한다!”

제갈천이 전대 고수들과 북두회 무사들을 이끌고 호정단이 사라진 방향으로 달려나가기 시작했다.

장강의 한줄기인 상강을 건너면 바로 사천이다. 그리고 사천에 들어

북으로 나흘을 가면 천수산이 나왔다.

고봉정 일행은 이미 상강변에 호정단이 준비해 둔 십여 척의 배에 나누어 타고 강을 건너고 있었다. 천사평에서 몸을 뺀 인원은 정사양 도를 합쳐 채 이백이 되지 않았다. 그나마 고봉정과 능소개, 그리고 마대 등 신진십왕이 건재한 것만 해도 다행이었다. 그들이 살아남았다는 것은 무림의 미래가 살아 있다는 것과 같은 의미였으므로.

강을 건너는 다른 배들과 달리 한 척의 배는 계속 강변에 남아 있었다. 그 배에는 막여와 소도성이 타고 있었다.

"좀 늦는군요."

"곧 올 것이네. 광검과 뇌전창이 있으니 걱정하지 않아도 될 것이네."

막여의 말의 막 끝나는 순간 멀리서 희뿌연 먼지를 일으키며 한 떼의 인마가 달려오는 것이 눈에 들어왔다.

"오는군요."

소도성의 입에서 밝은 음성이 나왔다.

오십여 기의 인마는 순식간에 강변에 닿더니 이어놓은 판자를 타고 그대로 배에 올랐다.

"어서 출발하시죠. 추격군이 있을 겁니다."

황벽이 급하게 막여을 보고 입을 열었다.

"알았다. 자, 출발하라!"

막여의 말에 따라 배가 천천히 뱃머리를 돌려 상강의 중심으로 나아가기 시작했다.

"멈춰라!"

그 순간 빠른 속도로 강변으로 밀려드는 사람들이 있었다. 대부분의 사람들이 육십이 넘어 보이는 인물들. 그들의 몸에서 뿜어지는 진기는 멀리 떨어진 배에까지 밀려들 만큼 강맹했다. 배는 계속 강의 중심을 향해 나아가고 있었다.

"누가 황벽이냐?"

순간 우두머리인 듯한 노인이 황벽을 찾았다. 제갈천이었다.

"내가 황벽이오만 노인장은 뉘시오?"

황벽이 배의 선미로 나서며 제갈천을 바라보았다.

"노부는 제갈천이라 한다."

"아, 북두회주셨구려. 만나뵈어 영광이오."

"누가 제갈의수, 혈뇌자를 베었느냐?"

"그걸 물어보려 예까지 달려오신 거요? 나이 든 몸으로?"

"과연 이렇게 마주 대하고 보니 광검이라는 별호가 아깝지 않은 아이로다. 의수가 당할 수가 없었을 것이야."

제갈천이 황벽을 바라보며 고개를 끄덕였다. 그는 한눈에 황벽에게서 흘러나오는 저 알 수 없는 신비한 진기를 느끼고 있었던 것이다.

이 즈음 황벽은 건공신공이 극에 달해 더 이상 운기를 하지 않아도 자연스레 주위의 오행의 진기와 상통하는 경지에 이르고 있었다.

"이보게, 광검! 내 제안을 하지"

제갈천이 점점 멀어져 가는 황벽을 보며 목소리를 높였다.

"말씀해 보시지요."

"두 가지를 제안하겠네. 첫째는… 자네, 그만 북두회로 들어오는 것이 어떤가? 내 일인지하 만인지상의 자리를 보장하겠네."

"호, 그것 구미가 당기는데. 한데 자제 분에 손자 분까지 계시는데."

"그들이 자네 위로 올라서는 것은 내가 죽었을 때 외에는 없을 것이야."

결국 자신이 죽으면 일성의 자리는 제갈가가 세습하겠다는 것이었다.

"내가 원래 남의집살이는 체질에 맞지가 않소만."

"그러리라 생각했네. 그럼 다른 제안을 하지. 지금 즉시 자네의 친인을 데리고 상해 노룡촌으로 가게. 그곳이 자네의 고향이라 들었네. 사실 북두회에서는 자네가 상련의 행사에 개입했을 때부터 주시하고 있었네. 하지만 별다른 조치를 취하지 않은 것은 자네에게서 권력에 대한 욕망을 느끼지 못했기 때문이었지. 지금도 자네에 대한 내 평가는 변하지 않았네. 자네가 친인을 데리고 상해로 물러난다면 북두회는 절대 상해를 범하지 않겠네. 또한 내 아들의 죽음도 잊겠네."

제갈천으로서는 가히 파격적인 제안이었다.

"휴. 어르신, 사실 어르신의 제안이 아니더라도 제 스스로 노룡촌으로 돌아가고 싶습니다. 하나 이미 제 발 하나 빼내기에는 제가 너무 깊이 무림에 빠져들었군요."

"허허허, 결국 나와 맞서겠다? 무모하지 않나? 겨우 껍데기만 남은 사천에서 무엇을 어찌하려 하는가?"

"기대에 어긋나지 않게 상대해 드리죠. 하면 나중에 봅시다."

이제 배는 서로 크게 소리치치 않으면 들리지 않을 정도로 강변에서 멀어져 있었다. 배는 떠나고, 한때 북적였던 강변에는 제갈천의 낮은 읊조림만이 남아 있었다.

"원한다면 그리해 줄 밖에……."

제53장
북두천하(北斗天下)

　　　　　천사평의 변란 이후 무림천하는 단 네 자로 정의

됐다.

　북두천하(北斗天下).

　사천 사대문파를 제외한 중원의 전 문파가 북두회 앞에 무릎을 꿇었

다. 각파의 장문영부는 북두회의 일성 앞에 바쳐졌고, 각 문파는 북두

회 지파로 전락했다. 오직 소림만이 북두회의 손에서 벗어나 있었으나,

그 또한 이십 년 봉문의 대가였다.

　그리고 무림에 오직 한 명만이 북두라는 이름 앞에 당당했다. 바로

제갈세가의 전대 가주이자 북두회의 일성 제갈천이었다.

　제갈천은 일황(一皇)으로 불리며 당금 무림의 제왕으로 군림하고 있

었다. 각 문파의 장문인은 제갈천의 승인이 있어야 취임할 수 있었고,

문파 간의 분쟁도 북두회의 판단에 의해 그 결과가 가려졌다.

처음 사람들은 이십 년간 이어져 오던 피의 수레바퀴가 멈춘 사실 때문에 어느 정도 북두회의 통제를 이해하려는 듯한 모습도 보였다. 하지만 그들은 어느새 무림이라는 이 자유의 공간이 북두회에 의해 규제되는 것에 답답함을 느끼기 시작했고, 시간이 흐르자 북두회의 존재가 결국 무림을 오히려 이전보다도 피폐하게 만든다는 것을 깨닫기 시작했다.

그리고 그러한 생각이 무림인들의 마음을 비집고 들 때마다 그들의 시선은 사천으로 향했다. 사천에는 비록 몰락하였지만 자유를 갖고 있는 사천 사대문파가 있었고, 천사평에서 탈출한 신진십왕 중 삼 인이 있었으며, 무엇보다도 무공만으로는 일황 제갈천에 뒤지지 않을 것이라는 광검 황벽이 있었던 것이다. 그리고 언제부터인가 뜻있는 무림인들이 하나둘씩 사천으로 숨어들기 시작했다. 그중에는 이십 년간의 무림대전에서조차 움직이지 않던 은거 기인들도 있었다.

어느 날 북두천하의 무림에 하나의 소식이 날아들었다.

사천에서 무림맹이 탄생했다는 소식이었다. 사천 무림맹의 발족 소식이 전해지자 다시 한 번 은밀한 무림인들의 이동이 사천으로 이어졌다.

아직 무림을 장악한 북두회에 대적할 수준은 아니었지만, 사천은 강해지고 있었다.

호북에서 사천의 천수산으로 가는 길 중 과거 천사평을 탈출한 신진십왕이 건넜다는 상강이 있다. 언제부터인가 상강은 무림인들에게 상징적인 의미를 가지기 시작했다. 상강은 마치 무림이 자유과 억압을 구분하는 하나의 선과 같은 역할을 하고 있었다. 상강의 서쪽으로는 사천 무림맹의 세력권이었고, 동쪽은 북두회의 정예 일천이 포진해 있었다.

상강에 주둔하고 있는 북두회의 수장은 칠성 제갈성이었다. 제갈성은 상강의 동쪽에 주둔하면서 수시로 사천 무림맹을 노리고 있었다.

상강에 주둔한 북두회의 군막이 내려다보이는 건너편의 작은 동산에 오 인의 인물이 모습을 드러냈다. 금의를 걸친 한 사람과 무복 차림의 삼남 일녀였다.

"너무 위험한 길이었습니다, 총순찰."

"하지만 그래도 중원에서 자유롭게 움직일 수 있는 것은 우리 상인들이 아니겠는가?"

이들은 바로 상련의 총순찰 허승과 어느새 절정고수로 성장한 매, 난, 국, 죽 사 인의 호련사들이었다. 그들은 북두회가 막고 있는 상강변을 벗어나 섬서의 험로를 통해 사천으로 들어와 상강의 서쪽 강변을 따라 이곳까지 이동해 온 것이다.

"이번에 무림맹으로 가는 자금이 막혔다면 무림맹은 심각한 위기에 빠졌을 것이네. 지금 간다 하더라도 많이 늦었을 거야."

"저들의 눈을 피하려면 어쩔 수 없는 일이 아니었습니까. 그나마 섬서를 돌아왔기에 그들의 눈을 피할 수 있었지요."

"그래, 그렇기는 하네. 하오문의 도움이 컸어. 지역마다 사람들의 눈에 띄지 않는 샛길을 제공하기란 쉬운 일이 아닌데."

사천 무림맹은 경제적 기반이 취약했다. 황벽이 급하게 허승에게 자금 지원을 요청하였고, 허승은 사천에 자금을 전달하기 위해 달포가 넘는 길을 돌아 이제야 사천에 들어선 것이다.

"자, 어서 가세. 아직 오 일은 더 가야 하지?"

일행을 태운 다섯 필의 말과 한 대의 마차가 상강을 떠나 사천의 험한 산길로 들어서기 시작하였다. 사천의 험로를 따라 허승 일행은 쉬지 않고 전진했다.

"새들도 울며 넘는다는 사천의 잔도라더니 명불허전입니다, 총순찰."

조찬이 발끝을 조금만 잘못 돌려도 떨어져 내릴 것 같은 절벽에 난 작은 길을 따라 걸으며 혀를 내둘렀다.

"북두회가 사천에 함부로 들어오지 못하는 이유도 바로 이 험한 산세 때문일세."

"하지만 언제까지나 사천을 두고 보지는 않을 것 아닙니까?"

왕연의 허승을 돌아보았다.

"맞는 말이네. 이제 곧 중원이 안정되면 제갈천 본인이 사천에 들 것이라 하더군. 그때 결국 무림의 운명이 결정되겠지."

"과연 사천 무림맹이 북두회의 공격을 견딜 수 있을까요?"

"아마도 나름대로 계책을 세우고 있을 것이야. 숨겨진 낭인대와 소림, 그리고 철마 이제현이 이끄는 세력도 있으니."

그들은 서로 대화를 나누면서도 끊임없이 앞으로 나아가고 있었다.

허승 일행은 상강을 떠난 지 오 일 만에 천수산 초입에 들어서고 있었다. 그들이 막 천수산의 동쪽 관도를 벗어나 산으로 들려 할 때, 그들의 앞에 일단의 무림인이 모습을 드러냈다.

"어디서 오시는 분들이오?"

"상련에서 왔소이다. 무림맹의 무사시오?"

가밀이 앞으로 나서며 대답과 질문을 동시에 했다.

"아! 상련에서 오셨군요. 총단에서 이미 연락을 받고 있었습니다. 제가 총단까지 안내하도록 하겠습니다."

"감사합니다. 한데 성함이……?"

"청성의 운엽이라 합니다."

"아, 청성의 제자이셨구려. 그럼 잘 부탁드립니다."

청성의 제자 운엽의 안내를 받은 허승 일행은 몇 개의 목책으로 세워진 관문을 지나 천수산의 동쪽 중턱에 있는 사천 무림맹의 총단으로 들어섰다.

천수산 총단은 한눈에 보기에도 사정이 매우 어려워 보였다. 중앙에 있는 몇 채의 목제 건물을 빼고는 일반 무사들은 대부분 천막을 치고 생활하고 있었다. 그것도 충분히 먹지를 못했는지 모두들 볼이 푹 파이고 눈은 검게 타 들어가 있었다. 아무리 내공을 닦는 무인이라 하더라도 먹어야 사는 사람이었다. 이미 식량이 바닥난 지 오래인 것이 분명했다.

일행이 막 총단 정문을 통과할 때 황벽과 엽강, 그리고 오삼이 달려 나왔다. 그리고 그 뒤로 무림맹의 수뇌들이 뒤따르고 있었다.

"어서 오게, 허승. 잘 왔네. 고생했어."

황벽의 입에서 반가운 인사가 쏟아졌다.

"잘 왔네."

엽강도 허승의 어깨를 감싸 안았다.

"네 분 모두 먼 길에 수고 많으셨습니다."

황벽이 매, 난, 국, 죽 사 인을 바라보며 가볍게 고개를 숙였다.

"고생은요. 오히려 여기 계신 분들이 더 고생이 심하신 것 같습니다."

“견딜 만합니다, 저들은 희망을 가지고 있으니.”

희망은 어떤 절망도 견디게 하는 법이다. 무림맹 사람들은 희망을 가진 사람들이었다. 초췌한 몰골이지만, 허승 등은 그들의 눈 속에 있는 굳은 의지와 희망을 볼 수 있었다.

“자, 여기서 이럴 것이 아니라 어서 안으로 듭시다.”

뒤에 처져 있던 고봉정이 앞으로 나서서 일행을 몇 채 되지 않는 목제 건물로 안내했다. 목제 건물이라고는 하지만 내부는 허름하기 그지 없었다. 중앙에는 커다란 탁자가 놓여 있고 주위에는 나무를 잘라 만든 의자들이 있었다.

“기다리시던 것은 제가 아니라 이것이겠지요?”

허승이 웃으면서 마차에 싣고 온 짐들 중 매, 난, 국, 죽이 건물 안까지 들고 들어온 네 개의 상자를 탁자에 올려놓았다. 황벽이 탁자 위에 올려진 상자의 뚜껑을 열자 환한 빛이 상자를 뚫고 나와 실내를 비추었다. 상자 안은 금화와 전표들로 가득했다. 사람들의 얼굴에 희색이 돌았다. 이 정도의 재물이라면 적어도 이 년은 너끈히 버틸 수 있을 것이다.

“고맙네, 이 사람. 꼭 필요할 때 왔어.”

“정말 감사하오, 총순찰. 요 며칠 사이 정말 맹의 사정이 힘들었소.”

황벽과 당선명이 동시에 허승에게 감사의 말을 했다.

“감사는요. 도움이 되었다니 오히려 다행입니다. 그나저나 지금 전세는 어떻습니까?”

허승이 막여를 돌아보았다. 역시 전세 판단은 노련한 막여를 앞설 사람이 없었다.

“자네가 이리 자금을 가져오니 이제 제법 견딜 만해졌다고 할 수 있네. 사실 천사평 이후 저들도 상강을 건너지 않고 우리도 상강을 건너지 않고 있는 실정이네."

막여의 말처럼 양측은 천사평 이후 서로 상강을 건너지 않고 있었다.

"저들이 왜 아직 움직이지 않고 있을까요?"

"그건 두 가지 이유가 있네. 첫째, 저들이 아직 중원무림을 완전히 장악하지 못하고 있기 때문이고, 두 번째는 저들에게 이곳 사천의 세력은 가히 걱정되는 세력은 아니라는 이야기이기도 하지."

"과연 그렇군요. 만약 사천 무림맹이 위협적이라 생각했다면 우선적으로 이곳을 도모했겠지요."

"맞는 말이네. 사실 그게 우리의 초기 전략에 실패를 가져온 거지."

막여의 말에 허승이 잘 모르겠다는 듯 막여를 바라보았다.

"사실 우리는 그들이 천사평에서 후퇴하는 호정단을 따라 바로 상강을 건너 이곳으로 오리라 예상했었네. 해서 북쪽에는 철마 어른의 일군을 남쪽에는 소림과 낭인대를 매복시킨 것이지. 한데 그들이 이곳으로 들어오지 않고 걸음을 멈추었네. 덕분에 장기전으로 돌입한 우리는 재정적 위기에 처했던 것이네."

막여의 말에 허승이 고개를 끄덕였다.

숨겨져 있는 사람들에게 물자를 공급하는 일은 쉬운 일이 아니었을 것이다.

"그러면 이제는 상강을 건널 요량이신지?"

"아니, 아니야. 정면 대결은 여전히 우리가 불리하네. 결국 저들을 이곳으로 끌어들이는 수밖에 없네."

"하지만 무슨 방법으로 저들을 끌어들일 수 있습니까?"

“상강에 나와 있는 북두회를 치려 하네.”

“제갈성을요?”

“그래, 그들이 몰살된다면 아마도 제갈천은 움직이지 않을 수 없을
것이야.”

만약 상강에 나와 있는 제갈성이 무너진다면 아무리 제갈천이라 하
더라도 사천을 먼저 정리하려 할 것이다.

“승산은 있습니까?”

“다행히 우리 측에는 물에 익숙한 친구들이 여럿 있지.”

엽강과 황벽은 물론이고, 장강수로채의 병력과 호정단의 육조 조장
안사고까지, 확실히 사천 총단에는 물에 익숙한 사람들이 많았다.

“해서 마침 내일 무림맹 수뇌회의를 열기로 하였네.”

막여의 말에 허승이 고개를 끄덕였다.

“자자, 먼 길 온 사람들을 데리고 너무 말이 길었군. 오늘을 이만하
고 내일 총회에서 보도록 하지.”

“알겠습니다, 어르신.”

“자, 그럼 이만 일어들 납시다.”

막여의 말에 모두 자리에서 일어나 각자의 숙소로 향했다.

호롱불이 작은 탁자 위를 비추고 있었다. 그리고 그 호롱불 아래 노
룡촌의 죽마고우 세 사람과 설연이 앉아 있었다.

“말씀은 많이 들었습니다. 이 친구가 안달이 날 만하군요.”

허승이 넉살 좋게 설연을 보며 입을 열었다. 허승과 설연은 처음으
로 만난 것이다.

“저도 황 가가께 말씀 많이 들었습니다, 총순찰님.”

설연이 얼굴을 붉히며 답했다.

"이 친구가 제 욕을 하지는 않던가요?"

"호호, 가끔 이런 말씀은 하셨지요. 돈 귀신이라고."

"황벽, 자네가 정말 그랬단 말이지?"

허승이 황벽을 지그시 노려보았다.

"이 사람, 뭘 그걸 가지고 그러나. 사실은 사실인데."

옆에 있던 엽강이 허승을 보며 실실 웃었다.

"허참, 내가 그동안 번 돈을 누구 때문에 다 털어 넣었는데."

사실 이번에 석산 총단에 들어온 돈은 물론 상련의 돈도 있었지만 허승이 자신의 전 재산을 털어 넣은 것이었다.

"아네, 알어. 이번에 자네 전 재산을 털었다는걸. 내가 역시 친구 하나는 잘 뒀어."

"알면 다행이네."

황벽의 말에 허승이 빙그레 웃음을 지었다.

불 밝힌 황벽의 천막에서는 늦게까지 노룡촌 친구들의 웃음소리가 들렸다. 비록 황량한 전장의 밤이지만 서로를 생각하는 사람들에게는 따뜻한 밤이었다.

다음날 사천 무림맹 전 수뇌부가 총단 중앙에 있는 허름한 건물로 모여들었다. 사람들의 눈을 피해 철마 이제현과 법철도 참석하고 있었다. 두 사람의 존재는 무림맹 수뇌부만 아는 일급 비밀이었다.

"오늘 이렇게 모여주신 분들께 감사드립니다. 지금부터 잠시 제가 이번 회의를 진행토록 하겠습니다."

당선명은 모든 사람들의 앞에 나서 입을 열었다.

"무림맹이 사천의 천수산에 머문 지 벌써 삼 개월이 지났습니다. 그 동안 중원에서 많은 분들이 위험을 무릅쓰고 합류함으로써 이제 총단의 인원이 천을 넘은 지 오래고, 드러나지 않은 분들을 합하면 삼천에 이르는 전력을 유지하고 있습니다."

사람들의 시선은 당선명에게 집중되어 있었다.

"그동안 무림맹을 괴롭혔던 재정 문제는 상련 총순찰께서 위험을 무릅쓰고 지원해 주신 덕에, 이제 이 년은 버틸 수 있는 재력도 확보되어 있는 상태입니다. 본격적으로 북두회와의 일전에 나설 때가 된 것입니다. 한데 아직 무림맹의 조직은 북두회와 효율적으로 전쟁을 수행해 나갈 만한 체계를 갖추고 있지 못한 실정입니다. 해서 오늘의 첫 안건은 바로 무림맹 맹주를 선출하고 체제를 정비하는 것으로 하겠습니다. 이후에는 맹주의 주재로 향후 북두회와의 전투에 대한 세부 계획을 수립하겠습니다."

무림맹주의 선출.

가장 필요하면서도 어려운 일이었다. 무림맹은 정사양도가 모여 있는 집단이었다. 비록 공동의 적을 가지고는 있지만 정사양도의 감정적 거리감이 쉽게 해결되기는 어려웠다.

"자, 이제 각자 생각하시는 맹주 후보를 추천해 주시기 바랍니다."

회의실에 침묵이 흘렀다. 잠시 후 먼저 입을 연 것은 독마 서린이었다.

"저는 철마 이제현 어른을 추천합니다. 철마 어르신은 과거 패천맹의 부맹주이셨지만 정사양도의 존경을 받는 무인이셨습니다. 충분히 맹을 잘 이끄시리라 생각됩니다."

서린의 말에 많은 사람들이 고개를 끄덕였다. 하지만 정작 반대를 하고 나선 것은 철마 이제현이었다.

"서린 림주의 말씀에 감사드립니다. 하나 제가 맹주의 직에 오를 수는 없습니다."

이제현이 스스로 반대하자 당선명이 이제현을 바라보았다.

"이유가 무엇입니까, 어르신?"

"두 가지의 이유가 있소이다. 첫째는 저는 지금 무림에 공식적으로 죽은 사람으로 되어 있습니다. 숨어 있는 사람이 무림맹을 대표하기는 힘든 법이지요. 두 번째로는 이것은 말하기 힘든 문제이기는 합니다만, 과거 무림대전에서 이러니저러니 해도 제 손에 많은 피를 묻혔습니다. 이런 제가 어찌 정파의 여러 무인들에게 신뢰를 얻을 수 있으리까?"

이제현이 말을 마치고는 자리에 앉았다.

"철마 어르신의 첫 번째 이유는 동의하지만 두 번째 이유는 동의하기가 어렵습니다."

소림이 법철이었다.

"대저 지난 무림대전에서 손에 피를 묻히지 않은 이가 어디 있겠습니까? 만약 그런 이유라면 이곳에 있는 누구도 맹주의 직을 맡을 수 없을 것입니다."

"법철 스님의 말이 옳은 것 같습니다. 우리 오늘은 과거의 일을 거론치 말기로 합시다."

독마 서린의 말에 모두들 고개를 끄덕였다. 과거의 원한을 이야기하자면 아마 무림맹은 존립하기 어려울 것이다.

"이런 문제를 극복할 사람이 있기는 합니다만……."

이제현이 말꼬리를 흐렸다. 모든 사람들의 시선이 이제현에게 쏠렸다.

"바로 광검 황벽 대협이오."

이제현의 말에 모든 사람이 침묵에 빠져들었다. 그리고는 한 사람씩 고개를 끄덕이기 시작했다. 순간 황벽이 당황한 듯 입을 열었다.

"감당하기 어렵습니다. 저는 나이도 어릴 뿐 아니라 하나의 조직을 이끌 만한 그릇이 못 됩니다. 말씀을 거두어주시기 바랍니다."

하지만 이제현은 단호하게 다시 한 번 입을 열었다.

"현재 무림맹은 전쟁 중이오. 무림맹이 앞으로 얼마나 지속될지는 모르겠으나, 전쟁 중에는 전쟁에 맞는 사람이 필요한 법이오. 만약 지금이 안정된 시절이었다면 저도 황 대협보다는 무림의 원로를 추천했을 것이오. 하나 지금은 전쟁의 시기이고, 지금 필요한 사람은 북두회주 제갈천을 상대할 사람이오. 황 대협 이외에 누가 제갈천을 상대로 전투를 치를 수 있겠소."

이제현의 말에 모든 사람이 고개를 끄덕였다.

"듣고 보니 철마 어르신의 말씀이 맞는 것 같습니다. 본인도 광검 황벽 대협을 추천합니다."

"저도 황 대협을 추천합니다."

멸절 사태와 당선명도 황벽을 추천하자 여기저기서 황벽을 추천하는 소리가 들렸다. 장내의 분위기가 황벽의 무림맹주 등극으로 몰리고 있었다.

"황 대협, 이는 이곳에 모인 모든 무림인의 뜻이오. 황 대협은 비록 정의맹에 있기는 하였으나, 우리들 중 가장 무림과 연관이 적은 분이니 한쪽에 치우침이 없고, 무공이 능히 제갈천을 제압할 만하니 황 대협만한 적격자가 없소. 상황이 위급하니 사양만 할 일이 아니오."

다시 한 번 이제현이 황벽을 보며 말했다. 하지만 황벽은 입을 다물고 아무 말도 하지 않았다. 그러다가 한쪽에서 웃고 있는 막여를 발견하고는 도와달라는 눈빛을 보냈다. 황벽의 눈빛을 받은 막여가 앞으로 나섰다.

"외람되지만 제가 한말씀드리겠습니다."

막여가 앞으로 나서자 장내가 조용해졌다. 작금의 무림맹에서 막여의 위치는 상당한 무게를 가지고 있었다. 그는 황벽의 사부였을 뿐 아니라, 어려운 고비 때마다 현명한 계책을 제시해 여러 차례 무림맹을 위기에서 벗어나게 했던 것이다.

"제 제자 놈을 아껴주시는 여러분의 마음에 감사드립니다. 저도 상황을 보건대 광검이 맹을 맡는 것이 적절하다고 보고 있기는 합니다."

막여의 말에 황벽의 얼굴이 일그러지기 시작했다. 그런 황벽을 일별한 막여가 계속 말을 이었다.

"하나 그의 나이 이제 겨우 스물 중반입니다. 무림을 대표하는 맹주의 자리에 오르기에는 연륜이 너무 짧습니다. 해서 제가 타협안을 제시하겠습니다."

"말씀하시지요."

이제현이 막여의 말을 재촉했다.

"지금 필요한 것은 북두회와의 일전을 이끌 사람입니다. 그 사람이 광검이라는 것에는 저도 동의합니다. 하지만 그 사람의 직책이 꼭 맹주여야 할 필요는 없지 않습니까? 맹주의 자리는 잠시 비워두고 전쟁이 끝난 후 명망있는 분을 선출하면 될 것입니다. 하니 지금 광검에게 무림맹 총사령 정도의 직책을 부여하고 전투를 총괄하게 한 후, 맹의 운영은 원로 분들께서 원로원을 구성해 논의하는 것이 좋을 듯합니다."

"그렇지요! 그거 묘안입니다."

"그럼 황 대협도 이 안에는 동의하시겠지요?"

이제현과 당선명의 말에 사람들이 황벽을 바라보았다. 하지만 황벽의 얼굴은 펴질 줄 몰랐다. 맹주나 총사령이나 말만 다를 뿐 사람들을 이끌어야 하는 것은 같은 일이었다.

"그리하도록 하거라."

순간 막여의 말이 황벽의 귀에 들려왔다. 황벽은 더 이상 뒤로 물러날 수 없다는 것을 깨달았다.

"휴… 그럼 제가 잠시 총사령 직을 맡아보도록 하겠습니다. 단, 전쟁이 끝나면 그 즉시 자리를 내놓을 것입니다."

순간 여기저기서 박수가 터져 나왔다.

"고맙소, 황 대협."

이제현이 황벽에게 포권을 취해 보였다. 황벽도 포권으로 이에 답했다.

"이제 총사령이 선출되었으니 지금부터의 회의 진행은 총사령에게 넘기도록 하겠소. 총사령, 앞으로 나서시지요."

당선명이 황벽을 보며 앞으로 나서기를 권하자 잠시 망설이던 황벽이 입술을 굳게 다물고 회의장 중앙으로 걸어 나왔다.

"무림맹 총사령이라는 직은 저에게 버거운 직책입니다. 굳이 말하자면 저는 전쟁을 치르는 사람이지 계획하는 사람이라 보기 어렵습니다. 해서 총사령으로서의 저의 첫 번째 일은 맹의 군사를 선출하는 것으로 하겠습니다. 만약 누군가의 조언이 없다면 저는 아마도 여러분을 파멸로 이끌지도 모르니까요. 해서 저는 맹의 군사를 선출하여 군사에게 전체적인 전략을 맡길 생각입니다."

　황벽의 말에 사람들이 모두 고개를 끄덕였다. 황벽이 비록 초절한 무공을 자랑하고 있지만, 대규모 인력이 부딪치는 전쟁을 치르려면 전체의 판세를 가늠할 줄 아는 군사가 필요한 것은 당연했다.

　"맹주께서 생각하고 있는 분이 계시오이까?"

　당선명이 황벽을 바라보았다. 잠시 망설이던 황벽이 입을 열었다.

　"사실 제 머리 속에는 세 분의 이름이 있습니다. 첫 번째는 저의 사부님이시고, 두 번째는 묵룡 당정 대협, 그리고 세 번째는 독수 등애 대협입니다. 이 세 분은 상황을 판단하고 다시 그에 대한 대책을 내놓으실 수 있는 역량을 가진 분들이라 생각합니다."

　황벽의 판단은 정확했다. 막여의 정세 판단은 풍부한 연륜을 통해 내려지는 것으로 가장 신뢰할 만한 것이었고, 당정과 등애 또한 나름대로 현명함을 자랑하는 사람들이었다.

　"제가 보기에는 막 노사의 연륜이 필요한 것 같습니다만."

　멸절 사태는 사천 정의맹과 패천맹 전투에서부터 막여의 노련한 식견을 수시로 보아왔다. 멸절 사태가 일단 막여를 언급하자 사천에서부터 막여를 보아온 많은 사람들이 멸절 사태의 의견에 동의했다.

　"하면 당분간 사부님께 맹의 군사 직을 부탁드리도록 하겠습니다."

　황벽이 막여를 바라보았다.

　"상황이 이러니 제가 뒤로 물러나지는 않겠습니다. 하나 한 가지는 말씀드리지요. 이번 북두회의 일이 끝나면 저 또한 황벽 총사령과 함께 물러날 것입니다. 하니 원로원에서는 북두회와의 전쟁 이후를 생각해 주시기 바랍니다."

　막여의 말에 장내의 모든 사람들이 고개를 끄덕였다.

　전쟁 이후를 생각하라는 막여의 말은 많은 것을 의미하고 있었다.

막여는 순수한 무의 힘을 좋아하는 타고난 무사라 할 수 있었으나, 나이가 들고 한 팔을 잃은 후부터는 삶의 깊은 면을 볼 수 있는 혜안에 눈뜨고 있었다. 사람들의 시선이 자신에게 집중되자 막여가 다시 입을 열었다.

"현재의 무림 정세는 사천을 제외한 전 지역이 북두회의 손에 떨어져 있는 상황입니다. 제갈천은 현재 사천 무림맹보다 중원의 문제에 주력하고 있습니다. 이 부분은 저희 무림맹에는 좋지 않은 상황입니다. 시간이 지나 저들이 무림을 완벽하게 장악한 후 사천으로 든다면 무림맹은 전 무림을 상대로 전쟁을 해야 할 것입니다. 저들이 안정을 찾기 전에 승부를 결해야 한다고 생각합니다."

"옳으신 말씀이시오. 지금은 그나마 각 문파가 아직 북두회의 손에 완전히 장악된 것은 아니지만, 앞으로 몇 개월 안에 제갈천은 철저히 각 문파를 통제할 것이오. 하면 결국 사천 무림맹은 중원 전체를 상대해야겠지요."

이제현이 막여의 말에 동감을 표시했다.

"해서 저는 교착 상태에 빠진 무림맹과 북두회의 전선을 무너뜨리려 합니다. 지금 무림맹과 북두회는 상강을 사이에 두고 대치하고 있습니다. 따라서 전선에 변화를 주려면 상강에 주둔한 북두회의 병력을 공략해야 하는 것은 필수적입니다. 상강의 제갈성을 무너뜨린다면 아마도 제갈천이 움직이지 않을 수 없을 겁니다."

막여의 말에 모두들 고개를 끄덕였다. 상강의 제갈성이 무너진다면 제갈천은 지금처럼 사천을 방치해 둘 수 없을 것이다.

"상강이 무너진다면 제갈천의 제일 목표는 바로 이곳 사천 무림맹이 될 것이고, 하면 우리는 적을 안방으로 끌어들일 수 있게 될 겁니다.

만약 저들을 이곳까지만 끌어들인다면 철마 어르신과 소림의 존재를 모르는 저들을 충분히 제압할 수 있으리라 봅니다.”

“하지만 상강을 건너 적을 공격한다는 것이 쉬운 일만은 아니지 않습니까?”

독마 서린이 막여를 보며 물었다.

“물론 적의 눈을 피해 상강을 건너 적의 진영을 공격하는 것이 쉬운 일은 아니지요. 하지만 전혀 불가능한 것도 아닙니다. 다행히 우리에게는 물에 익숙한 전력이 꽤 있으니까요.”

“물에 익숙한 전력이요?”

“그렇습니다. 우선 총사령과 뇌전창만 해도 물을 땅보다 편해하는 사람들입니다. 거기에다 장강수로채의 식구들이 있으니 해볼 만한 일이지요.”

양의와 함께 사천 정벌에 나섰던 장강수로채의 삼백여 명의 사람들이 현재 철마의 진영에 머물고 있었던 것이다.

“하면 이번 일에 수룡왕이 나서야 한다는 것인데, 자칫하면 숨은 세력이 드러날 위험이 있습니다만.”

이제현의 말에 막여도 묵묵히 고개를 끄덕였다.

“아무래도 위험은 하지요. 해서 일단 장강수로채 식구들은 변복을 해야겠지요. 위험하다고 회피할 일은 아닌 듯합니다.”

막여의 말에 모두들 고개를 끄덕였다.

“자, 그럼 그 일은 그렇게 하기로 하지요. 숨어 있는 북군과 남군은 철마 어르신과 법철 스님께서 책임져 주시기 바랍니다. 각 군이 하나의 독립된 전투 단체로서 움직일 수 있게 체제를 정비해 주시기 바랍니다.”

"알겠소이다, 총사령."

이제현과 법철이 각각 한발 앞으로 나서며 대답했다.

"자, 그럼 이것으로 총회는 마치고 원로 분들은 앞으로의 맹의 운영 방향을 논의해 주십시오. 저는 상강 공략을 준비하도록 하겠습니다."

황벽의 말과 함께 총회는 막을 내렸다.

그동안 부산했던 사천 무림맹은 황벽을 총사령으로 세움으로써 안정된 전력을 갖추기 시작했다.

그리고 그 다음날, 허승이 매, 난, 국, 죽 사 인과 다시 길을 떠났다.

허승이 맹을 떠나는 날부터 사천으로부터 수많은 식량과 물자를 실은 수레들이 속속 천수산으로 들어오기 시작했다.

사람들은 오랜만에 배부른 식사를 할 수 있었고, 천수산에는 활기가 넘쳐흐르기 시작했다.

그리고 며칠 후 일단의 사람들이 황벽의 지휘 아래 상강을 향해 길을 떠났다.

제54장
상강격전(象江激戰)

상강은 황하의 지류이기는 했으나 그 너비가 그리 넓지 않아 웬만한 지도에는 위치가 나타나지 않았다. 하지만 사천에서 호북으로 들거나 호북에서 사천으로 나갈 경우 상강을 건너 현재 북두회가 진을 치고 있는 곳을 통과하는 길이 가장 빠른 길이었다.

북두회가 위치한 곳의 상류는 대부분 가파른 산으로 이어져 있었고, 하류는 습지가 이어져 있어 상하류 모두 배를 대기에는 적합하지 않았다. 그래서 제갈성도 상류와 하류 쪽보다는 숙영지에서 바로 건너다보이는 건너편에 대한 경계에 온 신경을 기울이고 있었다.

제갈성이 지휘하고 있는 상강 북두회의 총인원은 천여 명. 북두회의 정예 오백과 서장 소뢰음사의 마승 이백오십, 그리고 북해 빙궁 문도 이백오십이 섞여 있었다.

소뢰음사의 중들을 통솔하는 마승은 소뢰음사 삼대존자 중 하나인

밀승(密僧) 마불(魔佛)이었다. 그가 이끄는 이백오십의 마승들은 소뢰음사 최정예 무승들이었다.

북해빙궁은 대장로 음조인이 이백오십의 고수를 이끌고 나와 있었다. 마불과 음조인의 무공은 아직 한 번도 중원에 선보인 적은 없으나, 새외에서 이들 양인의 이름은 결코 중원의 신오제에 뒤지지 않았다.

"으헛! 차다."

안사고의 입에서 신음이 흘러나왔다. 그의 몸이 어느새 상강의 차가운 물속에 잠겨들어 있었다.

"아니, 뭐가 차다고 그리 엄살인가?"

그의 뒤에서 걸쭉한 음성이 들려왔다. 안사고가 끌고 있는 작은 뗏목에 납작 엎드려 있는 오삼이 한 말이었다.

"엄살이라니요. 삼조장께서 한번 들어와 보시죠?"

"아, 이 사람아, 자네는 남해에서 바다와 벗하며 살았다고 누누이 말하지 않았나. 나는 항상 뭍에서만 살아서 물과 친하지 않다네. 바다하고 친구라는 사람이 그리 엄살을 떠니 내 하는 말이지. 저기 저 수로채 식구들을 봐, 아무 소리 않고 있잖아?"

오삼이 뗏목을 끌고 나가는 장강수로채 사람들을 보면서 말했다.

"삼조장님, 남해의 바닷물하고 이 사천의 강물이 같습니까? 남해의 바닷물은 이것보다는 훨씬 따뜻하다고요. 뭘 알지도 못하면서."

"알았네, 알았어. 알았으니 어서 앞으로 나가기나 하시게. 이러다가는 날 새겠네."

안사고가 오삼의 말에 입술을 한 번 삐죽 하고는 다시 뗏목을 끌기 시작했다.

이번 작전에 투입된 인원은 총 오백이었다. 천의 적을 오백이 친다는 것은 얼핏 보면 무모한 것이었지만 현재 도하 중인 사람들을 본다면 누구도 인원이 작다고 말할 수 없었다.

호정단이 전원 참여하였고, 물길에 능한 장강수로채 인원 이백, 그리고 총단의 무인들 중 고르고 고른 최정예 고수 이백오십이 참여하고 있었다.

또한 광검 황벽과 뇌전창 엽강, 패천사룡 양의와 마대, 신오제 고봉정과 능소개가 함께하고 있었다. 가히 무림 최고의 신진고수들이 총동원된 것이다.

그들은 북두회 진영 이십 리 상류로 올라가 도하를 시도하고 있었다. 이것은 장강수로채 사람들이 있어서 가능한 일이었다.

평소 험한 물길에 익숙한 장강수로채 사람들은 한 개의 뗏목에 대여섯 명씩의 사람들을 태우고는 물속에서 뗏목을 끌고 있었다. 그들은 상류로부터 하류로 떠내려가며 북두회 진영의 머리부터 밀고 들어갈 생각이었다. 북두회의 경계가 정면으로 치우쳐진 것을 이용한 작전이었지만, 물에 능한 사람들이 뗏목을 끌지 않으면 불가능한 작전이었다.

그들의 선두에 황벽이 있었다. 황벽의 몸도 상강(象江)의 찬 물속에 잠겨 있었다. 그가 강에 드는 것을 만류하는 호정단원들을 뿌리치고 황벽은 가장 앞에서 일행을 이끌고 있었다.

"차지요?"

뗏목 위에서 설연의 황벽을 보며 입을 열었다.

"아니, 시원한데."

황벽이 고개를 돌려 설연을 바라보았다. 달빛도 없어 설연의 얼굴이 자세히 보이지는 않았으나 그녀의 걱정스런 얼굴이 보이는 듯했다. 절세의 신공을 익히고 있는 황벽이 어찌 추위를 느낄 수 있을까. 그러나 설연의 눈에는 절세의 신공은 보이지 않고 오로지 차가운 상강의 물만 들어오는 것이었다. 사실 황벽은 물속에서 오히려 안락함을 느끼기까지 했다. 황벽의 건곤신공의 묘력이었다.

황벽의 옆에는 엽강이 다른 뗏목을 끌고 있었다. 엽강도 물속에서는 귀신이라는 소리를 들으며 어린 시절을 보낸 사람이었다. 비록 하얀 포말이 부서지는 바다의 짠물은 아니었지만, 물속에서 자신들의 감각을 되살리는 데에는 큰 문제가 없었다.

수시로 밀려드는 격류가 사람들의 얼굴에 튀어 올랐으나 뗏목을 끄는 사람들의 발을 방해하지는 못했다.

그들이 강의 중간 지점까지 나아갔을 때, 처음 출발했던 곳으로부터 하류로 십 리 정도 내려와 있었다. 황벽은 괜찮은 거리라고 생각했다.

"호르르르."

물새의 울음소리가 황벽의 입에서 새어 나왔다. 그러자 지금까지 여유있게 뗏목을 끌던 사람들과 뗏목 위의 사람들이 몸을 낮추기 시작했다. 그리고 더욱 빠르게 뗏목을 움직이기 시작했다.

십 리의 거리는 절정고수에게는 청각이 미치는 거리였다. 이제부터 최대한 조용히고 빠르게 북두회의 진영에 접근해야 했다. 만약 적의 눈에 띈다면 그들은 상륙도 못해보고 수장을 당하든지, 하류로 떠내려가야 할 것이다.

서서히 북두회 진영이 보이기 시작했다. 불을 환하게 밝힌 채 번을 서는 무사들이 눈에 띄었다.

조금만 더 가면 적의 시야에 들 정도의 거리에서 황벽과 엽강, 그리고 안사고가 뗏목을 다른 이들에게 맡기도 강물 속으로 몸을 숨기기 시작했다. 그리고 수면의 빛을 피해 물속으로 적의 경비가 있는 곳까지 은밀히 다가섰다.

슈욱.

갑자기 번을 서던 북두회 무사들 앞 강물이 하늘로 치솟아올랐다. 한밤중에 갑자기 강물이 하늘로 치솟자 북두회 무사들이 당황하기 시작했다. 그리고 채 경고음을 발하기도 전에 그 물기둥 속에서 두 개의 검과 하나의 작살이 날아들었다.

"컥!"

순식간에 상류 쪽을 감시하던 북두회 무사 십여 명이 땅 위에 쓰러졌다. 황벽과 엽강은 지체없이 이십 장 거리에 있는 다른 경비 무사들을 향해 소리없이 접근해 갔다.

"헉! 적……!"

다시 십여 명의 무사가 땅 위에 쓰러졌다. 그리고 그때 안사고는 최초의 뗏목을 강변에 접안시키고·있었다. 순식간에 오십여 명의 호정단원들이 강변에 상륙했다. 그리곤 각 조 조장을 선두로 해서 적의 막사를 향해 돌진하기 시작했다.

"악!"

"적이다!"

가장 가까운 거리에 있는 막사의 무사들이 쓰러져 갈 때, 그제야 북두회의 진영에 적의 침입을 알리는 경고음이 울려 퍼졌다.

땡땡땡땡!

불규칙한 종소리가 밤하늘에 울려 퍼지고, 각 막사에서 채 잠에서 깨어나지 못한 북두회의 무사들이 달려 나왔다.

그 즈음 호정단 이외의 무림맹 사람들도 상륙을 마치고 있었다.

“고 대협과 능 대협은 적의 남단을, 양 대협과 마 대협은 적의 북단을 맡아주시오.”

“알겠소이다, 총사령! 그럼 무운을!”

황벽의 명을 들은 네 사람이 일군을 이끌고 적의 남단과 북단을 치고 들어갔다.

“자, 그럼 우리도 가볼까?”

황벽의 말과 함께 호정단원들이 북두회 진영의 중앙으로 짓쳐들었다.

소뢰음사의 마불은 막 새벽 예불을 드리려 잠에서 깨어나는 도중 적의 침입을 알리는 타종 소리를 듣고는 급히 가사를 걸치고 막사 밖으로 달려 나왔다. 이미 적은 소뢰음사의 마승들이 머물고 있는 막사에 뛰어들어 혈검을 휘두르고 있었다.

고봉정과 능소개가 이끄는 무림맹도들이었다.

순식간에 막사는 불바다로 변했고, 미처 잠에서 깨어나지 못한 소뢰음사 마승들이 몸에 붙은 불을 끄려고 땅 위에 뒹굴고 있었다. 어느새 이백오십여 명의 마승 중 절반이 땅 위에 쓰러져 있었다. 특히 적들 중 두 명의 인물이 마불의 눈에 들어왔다.

긴 장검을 휘두르는 일인. 그가 한 번 검을 휘두를 때마다 막사 하나가 통째로 날아갔다. 또 한 명의 인물은 바람같이 빠르게 움직이며 막사 밖으로 달려 나오는 마승들에게 발길질을 해대고 있었다. 마불이 보는 와중에도 두 사람의 검과 발에 목숨을 잃은 마승만 이십이 넘어서고 있었다.

“멈춰라!”

순간 마불이 사자후를 터뜨리며 두 사람에게 날아갔다. 검과 발로 마승들을 제압하고 있던 고봉정과 능소개의 신형이 멈추어지고, 그들의 앞에 마불이 날아 내렸다.

"웬 놈들이냐?"

마불의 눈에 화염이 일었다.

"저자가 마불인가 보군."

"그런가 보군."

마불의 몸에서 풍겨 나오는 기세만으로도 그가 소뢰음사의 삼대존자 중 하나인 마불임을 알 수 있었다.

"자네가 할 텐가? 무식하기가 비슷할 듯한데."

능소개가 고봉정을 돌아보았다. 그러자 고봉정이 피식 웃으며 대답했다.

"그러지. 무식이라……."

그리고는 고봉정이 마불 앞을 가로막고 나섰다.

"누구냐?"

다시 한 번 마불이 물었다.

"화산의 검룡 고봉정이라 하오."

"사천에서 왔더냐?"

마불의 물음에 고봉정이 대답을 않고 고개를 끄덕였다.

"그동안 쥐새끼처럼 숨어 있더니, 고작 한다는 짓이 기습이냐?"

마불의 호통이 장내를 울렸다.

"어디 그 쥐새끼에게 물려보시오."

고봉정이 장검을 들어 마불을 가리켰다. 순간 그의 몸에서 무거운 진기가 스멀거리며 올라오기 시작했다.

“음.”

고봉정의 진기를 감당하는 마불의 입에서 신음성이 흘러나왔다. 말로만 듣던 신진십왕 화산 검룡의 기세는 과연 무섭기 그지없었다. 순간 마불도 진기를 끌어올리기 시작했다. 곧 마불의 신형이 타는 듯 붉은색으로 변하기 시작했다. 소뢰음사의 전설적 기공 적룡화염을 끌어올린 것이다.

“좋군.”

고봉정이 진기를 끌어올리는 마불을 보며 중얼거렸다. 고봉정은 타고난 무사였다. 그는 강한 적을 보면 투기가 끓어오르는 사람이었다. 마불은 강했고, 그의 투기는 끓어올랐다.

“합!”

순간 고봉정이 하늘로 날아오르며 일검을 내리그었다.

“훙!”

마불이 몸을 피하지 않고 쌍장을 내밀었다. 불덩어리와 같은 진기덩어리가 그의 손을 벗어나 고봉정의 검에 부딪쳐 갔다.

캉!

“과연 신오제!”

마불의 입에서 감탄의 탄성이 나왔다. 비록 신오제와 패천사룡의 이름이 중원에서 높다고는 하나 아직은 애송이들일 뿐이라고 생각하던 마불이었다. 한데 처음 부딪쳐 본 신오제의 일인 고봉정이 그의 생각이 잘못되었음을 깨닫게 해주었다. 고봉정의 검은 상상 이상으로 무거웠고 결코 자신의 적룡화염에 뒤지지 않는 파괴력을 지니고 있었다.

“으아악!”

그 와중에도 여기저기서 비명 소리가 들려오고 타오르는 불빛 속으로 쓰러지는 인영들이 보였다. 쓰러지는 자들의 대부분은 소뢰음사의 마승들이었다.

아무리 강한 무사라도 기습에는 당황하기 마련이었고, 당황한 자들은 오합지졸이나 마찬가지였다. 무림맹 무사들이 풀 베듯 소뢰음사의 마승들을 베어 넘기고 있었다. 마불의 낯빛이 침중해지고 마음이 급해졌다.

"끝을 보자!"

마불의 말에 고봉정이 고개를 끄덕였다. 빨리 이곳을 정리하고 중군을 지원해야 했다. 중군은 비록 뛰어난 무인들로 구성된 호정단이었지만 인원이 오십밖에 되지 않았다. 초반에는 모르지만 시간이 지나면 아마도 중과부적에 시달릴 것이다.

마불의 신형이 빠르게 고봉정을 향해 다가왔다. 고봉정의 중검을 피해 접근전을 펼치려는 것이었다. 순식간에 공간을 허용한 고봉정의 가슴에 마불의 권기가 날아들었다. 순간 고봉정이 하늘로 날아오르면 마불의 권기를 벗어났다.

이러한 고봉정의 모습은 평소 보기 힘든 것이었다. 고봉정은 땅에 두발을 굳건히 세우고 중검을 사용하여 적을 맞이하는 사람이었다. 그런 그가 공중으로 몸을 날린 것이다.

능소개는 흥미로운 표정으로 고봉정을 바라보았다. 그의 다음 한 수가 궁금했던 것이다.

하늘로 날아오른 고봉정이 공중에서 몸을 거꾸로 세우더니 땅으로 향한 머리 위로 검을 세웠다. 그리고 그 검에서 시퍼런 검기가 마불을 향해 내리 꽂혔다.

"컥!"

마불이 신음성을 내며 고봉정의 검기 아래 쓰러졌다. 하늘에서 내리꽂는 고봉정의 검기가 마불의 신형을 반으로 가른 것이다.

쿵!

마불의 거대한 신형이 땅 위에 쓰러졌다. 서장의 패자 소뢰음사 삼대존자의 이름치고는 너무 허무한 죽음이었다.

“역시 무식해!”

뭔가 특별한 변화를 기대했던 능소개가 역시나 하늘에서 중검을 펼친 고봉정을 보며 혀를 찼다.

“가지.”

그런 능소개를 향해 고봉정의 짧은 말이 들렸다. 장내는 이미 거의 정리되고 있었다. 고봉정이 능소개의 대답도 듣지 않고 화광이 충천한 북두회의 막사 중앙을 향해 몸을 날렸다.

“어이, 같이 가자고!”

능소개가 재빨리 고봉정을 따라붙자 그 뒤로 무림맹 무사들이 따르기 시작했다.

탕!

“넌 누구냐?”

양의의 검을 막은 자가 양의를 향해 물었다.

양의는 현재 복면을 하고 있었다. 현재는 자신이 사천대전에서 죽은 것으로 알려져 있었기 때문이다. 비록 상강의 도하를 위해 참여하기는 했지만 아직은 자신의 정체를 숨겨야 하는 양의였다.

“본색을 드러내기 어려운 사정이니 너그러이 이해해 주시기 바라오.”

"사정이 그렇다니 할 수 없구나. 하지만 이섭군, 죽은 시체에 손을 대 신원을 확인해야 하다니."

양의 앞에 서 있는 자는 빙궁의 음조인. 음조인의 말에는 자신감이 배어 있었다. 양의를 베고 복면을 벗기어 정체를 확인하겠다는.

"하하, 그것도 쉽지만은 않을 것이오."

"오? 내 검 아래서 살아날 자신이 있다는 말이지?"

"최소한 죽지는 않을 것이오."

"어디, 말처럼 실력을 가지고 있나 볼까?"

다시 음조인이 자신의 검을 들어올렸다. 양의도 자신의 검을 빼 들고 진기를 주입하자 검에서 줄기줄기 검기가 뻗어 나오기 시작했다.

"보통 놈이 아니구나."

검기를 본 음조인의 표정이 굳어졌다.

먼저 움직인 것은 음조인이었다. 그는 양의가 진기를 완전히 끌어올리기 전에 선기를 잡아갔다. 비무에서라면 비겁한 짓이라 할 만하지만 지금은 비무가 아니라 실전이었다.

깡!

양의가 뒤로 물러서며 음조인의 검을 받아쳤다. 음조인의 검을 막아낸 양의가 물러나는 자세 그대로 검을 위에서 아래로 내리그었다. 양의를 따라붙던 음조인이 황급히 신형을 세우고는 잠시 멈칫거렸다. 그사이 양의가 발끝으로 몸을 버티며 물러나던 몸을 되돌려 앞으로 쏘아져 나갔다. 가히 절정의 움직임. 양의의 방향 전환은 음조인에게는 경악에 가까운 것이었다.

서격.

순간 순식간에 수비에서 공격으로 나선 양의의 검에 음조인의 허리가 베어졌다.

"악!"

음조인이 피가 흐르는 옆구리를 잡으며 뒤로 물러났다.

"도대체 네놈은 누구냐?"

"미안하오."

양의의 목소리에는 진정 얼굴을 드러내지 못하는 것에 대한 미안함이 깃들어 있었다. 하지만 양의의 검은 그의 마음과는 상관없이 음조인을 베어갔다.

서격.

베어진 음조인의 몸이 땅에 뒹굴었다.

음조인의 죽음을 목격한 빙궁의 문도들이 급격히 무너져 가기 시작했다. 마대의 도끼가 하늘을 휘저었고, 그때마다 빙궁의 사람들이 땅에 몸을 뉘었다.

"이제 중군으로 가자."

음조인을 벤 후 기식을 조절하고 있던 양의에게 마대가 다가왔다. 그의 전신은 피와 땀으로 범벅이 되어 있었다. 자신의 몰골을 눈을 찡그리며 쳐다보는 양의를 보고 마대가 한 소리 중얼거렸다.

"나두 검을 써볼까? 아무래두 부는 너무 지저분해."

마대의 말에 양의가 헛웃음을 흘리며 신형을 날려 중군을 향해 날아갔다.

사십 년 전 소림의 영인 선사가 무림에 나섰을 때 무림에 일곱 명의 대마두가 혈명을 날리고 있었다. 그들의 손속은 잔인하였고, 무공은 뛰어났다. 비록 일곱밖에 되지 않는 그들이었지만 그들 앞을 가로막는 자들은 아무도 없었다.

무림은 그들을 칠악이라 불렀다.

장풍산, 하중, 나대경, 양만리, 위염, 조형, 종병지가 그들이었는데, 개개인의 무공이 뛰어나기 이를 데 없었다. 그들의 손에 죽어나는 무림인의 숫자가 점점 늘어나자 구대문파에서는 그들을 막기 위해 각파에서 한 명씩의 장로를 강호에 내보냈다. 하지만 오히려 그들은 자신들을 찾아온 구파의 장로 아홉을 몰살시킴으로써 자신들이 결코 구파의 아래가 아님을 증명했다. 그리고 구파에 대한 보복으로 구파의 제자 열 명씩을 살해했다.

구파에서 칠악의 처리에 골머리를 앓고 있을 때 갑자기 칠악이 무림에서 모습을 감추었다. 사람들은 한참이 지난 후에야 칠악을 은거시킨 사람의 정체를 알 수 있었다. 단신으로 칠악을 은거시킨 자, 소림의 영인 선사였던 것이다.

그러한 칠악을 제갈천은 다시 무림에 불러냈던 것이다. 오행마와 칠악을 무림에 다시 끌어들인 제갈천의 능력은 과연 비상한 것이었다.

그리고 오늘 칠악 중 둘째 하중이 제갈성과 함께 상강변에 있었다.

"저기 오는군."

이미 진중의 소란을 보고받은 제갈성과 하중이 자신들의 막사 앞에 나와 서 있었다. 그들 앞으로 일단이 사람들이 몰려오고 있었다. 그리고 그 선두에 선 사람은 제갈성도 잘 알고 있는 사람이었다.

"휴, 또 자넨가?"

제갈성이 입에서 한숨이 새어 나왔다. 일행의 선두에 바로 황벽이

서 있었던 것이다.

"또 당신이오?"

황벽도 제갈성을 알아보았다. 비록 중조산에서는 복면을 하고 있었지만 이미 무림에 제갈성이 북두회의 칠성이라는 것은 널리 알려진 사실이었다.

"악연이가 보오."

황벽의 말에 제갈성도 고개를 끄덕였다.

비록 황벽에게 손가락을 잃기는 했지만 제갈성은 황벽이 조용히 무림을 떠나 상해로 돌아가기를 바랐다. 광검 황벽은 그로서도 쉽게 감당할 수 없는 사람이었던 것이다.

"의외로군. 무림맹이 선수를 치리라 생각지는 못했는데."

"개를 때려야 주인이 나온다지 않소?"

"결국 할아버님을 끌어내기 위한 것인가?"

제갈성의 말에 황벽이 고개를 끄덕였다.

"몇이나 왔나?"

"오백!"

"그 인원으로 이곳을 도모할 수 있으리라 보는가?"

"오히려 낚음이 있소. 남쪽과 북쪽은 이미 정리가 되었을 것이오."

"대단한 호기로군. 하나 이곳은 그리 쉽지 않은 곳이네."

제갈성의 말에 하증이 앞으로 나섰다.

"네가 황벽이라는 아이냐?"

황벽이 누구냐는 듯 하증을 바라보았다. 언뜻 보기에도 보통 이상의 기도를 보이는 노인이었다. 황벽의 시선에 하증이 웃으며 입을 열었다.

"이런, 내 소개를 안 했군. 난 하중이라 하네."

"하중? 잘 모르겠는걸?"

황벽이 하중을 알 리 없었다. 하지만 황벽 주위에 있던 일조 조장 진봉은 하중을 알고 있었다.

"하중! 칠악의 하중!"

"맞아. 하하하! 나를 기억하는 사람도 있었군 그래. 맞다. 내가 바로 칠악의 하중이다."

"진 조장, 저 사람 유명한 사람이오?"

그때 지금껏 가만히 있던 엽강이 슬쩍 돌아보았다.

"유명하죠. 사십 년 전만 해도 뇌전창 못지않았지요."

"호오, 그래? 이거, 오늘 거물 하나 잡는 건가?"

엽강이 작살을 들고 앞으로 나섰다. 황벽을 보고 있던 하중은 의외로 엽강이 나서자 뜻밖이라는 듯 엽강을 바라보았다.

"자네는?"

"엽강이라 하오만."

"오, 뇌전창 엽강! 소문은 많이 들었네."

엽강은 대꾸하지 않고 뒤에 서 있는 황벽을 돌아보았다. 황벽이 고개를 끄덕이자 엽강이 자신의 작살을 들어 하중을 겨누었다.

"호, 창도 아니고 작살이라?"

"창보다 날카로운 작살이 있다는 걸 오늘 알게 될 것이오."

"하하하, 젊음이 좋긴 좋구나. 하지만 애송이, 무림이라는 곳이 호기만으로 버틸 수 있는 곳이 아니다. 최선을 다하거라."

아직까지 하중의 말에는 여유가 넘쳐흐르고 있었다.

"흥! 말은."

순간 엽강이 뛰어오르며 작살을 뻗어냈다. 삼 장 밖에서 쭉 하중을 향해 파고드는 작살은 순식간에 수십 개의 날로 갈라지며 그의 전신을 노렸다.

"헉!"

순간 하중이 허리에 찬 도를 미처 뽑지 못하고 다급히 엽강의 작살이 만드는 사정거리에서 벗어났다. 등에 식은땀이 흐르는 것은 어쩔 수 없었다.

"어이, 늙은이. 작살 맛이 어때? 늙었으면 신속에 파묻혀 살 것이지 무슨 영광을 보겠다고 기어 나왔누?"

하중의 귀에 엽강의 비아냥거림이 들려왔다.

"이놈!"

잠시 당황했던 하중이 정신을 차리고는 도를 뽑아 들고 엽강을 향해 날아들었다. 장병(長兵)인 작살의 안쪽을 파고들려는 것이다. 하지만 엽강의 대응은 매서웠다.

"어딜!"

자신의 안쪽을 파고드는 하중을 향해 엽강이 작살을 봉처럼 내려쳤다.

땅!

"윽!"

작살과 도가 부딪치는 소리와 함께 한 명의 신음 소리가 들려왔다.

하중이 입에서 피를 뿌리며 물러나고 있었다. 단 한 번의 부딪침으로 우열이 갈렸다. 엽강이 신형을 날리며 하중을 따라붙었다.

"하얍!"

그리고는 작살을 앞으로 쭉 뻗어냈다.

"악!"

순간 하중의 입에서 신음이 터져 나왔다. 엽강의 작살이 하중의 가슴을 지나고 있었던 것이다.

털썩.

하중의 몸이 땅에 떨어져 내렸다. 장내가 조용해지며, 제갈성의 얼굴이 흙빛으로 굳어갔다. 제갈성은 이 일행 중 황벽만을 문제 삼고 있었다. 한데 저 작살을 사용하는 엽강은 결코 황벽에 뒤지지 않는 실력을 보여주고 있지 않은가?

제갈성이 당황하고 있을 때 장내에 다시 함성이 울려왔다. 남쪽과 북쪽에서 일단의 인영들이 나타났던 것이다.

"총사령, 북쪽은 정리가 끝났소. 빙궁 음조인의 목을 베었소."

"남쪽도 정리가 되었습니다. 소뢰음사의 마불도 숨을 거두었습니다."

고봉정과 복면을 한 양의였다.

"그럼 이제 이곳만 정리하면 되는 것인가?"

황벽이 제갈성에게 시선을 돌렸다. 고봉정과 양의가 나타나는 순간부터 제갈성의 눈이 쉼없이 주위를 살피기 시작했다. 불은 이제 북두회 진영 전체에 번져 있었다. 그리고 더 이상 진중에는 제갈성을 지켜줄 북두회 사람이 보이지 않았다.

'어떡하든 이곳을 빠져나가야 한다.'

제갈성의 뇌리에 떠오른 단 하나의 생각!

'이곳을 벗어나기만 하면 할아버님과 함께 다시 사천을 찾으리라. 그때 오늘의 수모를 배로 갚아주마.'

제갈성이 한 걸음 앞으로 나서며 호기롭게 입을 열었다.

“그렇군. 과연 우리만 남은 것 같군.”

“그렇구려. 길게 끌지 맙시다.”

황벽이 검을 잡아갔다. 그러자 제갈성도 자신의 검을 빼 들고는 빠르게 날아들어 황벽에게 부딪쳐 갔다. 순간, 황벽의 검이 가볍게 허공을 갈랐다.

꽝!

순간 제갈성의 몸이 빠르게 뒤로 날아갔다. 얼핏 보면 황벽의 검기에 튕겨져 나가는 것처럼 보였지만, 제갈성의 몸은 땅에 떨어지는 찰나 순식간에 장내에서 멀어지기 시작했다.

“하하하! 광검, 다음에 다시 보자! 그때는 이렇게 쉽게 물러나지 않을 것이다!”

순간 황벽의 몸도 빠르게 허공으로 날아올랐다.

“이번에도 무엇인가는 남겨야지 않겠소?”

“악!”

순간 날아가던 제갈성의 입에서 비명이 터져 나왔다. 그리고 그의 몸이 어둠 속으로 사라졌다. 그가 떠난 자리에 하나의 주인 없는 팔이 뒹굴고 있었다.

“쯧, 저번에는 손가락을 두고 가더니, 이번에는 팔을 놔두고 가는군.”

황벽이 제갈성을 베지 못한 것이 아쉬운 듯 혀를 찼다.

“총사령, 이제 장내가 거의 정리된 듯합니다.”

어느새 호정단을 포함한 무림맹 무사들이 황벽을 중심으로 모여들고 있었다.

“아군의 피해는 어느 정도입니까?”

"호정단은 다섯 명이 사망했어요."

설연이 낮은 목소리로 말했다. 이미 몇 달째 동거동락하던 단원들이었다. 오십여 명밖에 되지 않는 인원들이었으므로 한 사람 한 사람의 얼굴이나 이름을 모두 기억하고 있는 설연이었다. 다섯이라는 숫자는 거의 피해라 할 수 없는 숫자였지만, 설연에게는 큰 아픔이었다.

"우리 쪽은 총 오십 명이 상했습니다."

고봉정이었다.

"저희도 역시 오십여 명의 손실이 있었습니다."

"결국 일백여 명의 희생이 있었군요."

상강의 북두회를 전멸시키며 일백여의 희생이란 것은 적은 숫자였지만, 황벽을 비롯한 이번 작전에 참여한 수뇌부들은 희생된 단원들의 생각에 얼굴이 밝지 않았다.

"오늘은 이곳에서 쉬도록 하고, 내일 아침 일찍 강을 건넙시다."

사람들은 밤새 죽은 동료의 시신뿐만 아니라 적의 시신도 거두어들여 매장했다. 그렇게 하룻밤이 지나고 희뿌연 새벽빛이 찾아왔을 땐 불타오르던 막사의 불씨도 거의 꺼져 가고 있었다.

그리고 무림맹이 사람들은 다시 상강에 뗏목을 띄웠다. 올 때는 어둠을 벗삼아 건너온 강을 이번에는 태양을 등지고 건너고 있었다.

"다음에 이 강을 건널 때는 아마도 상해를 향해 가는 길이 되겠지?"

엽강이 황벽을 보며 입을 열었다.

"그리되기를 바랄 뿐이네."

황벽의 입에서 처연한 대답이 흘러나왔다. 그리고 잠시 후 불현듯 황벽의 입이 열렸다.

“그를 베어야겠어.”

황벽이 조용히 읊조렸다.

설연과 엽강의 시선이 황벽에게 돌려졌다.

“아무래도 그는 용서가 안 돼. 베어야겠어.”

제갈천을 두고 하는 말이었다.

황벽의 말을 듣고 있던 두 사람은 마치 이미 제갈천의 운명이 결정되어진 것 같은 느낌을 받았다. 황벽 말과 표정에서 엽강과 설연은 큰 산의 모습을 보고 있었다.

무림맹이 상강을 건너 강변에 도착했을 때에는 이미 아침 햇살이 제법 따스하게 비치고 있었다.

*　　　*　　　*

“뭐라고! 상강이 무너져?”

제갈천이 자신의 앞에 있는 책상을 내려쳤다.

“다시 한 번 말해 보거라! 그리고 네 꼴이 도대체 뭐냐?”

분노한 제갈천 앞에는 제갈성이 피가 묻은 옷을 갈아입지도 못한 채 서 있었다. 그는 태어나서 처음으로 할아버지가 자신을 죽일 수도 있는 사람이라는 것을 깨닫고 있었다. 제갈천의 눈은 이미 회색으로 변해 있었고, 분노는 친족이라도 벨 만큼 큰 것이었다.

“죄송합니다, 할아버님. 저들이 밤을 틈타 기습해 오는 바람에 그만…….”

“저들이 밤을 도와 기습하는 바람에 서장과 북해의 세력이 몰살당하고 북두회의 일천 군사가 몰살당했는데, 너는 팔 하나만 남겨두고 도망을 왔다고?"

제갈천의 입에서 냉소가 흘렀다.

"아버님, 고정하시지요. 성아도 최선을 다한 듯한데……."

"일성, 고정하시지요."

"일성, 누구라도 그 상태라면 칠성과 마찬가지였을 겁니다."

제갈의현과 장의현, 그리고 양청길이 나서서 제갈천의 분노를 가라앉히고 있었다.

"허허, 이 무슨 꼴이란 말인가! 겨우 사천에 몰려 있는 도망자들에게 쫓겨 들어오다니. 내 무슨 낯으로 서장과 북해에 이 이야기를 전하겠소!"

제갈천이 고개를 들어 하늘을 바라보며 한탄했다.

"일성, 고정하시고 이제 사천을 어떻게 정리할지를 논의해야 하지 않겠습니까?"

장의현의 말에 제갈천이 고개를 끄덕였다.

"두 분께는 면목이 없소이다. 못난 손자 놈을 둔 게 부끄럽소."

일성이 양청길과 장의현을 보고 입을 열었다.

"그리 말씀하지 마십시오. 비록 이번에 칠성이 실패를 맛보았다고는 해도 그간 북두회의 일에서 칠성이 세운 공에 비하면 그리 큰 잘못은 아닙니다."

양청길의 말에 제갈천의 마음이 조금 누그러지는 듯했다.

"너는 이만 물러가도록 해라."

제갈천이 제갈성을 보며 싸늘하게 말을 뱉어냈다.

"소손 이만 물러가겠습니다, 할아버님."

제갈성이 제갈천에게 허리를 숙여 인사하고는 방을 물러 나갔다.

제갈성이 방을 나가는 것을 보고 있던 제갈천이 제갈의현을 보며 입을 열었다.

"자, 이제 사천을 어찌해야 하겠느냐?"

제갈의현이 잠시 생각에 잠긴 듯하다 입을 열었다.

"사실 그간 사천을 그냥 놓아둔 것은 아직 중원의 무림 각파를 완벽하게 제압하지 못했던 것도 하나의 이유였지만, 그들의 세력이 북두회에 위협이 안 될 것이라 판단했기에 우선 순위에서 조금 미루어둔 것이었습니다."

제갈의현의 말에 제갈천이 고개를 끄덕였다.

"그렇긴 하지."

"하지만 이제 더 이상 뒤로 미룰 일이 아닌 것 같습니다. 과정이야 어찌 되었든 이번 상강의 일은 북두회가 무림에 정식으로 모습을 드러낸 이후 처음으로 겪은 실패입니다. 상강의 패배로 무림에서 북두회를 벗어나려는 움직임이 생겨날 수 있습니다."

제갈의현의 말에 모두들 고개를 끄덕였다. 한 번이 어렵지 한 번 일이 일어나면 사람의 심리란 묘해서 두 번, 세 번은 어렵지 않게 일어날 수가 있었다.

"해서 제 생각에는 무림이 동요하기 전에 북두회의 정예를 이끌고 사천을 정리하는 것이 좋을 것 같습니다. 어차피 현재 사천 무림맹이 어느새 반발 세력의 구심점 역할을 하고 있으니 그들을 제거하면 더 이상 대규모의 반발은 없을 것입니다."

"사성의 말이 옳은 듯합니다, 일성."

"제 생각도 같습니다, 일성."

양청길과 장의현도 제갈의현의 의견에 동조했다.

"그래, 모두의 생각이 그렇단 말이지요?"

제갈천이 탁자에 팔을 걸치고는 생각에 잠겼다.

"나는 사실 넉넉잡아 반년이면 중원무림을 확실히 장악할 자신이 있었소."

제갈천의 말처럼 오륙 개월의 시간만 주어진다면 아마도 북두회는 전 무림의 문파를 자기 사람으로 채울 수 있었을 것이다. 현재도 구대문파를 포함한 오대세가와 정사의 각 문파의 장들은 북두회에 의해 감금되어 있는 상태였다.

제갈천은 각 문파의 장들이 내어놓은 장문영부를 이용해 각 문파를 실질적으로 장악해 나가고 있었던 것이다.

"하나 아무래도 이대로 사천을 두고 보기는 어렵겠구려. 북두회를 반대하는 무리들이 사천으로 모이거나, 그들과 선이 닿아 일을 꾸밀 여지가 너무 크구려. 결국 사천을 먼저 정리해야겠구려."

"잘 생각하셨습니다, 일성."

"좋소. 그럼 이제부터 사천 공략을 제일의 목표로 정하는 바이오. 이성과 삼성은 각자 사천 공략에 나설 군사를 정비해 주시오. 사성은 각 문파에 나가 있는 회의 사람들에게 연락하여 사천을 공략할 동안 중원무림이 흔들리는 일이 없도록 통제를 강화하라 이르시게."

제갈천의 말에 세 사람이 동시에 제갈천에게 머리를 숙여 보였다.

"이번에는 아버님이 직접 가시렵니까?"

"그렇다. 나뿐만 아니라 여기 있는 세 사람까지 함께 간다. 이곳은 성이에게 지키도록 하고, 이번에 정예를 모두 동원한다. 이 기회에 완전히 사천을 정리할 것이야."

제갈천의 눈이 다시 회색으로 물들어갔다. 짙은 살의가 그의 전신에서 흘러넘치고 있었다.

그리고 다음날부터 예전에는 정의맹 총단으로 쓰이던 석산의 북두회 총단에서 수많은 사람들이 움직이기 시작했다.

제55장
다가오는 적

모든 무림인들은 숨죽여 사천을 바라보고 있었다. 어느새 사천은 무림의 희망으로 떠오르고 있었다. 비록 입 밖으로 말을 내지는 않았지만, 무림인들은 사천의 무림맹에 끝없는 성원을 보내고 있었다.

하루에도 수십 명의 무인들이 상강을 건너 사천으로 향했다. 상강변에서 부두회의 일군이 궤멸된 후 상강을 건너 사천 천수산으로 숨어든 무림인만 오백이 넘고 있었다. 제갈천이 우려했던 동요가 시작되고 있는 것이다.

사천을 이야기할 때 사람들은 한 사람의 이름을 빼놓지 않았다. 바로 무림출도 일 년 만에 천하제일인의 위치를 바라보는 무림맹 총사령 황벽에 대한 이야기였다. 황벽과 그가 속한 호정단의 무용담은 북두천하 아래 살고 있는 무림인들에게 시원한 청량감을 주고 있었다.

수많은 무림의 어린 정영들은 황벽과 호정단의 이야기를 자신의 아버지나 할아버지를 통해 밤마다 전해 들었다. 그리고 어느덧 황벽과 호정단은 무림의 신화가 되어가고 있었다.

어수선한 무림의 분위기 속에서 제갈천이 북두회 정예 오천을 이끌고 사천으로 향한 것은 상강의 격전이 있은 날로부터 보름이 지난 후였다.

사천 원정군은 가히 북두회 전체라 할 만한 진용을 갖추고 있었다.

좌우군에서는 지난날 무림을 지배했던 천마궁주 양청길과 현무 진인 장의현이 각각 천오백의 무리를 책임지고 있었다. 그리고 원정 대열의 중앙에는 마차를 타고 이동하는 제갈천이 그의 아들 제갈의현과 함께 중군 이천을 이끌고 있었다. 제갈천의 주위에는 여섯 명의 노인이 앉아 있었는데, 그들이 바로 하중을 제외한 칠악이었다.

현재 무림에 알려진 사천 세력은 겨우 일천오백 정도, 아무리 황벽과 호정단의 명성이 무림을 진동하고 있다 하더라도 상대하기 어려운 세력이었다.

석산을 제갈성에게 맡기고 총단을 떠난 북두회가 지난날 제갈성이 패퇴한 상강변에 도착한 것은 총단을 떠난 지 열흘이 지난 후였다.

"제법 준비한 것 같군."

강변에 도착한 제갈천의 입에서 나온 첫마디였다. 그의 눈에 멀리 강 건너 강변에 세워진 목책이 들어왔던 것이다. 무림맹은 북두회가 사천 공략을 공표한 이후부터 적의 도하가 예상되는 상강변에 방어선을 구축하고 있었다.

"사성, 오늘은 이곳에 숙영지를 구축한다. 내일까지 도하 계획을 가지고 오라."

비록 사사로이는 아들이었지만 제갈의현에게 명을 내리는 제갈천의 목소리는 엄했다.

"알겠습니다, 일성."

전장이다. 공사의 구분이 필요한 장소요, 시간이었다.

순식간에 상강변에 북두회의 막사가 세워졌다. 강변이 온통 흰색의 천으로 뒤덮였다.

"장관이군요."

설연이 황벽의 옆에서 입을 열었다. 황벽과 설연은 강변에 세워진 목책 위에 올라 숙영지 구축을 바라보고 있었다.

"칼을 들이댈 상대만 아니라면 멋진 장면이긴 하군."

황벽도 설연의 말에 고개를 끄덕였다.

"황 가가, 이곳에서 언제까지 적을 맞을 생각이세요?"

"오래 걸리지는 않을 거야. 이곳을 너무 쉽게 내주면 적이 천수산으로 드는 것을 꺼려할 우려가 있어서 나온 것이니."

"하면 이곳을 떠나면 바로 천수산으로 후퇴할 건가요?"

"촉로의 험로를 이용하지 않을 수 없지. 그것은 제갈천도 알고 있을 것이야. 이곳과 촉로 두 군데는 어떤 형태로든지 저들을 상대해 줘야 하는 곳이지."

황벽의 말에 설연도 고개를 끄덕였다.

"그래서 엽 대협은 이곳에 오지 않으신 거군요?"

"맞아. 잔도에서는 엽강이 적을 기습하고, 그동안 나는 천수산으로 가 준비를 해야겠지."

"이번으로 마지막이겠지요?"

"그래야지. 요즘 바다가 보고 싶어 미칠 지경이거든."

황벽의 얼굴에는 지친 기색이 드리워져 있었다.

설연은 황벽을 보며 안쓰러움과 미안함을 동시에 느끼고 있었다. 황벽의 지금 상황이 자신 때문이라는 생각이 들었기 때문이다.

노룡촌에서의 황벽은 피와는 관계가 먼 사람이었다. 한데 자신을 찾아 중원으로 나온 이후 그의 삶은 온통 피빛으로 얼룩져 있었다. 황벽의 여린 심성으로 견디기 힘든 일이었을 것이다.

"미안해요, 황 가가."

설연이 나지막히 말을 건넸다. 황벽이 대답을 않고 고개를 돌려 설연을 바라보았다. 황벽은 그녀의 눈을 보곤 설연이 무슨 생각을 하고 있는지 알 수 있었다. 황벽이 고개를 가로저었다.

"설 매, 설 매의 잘못이 아니야. 지금 생각해 보면 건곤신공이 나에게 전해지고 또 절대오검의 검결이 우리의 눈앞에 나타났을 때 이미 이러한 운명은 정해져 있었던 거야. 무명노인의 말처럼 하늘이 큰 힘을 줄 때는 반드시 그 대가를 요구하는 법이라는 것을 나는 중원에 나온 이후 깨닫고 있어."

"그래도 미안해요, 황 가가."

둘의 시선이 다시 어두워지려는 상강 저편 북두회의 막사로 돌려졌다.

마지막 노을이 북두회의 흰 막사 지붕 위에 붉은빛을 뿌리고 있었다.

수없이 많은 뗏목이 북두회 막사 앞 강변에 드리워졌다. 처음 뗏목을 발견한 황벽 등은 북두회가 뗏목을 타고 도하를 시도하려는 것으로 생각했다. 하지만 하루가 지났을 때 그들은 자신들의 생각이 잘못되었다는 것을 알 수 있었다.

"정말 무식한 방법이군요."

팽성이 황벽을 바라보며 입을 열었다.

"왜요? 팽 조장의 성격에 딱 맞는 방법인 것 같은데……."

"이런, 총사령께서도 저를 그리 무지막지한 놈으로 보셨단 말입니까? 이거 서운한데요. 제 도가 그럴 뿐이지 사람까지 그런 건 아닙니다."

팽성의 말에 황벽과 주위의 호정단원들이 웃음을 터뜨렸다.

"그나저나 팽 조장의 말이 맞긴 하군요. 생각보다 무식한 방법이군요."

그들의 시선이 머무는 곳에 북두회의 뗏목이 있었다. 북두회는 타고 이동할 것으로 생각했던 뗏목을 강변에 고정시킨 채 강 쪽으로 이어 붙이고 있었다. 어느덧 북두회 막사 앞의 강은 서로 엮여 고정된 뗏목에 의해 사람들의 이동이 자유로울 정도의 다리가 생겨나고 있었다.

"아마 시간이 걸리더라도 안전하게 전 인원을 이동시키기 위해 선택한 방법 같습니다."

진봉의 말에 황벽도 고개를 끄덕였다. 저들은 뗏목으로 강의 동쪽에서 서쪽에 이르는 부교를 만들고 있었던 것이다. 충분한 인력과 물자, 그리고 시간이 있어야 가능한 도하 방법이다.

"뭐, 우리가 크게 걱정할 일은 아닌 것 같습니다. 어차피 이곳에서 저들을 막을 생각은 아니었으니. 하지만 저들의 부교가 이쪽 끝에 닿을 때는 저들도 고생을 좀 해야겠지요."

쉽게 부교를 강변에 잇도록 놓아둘 수는 없는 일이다. 도발해 오는 적은 맞아주는 게 예의다.

"윽!"
"으악!"
순식간에 처절한 음성이 터져 나왔다. 그리고 수명의 북두회 무사가 물속으로 꼬꾸라졌다. 그들의 가슴에는 어느새 날아온 화살이 박혀 있었다.
무림맹이 공격을 시작한 것은 북두회의 부교가 거의 강의 삼분의 이를 지날 때였다. 무림맹 쪽의 사정권 안에 들어선 것이다.
"방패를 세워라!"
순간 부교 설치를 지휘하던 제갈의현의 입에서 고함이 터져 나왔다. 그의 외침에 따라 순식간에 나무로 만든 방패를 든 일단의 무사들이 앞으로 달려 나왔다. 그리고 뗏목을 이어 붙이는 사람들 앞에 방패의 벽을 쌓기 시작했다. 방패의 벽 뒤에서 부교는 계속 그 끝을 이어가고 있었다.
쇄액!
"억!"
한순간 방패의 벽이 허물어지고 그 틈으로 다시 수많은 화살이 밀려들었다. 다시 수십 명의 북두회 무사들이 강물에 빠져 목숨을 잃었다. 방패의 벽을 뚫은 것은 쇠로 된 강전이었다. 아마도 수명의 사람이 시위를 당기는 철궁이 무림맹 쪽에 준비되어 있었으리라.
방패의 벽이 무너진 부교의 끝은 순식간에 아수라장이 되었다. 미처 이어지지 못한 뗏목은 강물을 따라 흘러내려 가고 비처럼 쏟아지는 화살에 수많은 무사들이 목숨을 잃었다.

둥둥둥둥!

북두회의 진영에서 북소리가 울렸다.

살아남은 북두회 무사들이 부교를 따라 신속하게 후퇴했다. 부교의 설치가 강의 삼분의 이 지점에서 멈춘 것이다.

둥둥둥둥!

다시 북두회의 진영에서 북이 울렸다. 그러자 갑자기 강 상류에서 검은 배 세 척이 모습을 드러냈다. 먹물을 뒤집어쓴 듯 온통 검은색으로 칠해진 배는 어느새 강물을 따라 빠르게 내려오더니 부교의 설치가 중지된 강의 중간에서 멈추어 섰다. 강물의 흐름에 버티기 위해 일반 닻보다도 두 배는 무거운 닻 세 개가 강바닥에 내려졌다.

둥둥둥둥!

북두회의 북이 다시 울리자 철수했던 무사들이 다시 부교를 건너와 일을 시작했다.

쿵. 쿵. 쿵.

멈추어 선 배의 옆면에서 강전이 박히는 소리가 나기 시작했다. 하지만 배는 강전의 공격에 끄떡도 하지 않았다.

"제법 머리를 쓰는데요?"

조원들과 함께 부교를 향해 화살을 날리던 팽성이 황벽에게 다가왔다.

"그만 후퇴할 준비를 해야겠소이다, 팽 형."

"이대로 갑니까?"

"아닙니다. 일단 맹의 인원들은 모두 후퇴시키고 호정단은 저들이 강을 건널 때 잠시 공격하다가 물러나야겠지요."

"알겠습니다. 그리 전하지요."

팽성이 몸을 돌려 적을 향해 화살을 날리고 있는 무림맹도들을 향해 달려갔다. 잠시 후 방어선에 나와 있던 무림맹도들 중 호정단을 제외한 삼백여 명의 인원들이 후퇴하기 시작했다. 그리고 남아 있는 호정단원들은 모두 황벽의 주위로 모여들었다.

"저들이 부교를 완성하고 상륙을 시도할 때 공격을 가할 것입니다. 무리하지는 마십시오, 잠시 교전한 후 바로 후퇴할 것이니. 한 명의 사상자도 나지 말아야 합니다. 이곳은 죽을 자리가 아닙니다."

황벽의 말에 호정단원들은 대답없이 고개를 끄덕였다.

화살 공격이 없어지자 북두회의 부교는 순식간에 완성되었다.

"선발대는 강을 건너라!"

제갈천의 명에 오 열로 늘어선 오백여 명의 북두회 무사들이 부교를 건너기 시작했다.

"선발대는 강을 건너는 즉시 적의 방책을 향해 돌진하라!"

다시 제갈천의 명이 날아들고, 북두회 오백여 명의 선발대가 바람같이 강을 건너 무림맹도들이 있던 방책을 향해 날아들었다.

북두회의 정예 중 고르고 고른 선발대였다. 개개인의 무공이 절정에 다다른 선발대는 순식간에 무림맹이 설치한 방책을 넘어서고 있었다. 하지만 거친 파도와 같이 밀려들던 선발대는 한순간 멍하니 멈출 수밖에 없었다. 거친 반격을 예상했던 방책 안은 텅 비어 있었던 것이다.

그때였다. 잠시 어리둥절해하는 북두회 선발대를 향해 좌측으로부터 한 떼의 기마가 몰려들었다.

"컥. 억!"

"암습이다! 적이다!"

　순식간에 비명 소리와 적의 암습을 알리는 외침이 방책 안에 가득 찼다.

　"이제 됐소. 갑시다."

　황벽의 말에 그를 선두로 한 무림맹의 인마들이 썰물처럼 방책을 빠져나가 사천으로 이어지는 관도를 통해 사라졌다.

　"이런이런, 한 방 먹었구만. 약은 놈들 같으니라구."

　뒤늦게 방책에 도착한 제갈의현이 여기저기 쓰러져 있는 북두회 선발대의 시신을 보며 혀를 찼다. 짧은 시간 동안 오십여 명의 선발대가 목숨을 잃은 것이다.

　"후후. 그래, 발버둥이라도 쳐야겠지. 하지만 곧 너희들은 목줄이 잡힐 것이다."

　제갈의현이 호정단이 사라진 관도 끝을 보면서 중얼거렸다.

　호정단의 후퇴로 더 이상 북두회의 상강 도하를 막을 사람들은 없었다. 북두회 오천 대군의 도하는 달이 떠오를 때까지 계속되었다. 일단 도하를 마친 제갈천은 무림맹의 방책이 있던 자리에 다시 막사를 세웠다.

　"수고했다. 적의 방해로 오래 걸릴 줄 알았는데 의외로 쉽게 도하를 끝냈구나."

　제갈천이 제갈의현을 보며 미소를 지었다. 이제야 아들을 보는 아버지의 눈빛을 보여주는 제갈천이었다.

　"하하하. 일성, 역시 사성의 계책은 대단합니다. 누가 철선을 이용해 적의 활을 막을 것이라 생각이나 했겠습니까? 덕분에 저들이 미처 반항도 제대로 못하고 후퇴를 하였군요."

양청길었다.

"그러게 말입니다. 역시 제갈세가의 지략은 천하제일입니다."

제갈의현에 대한 칭찬이 장의현에 의해 제갈세가의 칭찬으로 이어졌다.

제갈천의 얼굴이 밝아졌다. 세가에 대한 그의 집착은 광적일 정도였다. 그가 무림에 한바탕 피바람을 일으킨 이유도 세가가 받은 무림의 통제 때문이었다. 그런 그에게 세가를 칭찬하는 장의현의 말은 단 사탕과도 같았다.

"허허허, 어찌 그게 사성만의 공이겠소. 다 이성과 삼성께서 뒤를 받쳐 주시니 그리된 것이지요. 자자, 오늘은 이만 들어가서 술이나 한잔씩 하시고 내일 전열을 정비해 사천으로 들어가 봅시다."

"내일 바로 들어가시렵니까?"

"그래야지요. 과연 저들이 이번에는 어떤 준비를 하고 있는지 궁금하군요. 하하하."

도하 과정에서 별다른 저항을 받지 않은 제갈천의 마음에 사천 무림맹을 얕보는 마음이 생겨나고 있었다.

북두회의 사천 정벌군이 천수산을 바라보며 진군을 시작한 것은 다음날 늦은 아침이었다.

*   *   *

깎아지르는 듯한 절벽과 험한 산세가 그 위용을 자랑하는 사천의 잔도에 북두회의 인마들이 모습을 드러낸 것은 그들이 상강을 떠난 지 사흘이 지난 무렵이었다.

순조롭던 행군은 촉의 거친 잔도를 만나면서부터 느려지기 시작하였다. 제갈천은 가능하면 전력의 손실을 줄이기 위해 느리게 진군하고 있었다.

"숙영지를 알아보라는 전갈이십니다."

선두에서 길을 뚫고 있던 제갈의현에게 제갈천의 전갈이 왔다.

"이곳에서 반 시진을 더 가면 제법 너른 평지가 나오니 그곳에서 오늘 숙영지를 구축할 것이라고 전하라."

제갈의현의 답을 들은 전령이 다시 후미의 제갈천에게로 달려갔다. 촉의 잔도에서는 숙영지를 구하는 것도 큰일이었다. 거기에다 북두회의 인원은 오천을 헤아리고 있었다. 수뇌부를 제외한 대부분의 무사들은 비탈진 산에서 밤을 보내야 했다. 그렇기에 편한 잠자리를 확보하지 못한 북두회의 무사들은 피곤에 점차 지쳐 가고 있었다. 그럴 때마다 수뇌부들은 천수산에 있을 적의 총단에서 편히 쉴 수 있다는 것으로 수하들을 다독이고 있었다.

반 시진이 지났을 때 선두가 너른 공지에 다다랐다. 제법 너른 공지는 비록 오천 명을 다 수용할 수는 없었으나 삼사천은 너끈히 수용할 만하였다.

"선두는 앞으로 더 전진해 산속에 숙영지를 구축한다."

제갈의현의 말에 따라 선발대가 다시 앞으로 전진하기 시작했다. 선발대는 오늘도 기울어진 산비탈에 숙영지를 구축하게 될 것이다.

기울어진 산비탈을 정리하고 숙영지를 만들고 있는 북두회 무사들을 내려다보는 일단의 사람들이 있었다. 두 눈에서 빛을 발하고 있는 사람들의 선두에는 긴 작살을 든 키 큰 장한이 서 있었다. 바로 촉도에서의 공격을 맡은 엽강이었다.

"엽 대협, 언제 공격하시려는지?"

그의 옆에는 도끼를 든 마대가 서 있었다. 마대는 녹림 출신답게 산에 익숙했다. 그래서 실질적으로 일행을 이끄는 사람은 마대라 할 수 있었다.

"보통 밥 먹을 때 건드리면 성질이 나는 법이지요."

엽강의 대답이었다. 적이 저녁을 지어 먹으려 할 때 내려가자는 것이었다.

"하하하, 정말 엽 대협의 마음 씀씀이는 고매하기 이를 데가 없습니다."

마대가 엽강의 말에 웃음을 터뜨렸다. 엽강의 얼굴에도 웃음이 번졌다. 평소 성격이 털털한 엽강과 마대는 어느새 제법 친해져 있었다.

"어, 저기 본대가 도착하나 봅니다."

마대가 이제 막 숙영지로 들어서는 북두회의 본대를 손끝으로 가리켰다. 길게 이어진 행렬이 속속 제갈의현이 정해둔 숙영지로 찾아들고 있었다.

"자, 그럼 우리도 슬슬 움직여 볼까요?"

엽강의 말에 마대가 고개를 끄덕이자, 백여 명의 녹림두를 주축으로 한 무림맹도들이 숲으로 숨어들었다.

북두회의 본대가 막 숙영지를 구축하고 한쪽에서 솥을 걸고 저녁거리를 준비할 즈음, 선발대는 이미 우거진 수림 사이에 숙영지를 만들고 막 솥에서 익어가는 밥 냄새로 주린 배를 달래고 있었다. 어디에서나 배고픔은 참기 힘든 법이었다. 더구나 하루 종일의 행군은 무공이 강한 무인들로 구성된 선발대에게도 허기를 느끼게 하기에 충분했다.

솥에서 풍겨 나오는 구수한 밥 냄새에 고개를 밥이 지어지고 있는 곳으로 돌리고 있던 북두회 선발대에게 밥 대신 화살이 날아든 것은 이제 막 솥을 열고 첫 주걱을 뜨려던 때였다.

"억!"

한마디 비명과 함께 한 사람의 신형이 산비탈을 구르기 시작했다.

숙영지 가장 위에서 번을 서던 무사였다.

산비탈을 구른 무사의 몸이 막 밥을 푸려고 주걱을 들고 있던 무사의 발목에 걸렸다.

"적, 적이다!"

주걱을 든 채 취사를 담당하던 무사가 소리쳤다. 그의 소리에 맞추어 숲 속에서부터 화살이 날아들기 시작했다.

"악!"

"헉!"

나무 뒤에 몸을 숨기고 활을 당기는 무림맹의 공격에 북두회의 선발대가 속절없이 쓰러지기 시작했다.

"몸을 피하라! 나무 뒤로 숨어라!"

적의 공격을 알아챈 제갈의현의 입에서 고함이 터졌다. 그와 동시에 적의 화살이 날아오는 곳으로 신형을 날리고 있었다.

"이놈!"

분노한 제갈의현의 고함이 터지고 어느새 빼 든 그의 검이 나무 뒤에 숨어 화살을 날리는 무림맹도를 향해 그어졌다.

"악!"

처음으로 무림맹도의 입에서도 신음이 터져 나왔다. 제갈의현의 검이 사람과 나무를 한 번에 베어버린 것이다.

챙!

한 명의 무림맹도를 벤 제갈의현이 다시 그 옆에서 활을 당기는 무림맹도를 베어갈 때였다. 그의 검을 하나의 작살이 막아섰다. 그리고 훤칠한 키의 엽강이 제갈의현 앞에 몸을 드러냈다.

"누구냐?"

제갈의현이 자신의 검을 막아서는 엽강을 바라보았다.

"남들이 뇌전창이라 부르더군."

엽강의 말에 제갈의현이 흠칫했다. 뇌전창이라는 이름은 결코 가벼운 이름이 아니었다. 하지만 그렇다고 뒤로 물러설 제갈의현도 아니었다.

과거 제갈세가의 약한 무공이 무림의 핍박을 받는 원인이 된 이후 제갈천은 은거한 채 무공의 연마에 전력을 기울였다.

제갈가는 천하에 산재한 무공을 비밀리에 습득했다. 특히 제갈의현과 혈뇌자가 각각 정의맹과 패천맹의 군사로 들어간 이후 정의맹의 무고와 패천맹의 무고에 제공된 각파의 무공은 그대로 제갈가에게 내용이 전해졌다. 천부적인 두뇌를 가진 제갈천이 각파의 무공을 연구해 자신만의 독특한 무의 경지를 이룩한 것은 당연한 일이었다.

제갈천의 무에 대한 깨달음은 제갈의현이나 혈뇌자, 그리고 제갈가의 식솔들에게 그대로 전해졌다. 따라서 제갈천의 무공을 이어받고 있는 제갈의현이 뇌전창 엽강이라는 이름 앞에서 물러날 이유는 없었다.

"호, 네가 그 이름 높은 뇌전창이란 말이지?"

어느새 제갈의현은 침착함을 되찾고 있었다.

"얼마나 대단한 창술을 가졌기에 천하에 이름을 떨치는지 한번 볼까?"

　제갈의현은 엽강에 대한 소문은 들었지만 자신이 결코 엽강에게 뒤진다는 생각은 하지 않았다. 혈뇌자를 벤 광검 황벽이라면 모를까, 엽강은 제갈의현이 두려워할 상대가 아니었다.

　제갈의현이 그대로 몸을 날려 엽강을 베어갔다. 순간 엽강의 손끝에 작살의 손잡이 끝이 걸쳐졌다.

　"헛!"

　순간 제갈의현이 헛바람을 삼키면서 산비탈로 몸을 굴렸다. 그의 옆구리 밑 옷은 길게 찢어져 있었다. 한참 몸을 굴린 후에야 제갈의현은 몸을 일으킬 수 있었다.

　그런 제갈의현을 엽강이 의외라는 듯 바라보고 있었다. 자신의 창을 피한 제갈의현의 무공에 잠시 놀랐던 것이다. 더군다나 창은 산 위에서 아래로 찔러갔던 것. 평지에서보다 몇 배의 위력과 빠름을 지니고 있었다.

　"허! 잔머리만 굴리는 줄 알았더니 무공도 제법이구나."

　엽강이 제갈의현을 바라보며 입을 열었다.

　"이놈!"

　엽강의 빈정거림에 제갈의현의 얼굴이 붉게 변했다. 자신이 언제 이런 수모를 겪은 적이 있었던가? 비록 지리적 이점이 엽강에게 있었다 하더라도 땅을 구른 것은 제갈의현에게는 치욕적인 일이었다.

　"다시 한 번 해보거라, 이놈!"

　제갈의현이 검을 고쳐 잡으며 엽강을 노려봤다.

　"왜, 다시 하면 이길 것 같나?"

　엽강의 빈정거림이 계속됐다. 그때 엽강의 뒤로 마대가 다가왔다.

　"가야 할 것 같습니다, 엽 대협."

마대가 먼 곳을 바라보며 입을 열었다. 선발대의 피습을 안 북두회의 본군이 산 쪽을 향해 달려오고 있는 것이 보였다.

"쩝, 아쉽구만. 다음에 다시 보자고, 여우 같은 늙은이."

엽강이 끝까지 제갈의현의 속을 긁어놓고는 숲 속으로 몸을 숨기기 시작했다.

"서라, 이놈!"

순간 엽강이 사라지는 것을 보고 있던 제갈의현이 엽강을 향해 검을 날렸다. 엽강을 그대로 놓아줄 수는 없었다.

"귀찮게 구는군."

쾅!

엽강의 말과 함께 폭음이 터져 나왔다. 그리고 제갈의현의 신형이 다시 뒤로 밀려났다.

우지직, 쿵!

순간 그들의 검과 작살이 부딪친 곳에 있던 두 그루의 나무가 쓰러져 내렸다. 그리고 그 와중에 엽강의 모습은 장내에서 사라지고 없었다.

제갈의현은 멍하니 자신의 검을 내려다보고 있었다. 엽강의 작살과 부딪친 검날이 상해 있었다.

'이놈, 결코 사성의 아래가 아니구나! 무섭구나. 광검에 뇌전창이라……'

제갈의현의 고개가 저어졌다.

'이건 생각보다 안 좋을 수도……'

엽강의 무공은 제갈의현으로 하여금 이번 사천 원정에 대한 생각을 다시 하게 만들었다. 처음 사천 원정을 떠나올 때 제갈천이나 제갈의현은 십 할의 승리를 자신하고 있었다.

병력도 병력이지만 그들에게는 사성의 두 명이 있었고 칠악의 여섯이 있었다. 거기다 제갈의현과 사성의 위에 서 있는 제갈천이 있었던 것이다. 적의 최고수로 알려진 광검 황벽이 비록 천하제일인이라 불리우기 시작하고 있었지만, 내심으로는 황벽의 무공이 잘해야 사성의 수준일 것이라 보았던 것이다.

한데 오늘 생각지도 않은 뇌전창이 그 존재를 드러냈다. 뇌전창의 무공은 자신을 능가하는 것이 확실했다. 엽강이 그럴진대 그보다 강하다는 황벽은 어느 정도란 말인가?

'아무리 그래도 아버님을 상대하기는 부족할 것이다.'

제갈의현이 마음 한구석에 드는 불안감을 고개를 흔들어 떨쳐 버렸다. 그는 자신의 아버지인 제갈천의 무공에 절대적인 신뢰를 가지고 있었다. 과거 칠악과 오행마를 끌어들일 때 보여준 제갈천의 무공을 제갈의현은 아직도 기억하고 있는 것이었다.

무림 전대의 거마 오행마의 합공을 제갈천은 오십 초 만에 제압했으며, 칠악의 경우도 백 초를 넘기지 않았던 것이다.

'아버님이 무공은 천하제일을 넘어 고금제일이다.'

제갈의현의 얼굴에 다시 자신감이 피어나기 시작했다. 하지만 그렇다고는 해도 십 할의 승산이 줄어들었다는 것은 그도 인정하지 않을 수 없었다.

한 번의 기습을 받은 북두회의 천수산 진입은 더욱 신중해졌다. 선두에 선 방패를 든 무사들이 적의 기습에 대비하였고, 칠악이 그 뒤를 받치고 있었다.

하지만 우려와는 달리 무림맹의 기습은 더 이상 없었다.

하지만 북두회 무사들은 이후 잠을 편히 잘 수 없었다. 가끔씩 숙영지가 내려다보이는 산 위에서 무슨 소리가 들리거나 또는 한밤중에 불빛이라도 발견되는 날에는 모두들 잠을 깨고 검은 숲을 노려보아야만 했다.

천수산에 접어들면서 선두로 나선 칠악은 되도록이면 안정된 밤을 맞이하기 위해 숙영지의 선택이나 경계에 특별히 신경을 썼지만, 그들이 천수산을 앞에 둘 때까지 북두회 무사들의 밤은 여전히 불안했다.

그리고 드디어 북두회는 무림맹의 기습을 받은 지 사흘 만에 천수산을 바라보게 되었다.

칠악은 멀리 천수산이 보는 곳에서 천수산 진격을 위한 마지막 밤을 맞이하고 있었다.

제56장
천수산

얼굴에 차가운 이슬이 흘러내렸다. 이슬은 얼굴을 지나 목으로, 다시 목에서 가슴으로 흘러들었다. 새벽 이슬의 서늘함에 온몸이 떨려왔다.

이슬 젖은 수풀에 이백여 명의 인영이 엎드려 있었다. 지난밤 달이 기울 때 숨어든 이들은 날이 밝고 해가 떠오를 때까지 움직이지 않았다. 그들은 아마도 오전 내내 그곳에서 움직이지 않을 것이다. 그들이 움직일 때는 아마도 그들의 앞에 적이 서 있을 것이다.

천수산 앞에는 사방 십 리가량의 평원이 펼쳐져 있었다. 과거 황벽과 무림맹은 이곳으로 북두회를 끌어들일 계획이었다. 당시 그 계획은 북두회가 천사평에서의 추격을 상강에서 멈춤으로 해서 어긋났다. 한데 오늘 다시 무림맹은 이곳에서 북두회을 맞이하려 하고 있었다.

일선으로 나선 방어선은 황벽과 엽강, 그리고 설연이 지휘하는 오십 명의 호정단과 사천 무림맹의 정예 백오십, 고봉정과 능소개, 그리고 마대 또한 포함되어 있었다.

지금까지의 전투가 북두회를 이곳 천수산까지 끌어들이기 위한 유인책이었다면 이제부터는 본격적인 싸움의 시작이었다. 바로 이곳 천수산에서 무림의 향방이 결정날 것이고, 그것은 아마 하루를 넘기지 않을 것이다.

어느덧 태양 빛이 강렬해지고 있었다. 이슬에 젖은 등이 떠오른 아침 햇살에 말라가는 것을 느끼며 황벽은 적들이 들어올 평원과 연결된 잔도를 주시하고 있었다.

적들은 아마도 지금쯤 자신들의 숙영지에서 출발했으리라. 저들의 눈에 띄지 않기 위해 황벽이 이끄는 매복군은 지난밤 수풀에 숨어들었다.

천수산 아래 평원으로 이어지는 숲에는 사천 사파의 장문인들이 이끄는 무림맹 전 병력이 집결해 있었다.

현재 사천 무림맹 총단의 총병력은 천오백. 일단 적의 전군을 이곳 천수산 평원에 끌어들일 때까지 천오백의 인원으로 적을 맞이해야 했다.

평원이 북쪽과 남쪽에 매복해 있는 북군과 남군이 모습을 드러내는 시기는 저들이 완전히 천수산 평원에 들어섰을 때인 것이다. 오천여 명의 적이 모두 평원에 들어서는 데 걸리는 시간은 대략 반나절, 아군의 저항이 있을 것이므로 시간은 더 늘어날 수도 있었다.

'긴 하루가 되겠군.'

황벽이 고개를 돌려 일자로 펼쳐진 무림맹도들을 바라보았다. 밤을 꼬박 새웠음에도 그들의 얼굴에는 지친 기색이 없었다. 오히려 강한 투지가 그들의 눈에 나타나 있었다.

설연, 엽강, 팽성… 그리고 호정단의 조장들 모두 그간 함께한 시간 동안 쌓인 정이 만만치 않았다.

'모두들 무사하기를…….'

전투가 시작되면 그들을 돌아볼 여유가 없을지도 몰랐다. 물론 매복군은 천수산 아래까지 후퇴할 것이지만, 그렇다 하더라도 지금부터는 적에게 최대한 피해를 입혀야 했다. 기습하는 사람에게나 기습받는 사람에게나 힘든 하루가 될 것이 분명했다.

황벽의 움직임이 느껴졌는지 설연과 엽강이 황벽이 있는 곳으로 고개를 돌렸다. 황벽이 눈웃음을 지었다. 설연과 엽강도 얼굴에 미소를 지어 보였다.

그때 멀리서 하나의 빛이 황벽의 시야에 들어왔다. 척후로 나가 있던 진봉이 북두회가 지난밤 자신들이 묵었던 숙영지를 출발한다는 신호를 보내는 것이었다.

두 시진. 저들은 아마 두 시진 후면 이곳 평원에 다다를 것이다. 어쩌면 적의 척후는 이미 이곳을 살피고 있을지도 몰랐다.

황벽이 손을 들어 적의 출발을 알렸다.

황벽의 수신호에 모든 사람들이 자세를 더 낮추었다. 그들은 두 시진 후에 일어설 것이며 피가 평원을 적실 것이다.

칠악이 포함된 북두회의 선봉은 천천히 천수산을 향해 진격하고 있었다. 총 일천의 선발대 중 오백여 명의 선봉이 산의 모퉁이를 돌자 갑자기 시야가 확 트였다. 며칠간 높다랗게 솟은 산속을 지나온 사람들에게 넓게 펼쳐진 평원이 새삼스럽게 다가왔다.

　평원의 먼 끝으로 천수산이 보이고 북쪽으로는 울창한 수림 너머 아스라이 황하로 흘러드는 강줄기가 보였다. 평원의 남쪽으로도 크고 작은 산들이 들어서 있었는데, 사람의 발길이 닿지 않은 원시림이 끝없이 펼쳐져 있었다.

　"다 왔군."

　평원이 내려다보이는 잔도에서 일악 장풍산이 입을 열었다.

　"적이 나와 있지 않군요. 평원에서 맞으리라 생각했는데."

　삼악 나대경이 장풍산을 돌아보았다.

　"저쪽 끝 천수산 아래에 움직임이 있군. 아마도 천수산에서 맞으려나 보네. 저들은 세가 약하니 천수산의 수림을 이용하는 것이 당연하겠지."

　"어떻게 하시렵니까? 일단 진을 세우고 본대를 기다리리까, 아니면 천수산까지 단숨에 달려가리까?"

　나대경의 목소리에는 조급함이 묻어 있었다. 그것은 오랫동안 사냥을 하지 않아 굶주린 맹수의 그것과 비슷했다.

　"하하하! 이 사람, 좀이 쑤시는가 보구만. 하긴 오랜만이지?"

　"근 사십 년이 되었지요. 영인에게 물러선 이후 처음이지요."

　"그래, 일성이 아니었다면 영인이 두려워 무림에 다시 나서지 못했을 거야."

　"역시 밥값은 해야겠지요?"

　나대경의 말에 장풍산이 가벼운 웃음을 지으며 뒤에 서 있는 나머지 칠악을 돌아보았다. 그들의 눈도 멀리 천수산 아래 움직임을 보이고 있는 무림맹도들에게 고정되어 있었다. 장풍산은 그들의 눈에서 강한 살기를 읽을 수 있었다.

‘쯧, 기다릴 수 없겠군.’

장풍산은 이미 칠악의 살기가 자신이 제어할 수 있는 수준을 넘어서고 있다는 것을 알아챘다. 그러면 역시 진격밖에는 없었다.

“단숨에 평원을 가로지른다. 뒤처지는 자는 벤다. 모두 정렬하라!”

장풍산의 말에 북두회 무사들이 길게 횡대로 늘어섰다.

“가자!”

다시 장풍산이 입에서 고함이 터졌다.

그리고…

두두두두!

선발대의 기마가 천수산을 향해 돌진하기 시작했다. 순식간에 평원엔 북두회의 선발대가 일으키는 말발굽 소리로 가득 찼다. 평원에 높이 자란 수풀이 기마의 발굽 아래 파도처럼 눕혀졌다.

“온다!”

평원을 뒤덮는 북두회 선발대의 요란한 진격 속에서 황벽이 작은 외침을 터뜨렸다. 황벽이 손을 들어 앞으로 뛰어나가려는 맹도들을 제지했다. 적이 최대한 가까이 왔을 때, 그때를 노려야 했다.

다시 황벽의 손이 두 번 흔들어졌다. 그러자 무림맹도들이 허리에 찬 작은 활들을 꺼내 화살을 재었다. 그리고 수풀 속에서 몸을 반쯤 일으켜 무릎을 꿇고 시위를 당겼다.

두두두두!

적이 삼십여 장 앞으로 들이닥치고 있었다.

“지금!”

황벽의 입에서 거친 음성이 터져 나왔다.

쐐애액!

순식간에 선두에 섰던 북두회의 기마가 땅에 고꾸라졌다. 그 바람에 뒤에서 전속력으로 따르던 후군도 선발대와 부딪치며 엉키기 시작했다. 잠깐 사이 통제할 수 없는 상황이 북두회 선발대에 일어났다.

"적이다! 매복이다!"

북두회의 외침 속에 그들의 머리 위로 화살이 비처럼 쏟아져 내렸다.

"컥! 억!"

여기저기서 말과 사람의 비명 소리가 이어졌다.

"전원 앞으로!"

다시 황벽의 입에서 고함 소리가 터져 나왔다. 황벽의 신호에 따라 무림맹도들이 무기를 빼어 들고는 혼란에 휩싸여 있는 북두회의 선발대를 덮쳐 갔다.

"악!"

서걱.

사람이 베어지는 소리. 생명이 세상을 등지는 소리가 울려 나오고, 순식간에 평원이 피로 물들기 시작했다. 드디어 무림의 운명을 건 건곤일척의 일전이 시작된 것이다

"이거 한 방 먹었군."

속절없이 쓰러지는 북두회의 무사들을 보며 장풍산이 입을 열었다.

"평원 한가운데에서 매복할 줄은 몰랐군요. 아마도 어젯밤부터 와 있었겠지요?"

삼악 나대경이었다.

"그렇겠지. 저들도 고생 좀 했겠어."

장풍산과 나대경에게서는 기습을 받은 사람들이라고 보기 어려운 여유가 흘러나오고 있었다. 그 와중에도 북두회의 무사들은 계속 쓰러지고 있었다.

"뒤로 물릴까요?"

"아니, 앞으로 나가지. 어차피 적이 모습을 드러냈으니."

장풍산의 말에 나대경이 고개를 끄덕이며 평원 진입을 준비하고 있던 나머지 후속군에게로 다가갔다.

"그대로 밀어붙인다! 적의 수는 얼마 되지 않는다! 일거에 무너뜨리고 천수산까지 진격한다!"

나대경의 말에 후미에 있던 오백여 명의 후군이 다시 평원으로 달려 나가기 시작했다. 그들은 기마를 하고 있지 않았다. 경공을 펼쳐 달리는 그들은 달리는 속도 그대로 무림맹도와 북두회군이 뒤섞여 있는 전장을 덮쳐 갔다. 다시 새로운 비명 소리가 전장에서 흘러나왔다.

"물려야겠네."

엽강이 검을 휘둘러 적을 베고 있는 황벽에게 다가왔다.

"적이 너무 많아."

황벽이 엽강의 말에 주위를 돌아보았다. 새로운 적의 가세로 유리하던 전황이 서서히 북두회 쪽으로 넘어가고 있었다. 이백이 막기에 천은 너무 많은 숫자였다.

"퇴각하세. 후미는 자네와 나, 그리고 마 형과 고 형, 능 형이 맡기로 하지. 아군의 피해를 최소화하면서 적의 진격을 늦추어야 하네. 북군과 남군이 이동할 시간을 벌어야 해!"

"알겠네."

엽강이 재빨리 몸을 돌려 전장으로 뛰어들면서 소리쳤다.

"후퇴한다! 진을 갖춰라!"

순간 이곳저곳에 흩어져서 적을 맞이하던 무림맹의 맹도들이 순식간에 한곳으로 모여들었다. 그리고 천수산을 향해 후퇴하기 시작했다.

"추격하라!"

무림맹의 후퇴를 본 장풍산이 앞으로 나서며 추격을 지시했다. 하지만 북두회의 무사들은 장풍산의 지시를 따르지 못했다. 전열을 가다듬고 추격하려는 그들 앞에 다섯 명의 무인이 막아선 것이다.

그리고 무차별적으로 손을 쓰기 시작했다. 다섯 명의 무인은 천천히 천수산 쪽으로 이동하면서도 가공할 무위를 발휘해 접근하려는 북두회 무사들을 저지했다.

"저것들은 뭐지?"

단 다섯 명의 인원으로 천여 명에 달하는 북두회 선발대의 진격을 늦추고 있자 장풍산은 궁금증이 일었다. 그 와중에도 다섯 명의 손에 목숨을 잃은 북두회의 무사가 오십을 넘고 있었다. 기습과 다섯 무인의 공격에 상한 무사의 수가 삼백을 넘어가고 있었다.

"저희가 나서야 하지 않겠습니까?"

나대경이 장풍산을 바라보았다.

"그래야겠지?"

장풍산도 고개를 끄덕였다. 무림인 간의 전투에서 고수의 기세에 눌린 무사는 힘을 쓸 수 없는 법. 그것은 인원의 적고 많음의 문제가 아니었다. 역시 무림은 무공이 승패를 좌우하는 법이었다.

"모두 물러나라!"

장풍산의 외침에 다섯 명의 무인에게 양 떼처럼 몰리던 북두회 무사들이 뒤로 물러섰다. 그 와중에도 북두회는 이미 평원의 중앙까지 진격해 있었다.

"이제야 윗대가리들이 나서는군."

마대의 입에서 거친 말이 쏟아져 나왔다. 그의 온몸은 피투성이로 변해 있었다. 부를 사용하는 무공의 특성상 가장 많은 피를 본 그였다. 피를 뒤집어쓴 그의 형상은 가히 지옥 야차와도 같았다. 그에 비하면 나머지 네 사람은 제법 깨끗한 상태였다. 그들은 이미 상대의 피가 보이기 전에 손속을 물리는 수준의 무인들이었다.

"어떤 놈들이냐?"

장풍산이 느린 걸음, 느린 음성으로 다가서며 물었다. 그의 뒤로 칠악 중 죽은 하증을 제외한 다섯이 따르고 있었다.

"무림맹 총사령 황벽이오. 그쪽은?"

황벽이 앞으로 나서며 입을 열었다.

자리가 사람을 만든다고 했던가? 일군을 지휘하는 황벽의 모습에선 예전의 그에게서 찾아볼 수 없는 기세가 풍겨 나오고 있었다.

예전의 황벽이 강함을 안으로 감춘 모습이었다면, 지금의 황벽은 그 강함이 자연스레 밖으로 흘러나오고 있었다. 그것은 스무 살 중반의 청년의 그것이 아니었다. 전 무림의 미래를 어깨에 걸머진 대종사의 모습이었다.

황벽의 모습에 놀란 것은 칠악만이 아니었다. 그의 주위에 있던 엽강과 고봉정, 그리고 능소개와 마대도 황벽의 모습에 거대한 압박을 느끼고 있었다.

'정말 큰 인물이 되었구나!'

고봉정이 황벽을 보며 고개를 저었다. 예전에는 비록 황벽의 무공이 자신을 능가한다 하더라도 한 명의 무인으로서 검을 겨눌 수 있다고 생각했었다. 최소한 사천으로 떠나기 전에는 그러했었다. 하지만 지금의 황벽은 무공도 무공이려니와 그 기세가 예전의 그것이 아니었다.

드러내려 하지 않아도 자연스럽게 상대를 압박하는 기세, 여유로우면서도 단 한 치의 빈틈도 없어 보이는 자세. 황벽은 일대 종사의 기세를 보이고 있었다.

'무림에 누가 있어 저 나이에 저런 경지에 이를 수 있을까? 영인 선사?'

고봉정은 고개를 가로저었다. 지금이 영인 선사라면 몰라도 황벽의 나이 때의 영인 선사라면 아마 황벽의 십초지적도 되지 못하리라.

'그가 무림에 뜻을 둔다면 향후 무림은 그가 주도하리라.'

고봉정의 판단이었다. 하지만 그는 알고 있었다, 황벽이 결코 무림에 머무를 사람이 아니라는 것을.

황벽은 무림이라는 것을 마치 맞지 않는 옷처럼 불편해하고 있었다.

"호, 네가 그 황벽이라는 아이냐?"

장풍산이 호기심 어린 시선으로 황벽을 바라보았다. 대마두답게 그는 황벽의 몸에 몰려드는 진기에도 별 영향을 받지 않는 듯했다.

"당신은?"

"아, 잘 모르겠군. 난 장풍산이라 한다네. 여기 뒤에 있는 동생들과 함께 무림에서는 우리를 칠악이라 부르지."

"칠악!"

능소개와 고봉정, 그리고 마대가 놀란 눈으로 장풍산을 바라보았다. 지난번 상강 전투에서 엽강이 칠악 중 이악 하증을 베었다는 소리를 듣기는 했지만 그들로서도 처음 대하는 칠악이었다. 어려서부터 문파의 어른들에게 옛이야기처럼 들어오던 전대의 마두들이 자신들의 앞에 나타난 것이다.

"칠악이라… 난 잘 모르겠는데."

"허허허, 모를 수도 있지. 이미 사십 년 전에 무림을 떠난 우리이니."

"한데 사십 년이나 떠나 있던 무림엔 무슨 일로 다시 나왔소. 그냥 그대로 살다 가지 않고?"

"글쎄, 나이가 드니 좀 심심하더군. 자네 같은 젊은이들이 그리워졌다고나 할까? 그나저나 엽강이라는 친구가 있다던데…….

장풍산이 엽강을 찾았다. 그러자 황벽의 옆에 서 있던 엽강이 예의 그 작살을 들고 앞으로 나섰다.

"내가 엽강이오만, 날 아시오?"

엽강이 앞으로 나서자 장풍산과 나머지 다섯 칠악의 눈에서 살기가 흐르기 시작했다.

"네가 둘째를 꺾었다고?"

"무슨……?"

무슨 소리냐는 듯 장풍산을 바라보던 엽강의 귀에 능소개의 목소리가 들렸다.

"엽 형이 상강에서 꺾은 자가 바로 칠악의 둘째 하중이오."

그제야 엽강이 알겠다는 듯이 고개를 끄덕였다.

"아, 그 노인네가 당신 동생이었소?"

"무림에 나와 검을 든 이상 언젠가는 검 아래 고혼이 되어야 한다는 것은 무림인의 숙명이라 할 수 있지. 해서 굳이 너에게 둘째를 벤 원한을 묻는다는 것은 무림인의 도리에 어긋난다는 것을 알고 있다. 하지만 무림인의 도리보다 같이한 정이 먼저구나. 아무래도 오늘 네 목을 거두어야겠다."

장풍산이 마치 손자에게 이야기하듯 나지막이 엽강에게 말을 건넸다.

"그나마 정이 있어 보이니 다행이오. 괜찮소. 빚을 갚겠다니 받아주어야겠지."

엽강이 작살을 들고 앞으로 나섰다.

"핫하하, 과연 둘째를 꺾을 만한 호기로구나. 소원대로 해주지. 여섯째와 일곱째가 수고를 좀 해주시게."

장풍산의 말에 말없이 뒤에서 지켜보던 두 사람이 앞으로 나섰다. 육악 조형과 칠악 종병지였다. 조형은 조공을 전문적으로 익힌 사람으로, 마른 몸에 매서운 눈매를 가지고 있었다. 반면에 종병지는 도를 사용하였는데 한눈에 보아도 건장한 체구에서 나오는 도의 위력을 짐작할 만하였다.

두 사람은 나이가 어리다 하여 결코 엽강을 가볍게 보지 않았다. 그는 칠악의 둘째 하증을 꺾은 자였다. 칠악의 서열은 비록 나이를 따라 정하기는 했으나 그 무공도 서열과 비슷했다.

먼저 손을 쓴 것은 종병지였다. 종병지는 앞으로 나서자마자 허공으로 도약하며 엽강을 향해 도를 내리그었다. 합공에서조차도 선공을 놓치지 않겠다는 것, 그만큼 승리에 대한 의지가 강한 것이리라.

엽강이 가볍게 몸을 틀어 종병지의 도를 비켜내며 작살을 허리 중심으로 휘둘러 손잡이 부분으로 종병지의 등을 쓸어갔다. 거대한 잠력을 담은 엽강의 공격이 막 종병지의 등에 닿으려는 순간, 어느새 조형이 날아들어 엽강의 옆구리를 노리고 손을 뻗고 있었다.

엽강은 종병지에게로 향하던 공격을 멈추고 조형의 손을 피하며 멀찍이 두 사람에게서 벗어났다.

전대 고수 두 명의 합공은 과연 무서운 것이었다. 또한 조형과 종병지는 오랜 시간 함께해서인지 합공에 탁월한 능력을 보이고 있었다. 하지만 그렇다 하더라도 그들이 엽강을 쉽게 제압할 수는 없어 보였다. 엽강과 칠악과의 싸움은 길어지고 있었다.

"자, 우리도 시작해 볼까?"

엽강과 조형, 종병지의 대결이 길어지자 장풍산이 황벽을 보며 입을 열었다. 그러자 다른 세 명의 칠악도 앞으로 나섰다. 이에 맞서 고봉정과 마대, 그리고 능소개도 그들을 맞아갔다. 삽시간에 장내에서는 다시 네 쌍의 싸움이 벌어졌다.

황벽은 자신을 향해 덮쳐드는 장풍산의 도를 바라보고 있었다. 과연 장풍산의 도는 무서웠다. 함께 칠악이라 불리어도 같은 칠악이 아니었다. 장풍산의 무공은 칠악에 속한 다른 여섯의 무공을 훨씬 뛰어넘는 것이었다.

장풍산 스스로도 자신이 제갈천에는 미치지지 못하지만 최소한 무림의 사성이라 불리우는 양청길이나 장의현에게는 뒤지지 않으리라 자부하고 있었다.

황벽은 달려드는 장풍산의 기세만으로도 이제현 이후 가장 강한 적을 맞이하고 있다는 것을 깨달았다.

쾅!

순간 장내가 떠나갈 듯한 폭음이 울렸다. 장풍산의 도와 황벽의 검이 부딪친 것이다. 장풍산이 달려들던 기세 그대로 뒤로 물러났다. 그의 얼굴은 붉게 상기되어 있었다.

첫 격돌에서 장풍산은 뒤로 밀린 자신이 믿어지지 않는다는 표정을 한 채 황벽을 바라보았다. 장풍산이 가장 자신하는 것이 자신의 심후한 내공이었다. 그런데 황벽의 검에 뒤로 밀린 것이다. 서른도 넘지 않은 황벽이 장풍산의 내공을 능가하고 있다는 이야기였다.

"뭐지?"

"망(網)이라 하오."

"망(網)이라… 과연 하늘의 그물 같구나. 어린 나이에 대단한 내공을 지니고 있구나."

"운이 좋아 좋은 사부를 만났소."

황벽의 말에 장풍산이 고개를 끄덕였다. 무공에 있어서 독불장군은 없다. 아무리 무학의 천재라 해도 좋은 스승이 없이는 단기간에 무공을 높이기 어려운 것이다. 그것은 제갈천만 보아도 알 수 있었다. 제갈천은 천하를 농락할 지혜를 지녔지만, 그가 누구의 가르침도 없이 세상을 오시할 무공을 연마하는 데는 사십 년이라는 장구한 세월이 걸렸던 것이다.

"자, 이번에는 내가 가겠소."

황벽이 오랜만에 절대오검의 출(出)을 사용하여 장풍산을 압박해 들어갔다.

"헉!"

순간 장풍산은 자신의 가슴을 빠르게 베고 지나가는 황벽의 검에 놀라 황급히 호신강기를 일으키며 뒤로 물러났다.

서걱!

하지만 앞섶이 베어지고 가슴에 작은 혈선이 그어지는 것을 피할 수는 없었다. 비록 가벼운 부상이었지만 장풍산이 받은 정신적 충격은 컸다. 지금껏 누가 있어 자신의 몸에 상처를 입힌 적이 있었던가? 제갈

천도 자신들을 북두회로 끌어들일 때는 무력이 아니라 설득을 통해서
였다. 비록 제갈천의 말 뒤에 숨은 그의 무공이 하나의 이유이기는 했
으나, 무림출도 이후 자신의 몸에 상처를 남긴 사람은 단연코 영인 선
사 이후 황벽이 처음이었다.

"놀랍구나. 일성에 못지않아!"

장풍산이 연거푸 뒤로 물러서면서 감탄사를 발했다. 그는 상황이 그
리 좋지 않다는 것을 깨달았다. 황벽도 황벽이지만 칠악의 두 명을 상
대하고 있는 엽강도 조금도 밀리지 않고 있었다. 거기에다 나머지 세
명의 칠악도 상황이 결코 좋다고 할 수가 없었다. 그들이 상대하는 고
봉정, 능소개, 마대는 모두 신진십왕에 드는 인물들이었다. 결코 칠악
이라 하여 주눅 들 인물들이 아니었다.

'좋지 않구나. 후군이 올 때가 된 듯한데…….'

장풍산은 잠시 숨을 돌리며 뒤를 돌아보았다. 멀리 평원으로 이어지
는 잔도 끝으로 구름처럼 솟아나는 흙먼지가 눈에 들어왔다.

'왔구나! 조금만 버티면 되겠어.'

솟아오르는 먼지구름을 본 사람은 장풍산만이 아니었다. 황벽의 눈
에도 이제 막 평원의 입구에 들어서는 북두회 중군의 모습이 들어오기
시작했다.

'서둘러야겠군.'

황벽이 검을 고쳐 잡았다.

"조심하시오."

황벽의 입에서 낮은 음성이 무겁게 깔려 나왔다. 순간 장풍산은 황
벽의 몸에서 느껴지는 기세가 지금까지와 전혀 다르다는 것을 알고 긴
장했다.

‘이놈! 지금까지 자신을 완전히 드러낸 것이 아니었나?’

장풍산은 등에 식은땀이 흘렀다. 지금까지의 황벽의 검도 그가 감당하기엔 쉬운 것이 아니었다. 한데 황벽은 자신의 진신내력을 다 드러내 보이지도 않았던 것이다.

“멸(滅)!”

황벽의 입에서 한마디 소성이 터져 나왔다. 그리고 장풍산은 볼 수 있었다, 어느새 황벽의 검끝에 맺혀 있던 둥그런 진기덩어리가 자신을 향해 날아오는 것을.

‘검환?’

그러나 검환이라 부를 수도 없었다.

“이익!”

장풍산은 온몸의 진기를 도에 집중시켜 날아오는 진기덩어리를 맞아갔다.

쾅!

“왁!”

순간 모든 장내의 움직임이 멎었다. 그리고 사람들의 시선이 한곳으로 모아졌다. 그곳에는 가슴이 완전히 부서져 내린 장풍산이 숨을 가쁘게 몰아쉬며 무릎을 꿇고 있었다.

“이놈, 정말 강하구나. 일성이 너를 너무 과소평가…….”

장풍산이 말을 다 마치지도 못하고 고개를 떨구었다. 무림을 울리던 전대의 거마가 황벽의 손에 쓰러진 것이다. 남은 다섯 명의 칠악의 눈에는 황벽에 대한 분노보다 믿을 수 없는 일에 대한 당혹감이 나타났다. 장풍산은 칠악의 맏이로서 나머지 칠악에게는 스승과도 같은 존재였다. 비록 같은 칠악이라 불리웠지만 장풍산에 대한 나머지 칠악의 마음은 존경 그 이상의 것이었다. 그런 장풍산이 허무하게 세상을 떠난 것이다.

그리고 사람은 자신이 절대라고 믿었던 것이 허물어지면 자신을 지키기 어려운 법이다.

"악!"

다시 한 소리가 울려 퍼지며 엽강을 공격하던 조형의 다리에서 피분수가 솟아났다. 장풍산의 죽음으로 인한 혼란이 조형으로 하여금 엽강의 작살을 피해내지 못하게 했던 것이다.

"물러나라!"

순간 칠악의 셋째인 나대경이 다급하게 소리쳤다.

나대경의 고함에 정신을 차린 칠악이 황급히 뒤로 물러났다. 황벽을 포함한 엽강들은 물러서는 그들을 쫓지 않았다. 이미 적의 중군이 평원에 들어선 것을 보았던 것이다.

"물러납시다."

황벽의 말에 엽강과 고봉정, 그리고 능소개와 마대가 신형을 돌려 천수산 쪽으로 몸을 날리기 시작했다.

하지만 그들을 쫓는 북두회 무인들은 없었다. 황벽의 가공할 무위에 전의를 상실한 것이다. 자신들을 멍하니 바라보는 북두회 무인들을 뒤로하고 황벽 일행이 순식간에 천수산 초입에 들어서고 있었다.

"이건 뭔가?"

장내를 돌아본 제갈천의 입에서 흘러나온 소리였다. 장내의 상황은 어수선하기 이를 데 없었다. 칠악의 우두머리인 장풍산은 죽었고, 조형은 부상을 당했으며, 나머지 칠악도 침통한 표정으로 전의를 완전히 상실하고 있었다.

"상황을 보고하라."

제갈천이 제갈의현을 돌아보았다.

"장 노사가 죽임을 당하였고, 선발대 삼백오십이 상하였습니다. 적은 약 오십여 명이 사망한 것으로 보입니다."

"삼백오십이라. 어찌 된 것이오, 나 노사."

제갈천이 나대경을 돌아보았다.

"적은 어젯밤부터 이곳에 잠복해 있었던 것 같소이다. 단숨에 천수산으로 달리려던 선발대가 이곳에서 기습을 당했소. 전열을 정비해 적을 치려 했을 땐 이미 적은 후퇴하고 다섯 명의 고수가 앞길을 막아섰소이다."

"다섯 명?"

제갈천이 물음에 나대경이 고개를 끄덕였다.

"광검 황벽과 뇌전창 엽강, 그리고 화산의 고봉정과 개방의 능소개, 녹림의 마대였소. 그중 광검에게 장 대형이 당하고, 뇌전창이 여섯째를 상하게 했소."

"단 다섯이서 이 인원을 막아섰다는 것이오?"

"그렇수이다. 결코 만만히 볼 인물들이 아니더이다, 일성."

제갈천은 나대경의 말에서 은은한 분노와 함께 두려움이 묻어나는 것을 느꼈다.

'내가 잘못 생각했는가? 저들의 전력이 의외로 강하구나. 젊은 아이들이라 가볍게 생각했더니.'

"이곳에 진을 친다. 공격은 내일 아침! 오늘은 이곳에서 숙영한다."

제갈천은 단숨에 천수산으로 몰아가려던 계획을 변경했다. 일단 흩

뜨러진 전열을 재정비하기로 한 것이다.

　상강을 건너 이곳 천수산까지 오는 데 꽤 많은 손실이 있었다. 오천을 넘어서던 무사의 수가 이제 사천오백으로 줄어 있었다. 그러나 숫자가 중요한 것은 아니었다. 문제는 무사들의 사기였다. 이러한 집단전에서 무사들의 사기가 얼마나 중요한지 제갈천이 모를 리 없었다. 일단 오늘은 동요하는 무사들은 진정시킬 필요가 있었다. 더구나 이중에는 구대문파에서 포섭한 무인들도 상당수 섞여 있었다. 그들이 신오제를 대했을 때의 반응을 걱정하지 않을 수 없었던 것이다.

　환하게 불을 밝힌 북두회의 숙영지를 바라보며 사천 무림맹 전 수뇌가 산중턱에 서 있었다. 사천오백의 인영이 밝힌 불은 천수산 앞마당을 대낮처럼 환하게 비추고 있었다.

　"대단한 배짱이군요, 적의 눈앞에서 숙영을 하다니."

　당선명이 입을 열었다.

　"아마도 우리가 암습을 시도하리라고는 생각지 않나 봅니다."

　점창파의 장문인 이임보가 당선명의 말을 받았다.

　"혹 모르지요, 암습을 유도하기 위한 술책인지도……."

　아미의 성신사태 류진화의 말에 모두 고개를 끄덕였다. 상대는 제갈세가의 전대 가주였다. 기계를 쓰는 데는 당할 자가 없는 사람이었다.

　"어쨌든 암습은 없을 테니 오늘은 저들이나 우리나 편히 쉬면 되는 것이군요."

　멸절 사태의 말에서 피곤함이 느껴졌다. 그들은 하루 종일 적이 천수산을 오를 것에 대비해 긴장을 풀지 않고 있었던 것이다.

　"이제 내일이면 모든 것이 결정되어지겠군요. 무림이 다시 무림인의 손에 들어갈지, 아니면 제갈세가가 전 무림을 차지하게 될지. 그런 것을 보면 제갈천이라는 사람의 능력이나 끈기는 정말 대단하다고 할 수 있겠군요. 사십 년을 준비해 일을 거의 구 할이나 성사시켰으니……."

향후 무림은 제갈천의 이름을 기억에서 지워 버리는 데 아주 오랜 시간이 필요할 것이다. 선악이나 공과를 떠나서 한 명의 무인이 진행한 일의 방대함이나 치밀함은 그만큼 대단한 것이었다.

"총사령, 그럼 오늘밤 북군과 남군이 이동하는 것입니까?"

고봉정의 시선이 황벽에게로 향했다.

"이미 그들의 이동은 시작되었을 것이네. 내일 새벽이면 그들은 평원 바로 코앞까지 진출해 있을 것이야. 저들이 천수산 초입까지 진격했을 때 양군이 저들의 측면을 들이칠 것이네."

황벽 대신 막여가 대답을 했다.

"자, 우리도 이제 내일의 전투를 준비하도록 해야겠습니다. 맹도들에게는 최대한 편안한 휴식을 주도록 하십시오."

황벽이 모든 사람들을 보며 입을 열었다. 적의 검은 코앞에 다가와 있었고, 밤은 오늘이 마지막일 수도 있었다.

제57장
대회전

거친 숨이 턱까지 차 오르고 있었다. 적은 이제 오십여 장 앞까지 다가서고 있었다. 이번만은 전 맹도가 손에 무기를 들고 천수산 하단 평원의 끝에서 적을 기다리고 있었다.

북두회도 결코 서두르지 않았다. 어떠한 상황 변화도 용납하지 않겠다는 의지가 그들의 걸음걸이에 나타나 있었다. 충분히 신중하였고, 충분히 대비하였다.

북두회가 천수산의 정의맹도를 향해 진격을 시작한 것은 이른 아침이었다. 태양이 그 모습을 드러냈지만 아직 충분한 열기를 대지에 뿌리지 못하고 있었다.

"천천히 진격하라. 어떠한 적의 움직임에도 동요하지 마라. 나 제갈천과 무림사성 중 두 분, 정의맹주 장의현 노사와 패천맹주 양청길 노사가 함께한다. 어떠한 적의 도발에도 동요하지 마라."

전날 보인 황벽의 신위에 주눅 든 북두회 무사들의 투기를 일깨우는 제갈천의 말이었다. 제갈천과 사성 중 이 인 양청길과 장의현의 동행은 북두회의 무인들에게는 큰 힘이 되고 있었다. 광검이 아무리 강하다 하더라도 사성을 넘지는 못하리라.

오늘도 호정단은 가장 선두에서 적을 기다리고 있었다. 오늘은 기마를 하지 않은 상태. 이제 더 이상 물러날 곳도 쫓을 적도 존재하지 않았다. 한번 섞여들면 끝을 볼 때까지 적을 베어야 할 것이다. 몇몇 호정단원들은 검집과 도집을 버리고 칼의 손잡이와 자신의 손을 흰 천으로 묶고 있었다. 손에 칼을 잡을 힘이 없어도 칼을 버리지 않겠다는 의지이리라.

"공격!"
북두회 진영에서 커다란 함성이 울리고,
둥둥둥둥!
북소리가 더욱 빨라졌다. 북두회 무인들이 갑자기 속도를 내어 무림맹의 무사들 속으로 겹쳐들었다.
"야합!"
"핫!"
수많은 기합성이 터지고 검과 검이, 도와 도가 맞부딪쳤다. 드디어 북두회와 무림맹의 대회전이 시작된 것이다. 황벽을 선두로 호정단원 오십 명도 달려드는 북두회 무인들을 맞아갔다.
"핫!"
"악!"

황벽과 엽강, 그리고 설연의 검과 작살이 허공을 수놓을 때마다 북두회의 무인들이 낙엽처럼 쓰러져 가기 시작했다. 평소 진을 연습한 호정단은 열 명 단위로 진을 구성하여 적을 맞이하고 있었다. 진은 집단전에서 확실한 위력을 드러냈다.

초반의 전세는 백중세였다. 예상외로 사천 무림맹의 저항은 거셌다.

"적이 제법입니다."

양청길이 제갈천을 바라보았다.

"생각보다 준비를 많이 한 듯하오이다."

제갈천도 고개를 끄덕였다. 그의 눈은 멀리서 검광을 번쩍이며 북두회 무사들을 베고 있는 황벽의 모습에 고정되어 있었다.

"적의 수뇌 몇을 베는 것이 어떨지……?"

장의현의 말이 뒤를 이었다. 그의 눈에 북두회 무리 속에 파묻혀 손을 쓰고 있는 사천 사대문파의 수장들이 들어왔다.

하나 제갈천은 고개를 좌우로 저었다.

"수뇌끼리의 싸움은 아군의 세가 적을 때나 하는 법이지요. 현재는 아군의 수가 적의 배가 넘으니 전력으로 밀어붙이는 것이 유리하오."

비록 무림인의 싸움 방법은 아니었지만 장의현은 제갈천의 말이 옳다는 것을 알고 있었다. 확실한 승리의 방법을 두고 불확실한 방법을 택하는 것은 전쟁에서 있을 수 없는 일이었다. 적의 수뇌를 베면 적은 더욱 빨리 무너지겠지만, 만약의 경우 아군의 수뇌가 상할 수도 있었다. 장의현이 묵묵히 고개를 끄덕였다.

"중군을 투입하라!"

제갈천이 뒤를 돌아보며 큰 소리로 외쳤다.

둥둥둥둥!

　다시 북소리가 울리며 그동안 선발대의 전투를 지켜보던 중군이 전장으로 달려들기 시작했다.

　갑자기 밀어닥친 수천 명의 공격에 무림맹도들이 당황하기 시작하였다.

　"이익! 합!"

　걸리는 것은 무엇이든지 베겠다는 듯 검을 휘두르던 고봉정의 눈에 새까맣게 평원을 덮으며 달려드는 북두회 수천 무사들이 들어왔다.

　"하얏!"

　다시 한 명의 적을 벤 고봉정이 신형을 날려 검을 휘드르고 있는 황벽의 곁으로 다가갔다.

　난전이었지만 황벽은 아주 쉽게 검을 휘두르고 있었다. 그가 검을 한 번 휘두를 때마다 꼭 한 명의 적이 쓰러졌다. 황벽의 검은 가장 효율적인 선을 그리며 이동하고 있었던 것이다.

　"총사령, 적의 본군이 옵니다!"

　고봉정이 황벽을 보고 소리쳤다. 황벽의 눈에도 평원을 뒤덮으며 수천의 적이 몰려드는 것이 보였다. 이미 전장에 투입된 무림맹도들의 눈에 감당하기 힘든 빛이 서려 있었다.

　"산으로 후퇴!"

　황벽의 입에서 고함이 터지고 그의 옆에서 적을 베고 있던 진봉 이하 호정단 제일조원들이 바람같이 신형을 날리며 총사령의 명을 전했다.

　"산으로 후퇴하라! 산으로 후퇴하라!"

　총사령의 명이 전달되자 혼전 중이던 무림맹도들이 신속하게 산속으로 숨어들기 시작했다.

“드디어 저들이 밀려나는군요.”

양청길이 멀리 산속으로 사라지는 무림맹도를 보며 중얼거렸다.

“아버님, 이대로라면 오늘이 가기 전에 승부를 낼 수 있을 듯합니다.”

적의 후퇴에 힘을 얻은 제갈의현이 말을 몰아 제갈천 앞으로 달려오며 말했다.

“서두르지 말고 하나하나, 차근차근 적을 추적하라. 오늘 이곳에서 무림맹의 씨를 말릴 것이다.”

제갈천의 눈에도 서서히 흉성이 드러나기 시작했다.

황벽은 어느새 산중턱에 올라 있었다. 그의 눈에는 계획된 방어선까지 후퇴해 들어오는 무림맹도들이 보였다.

“지금이 좋을 듯하구나. 저들도 숲으로 꽤나 깊이 들어왔으니.”

막여가 황벽을 보며 입을 열었다. 이미 산속으로 몸을 뺀 무림맹의 수뇌들이 황벽을 바라보았다.

순간 황벽의 입에서 낮고 강한 음성이 새어 나왔다.

“신호를 올려라.”

황벽의 말이 순식간에 입에서 입으로 전달되었다.

“신호를 울려라… 신호를 울려라…….”

그리고 말의 전달이 천수산 상층부까지 올랐을 때 천수산 봉우리에서 검은 연기가 일어나기 시작했다. 그와 동시에 천지를 진동시키는 함성과 함께 평원의 남과 북, 두 방면에서 수천의 인영이 모습을 드러내고는 전장을 향해 내달리기 시작했다.

순식간에 천수산 전투가 멎었다. 멀리서 다가오는 수천의 인영들의 정체가 드러날 때까지.

"저들은 뭐냐?"

제갈천이 신경질적으로 제갈의현을 돌아보았다.

"글쎄요, 저도 잘……."

이때만큼은 천하를 손에 쥐고 흔든다는 정의맹의 군사 제갈의현도 제대로 된 대답을 할 수가 없었다. 머리를 쓰는 자들은 자신의 예상을 벗어나는 일이 일어나면 종종 바보가 되기도 한다. 지금 제갈의현의 모습은 그것에 다름 아니었다.

"쯧, 이런 모자란 놈! 아비나 아들이나!"

제갈천 역시 정체 모를 인영들의 출현에 극도로 신경이 예민해져 있었다. 이러한 상황의 반전은 결코 자신이 계획한 일이 아니었다. 하지만 그들의 당황은 다가서는 무리의 선두에 선 인물들을 보았을 때 극에 다다랐다.

"철마 이제현!"

"신오제와 패천사룡!"

"소림이다!"

이미 없어졌다고 생각했던 위협들이 고스란히 그들의 앞에 모습을 나타낸 것이다. 제갈천의 얼굴이 순식간에 일그러졌다. 평소에 좀처럼 속을 보이지 않던 그의 얼굴에도 감정이 드러나고 있었다.

"이것이었나? 그래서 그토록 무모한 도발을 계속하며 기어코 우리를 이곳으로 끌어들인 것인가?"

허탈한 감정의 뒤로 다시 싸늘한 분노의 빛이 그의 눈가에 떠오르기 시작했다.

　천수산으로 숨어들었던 무림맹의 반격도 시작되었다. 삼면에서 공격을 받은 북두회는 급격하게 밀리기 시작했다.

“전열을 갖추어라! 적의 수는 얼마 되지 않는다!”

　제갈천의 옆에서 전황을 지켜보던 양청길과 장의현이 전장으로 뛰어들었다. 그들의 검이 허공을 휘저을 때마다 무림맹의 무사들이 수없이 쓰러져 갔다. 하지만 한번 기울어진 전세는 쉽게 회복되기 어려웠다. 나타난 인물들이 죽었다고 알려진 정사양도의 고수라는 사실을 확인한 순간부터 북두회 무사들의 전의는 순식간에 사그라지고 있었다.

‘뭔가 대책이 필요하다!’

　전의가 사라진 자들로 전투를 치를 수는 없다. 이미 사천오백의 북두회 무사 중 절반 이상의 병력이 쓰러지고 있었다. 이때 제갈천의 눈에 멀리서 유유히 전장을 누비고 있는 한 명의 인영이 들어왔다. 광검 황벽이었다.

‘그래, 광검을 잡으면 상황을 되돌릴 수 있겠군. 결국 고수의 싸움으로 가야 하는 것인가?’

　이제 더 이상 수뇌부 간의 싸움을 마다할 이유가 없었다. 전세가 역전된 상황에서는 개전 초기와는 반대로 적의 수뇌부와의 싸움이 필요한 시기였다. 제갈천은 비록 당황했다고는 해도 최소한 그 정도의 상황 판단을 할 정도의 그릇은 되는 인물이었다.

　사성 중 두 명과 자신이라면 수뇌부와의 승부에 승산이 있을 것이다. 결심한 제갈천이 진기를 끌어올려 사자후를 터뜨렸다.

“멈추어라!”

넓은 평원 위로 제갈천의 사자후가 퍼져 나갔다.

순간 거짓말처럼 무림맹과 북두회 사이의 전투가 멈췄다. 제갈천이 토해낸 강력한 진기의 파동이 모든 사람들이 귓속에 천둥처럼 들렸던 것이다.

잠시 후 북두회 무사들이 제갈천을 중심으로 모여들었다. 그 밖으로 삼면에서 무림맹의 무인들이 포위하듯 북두회의 무사들을 에워쌌다.

양청길과 장의현, 그리고 제갈의현이 칠악의 생존자들과 함께 제갈천이 있는 곳으로 모여들었다.

무림맹에서도 황벽의 주위로 이제현을 비롯한 무림맹의 수뇌들이 모여들었다.

평원에는 잠시 전의 격전이 거짓말같이 느껴질 정도로 침묵이 흐르고 있었다. 그리고 그 침묵 속에서 천천히 제갈천의 신형이 북두회의 선두로 나섰다.

"설명을 좀 해주시겠나?"

제갈천이 황벽을 바라보았다.

"보시는 대로 사천대전은 없었던 것이지요."

황벽의 말에 제갈천이 고개를 끄덕였다.

"그래, 그건 알겠는데 어디서부터 잘못된 것이지?"

"시작은 상련의 일에 북두회가 몸을 나타내면서부터지요. 그때부터 상련과 하오문이 북두회를 주시하고 있었습니다."

"그래, 그랬을 거야. 역시 그때 중조산에서 자네들을 살려 보낸 게 문제가 되었군."

"그리고 제갈성이 당문과 천독림의 일에 모습을 드러낸 것이 결정적인 단서가 되었지요."

"그렇군. 그 정도면 아무리 머리가 나쁜 사람이라도 일의 선후를 짐작하고 남았겠지."

"이제 그만 검을 놓으시는 게… 저야 이번 일이 끝나면 물러갈 몸이지만 여기 무림의 명숙들께서는 과거 무림이 제갈세가에 범했던 무례를 잊지 않고 있을 테니, 세가의 명맥을 끊지는 않을 것입니다."

제갈천이 고개를 들어 하늘을 바라보았다. 그럴지도 몰랐다. 자신과 이 일에 관여한 사람들만 죽어준다면 아마도 제갈세가의 명맥은 가는 실처럼 이어질지도 몰랐다.

'하지만 포기하기에는 아직 이르다.'

제갈천의 고개가 좌우로 저어졌다.

"좋아. 이번 일은 확실히 자네들이 한 수 앞섰다는 것을 인정하지. 하지만 나는 아직 일의 끝은 모른다는 쪽에 걸겠네."

제갈천의 눈에서 회색 광망이 쏟아지기 시작했다.

"비록 무림맹 쪽에 자네와 철마, 그리고 신진고수들이 있다고는 하더라도 자네들이 여기 무림사성의 이성과 나를 제압할 수 있으리라고는 생각지 않는데. 어떤가, 더 이상 애꿎은 무사들의 피를 흘리지 말고 우리 세 사람을 상대하는 것이?"

제갈천이 황벽을 바라보며 말했다.

황벽의 고개가 약간 돌아가며 입가에 웃음이 고였다.

"애꿎은 무사들의 피라… 그 생각을 이제야 하시다니, 참으로 안타깝습니다. 애당초 처음부터 세 분이 앞에 나서지 않으시고요?"

황벽은 제갈천의 얄팍함을 비웃고 있는 것이었다. 제갈천의 입가에 쓴웃음이 깃들었다.

“하하하, 이거 본심을 들켰군. 그래그래, 그래서 자네 생각은 무엇인가? 이대로 다시 양측 전원이 부딪쳐 승부를 보자는 것인가?”

제갈천이 말에 이번에는 황벽의 고개가 좌우로 저어졌다.

“저도 어르신의 말처럼 몇몇 수뇌부의 비무로 이 상황을 정리했으면 합니다만, 아마 수뇌부의 비무 결과에 상관없이 무림은 북두회를 용납치 않을 것입니다.”

“그것은 자네가 걱정할 일이 아니네. 이후의 일이 어찌 되든 그것은 이긴 자의 몫이겠지.”

제갈천은 여기서 황벽과 몇 명의 수뇌부만 벤다면 충분히 이 전세를 되돌릴 수 있다고 보고 있었다. 무림이라는 곳은 결국 절대강자 한 명 앞에 수천 사람이 무릎을 꿇는 곳이니까.

무림맹에서 황벽과 이제현이 제거된다면 그 외의 전력은 자신의 손으로 충분히 정리할 수 있을 것이다. 문제가 되는 것은 지금 황벽이 전군을 동원해 총력전을 펼치는 것이었다. 이미 사기가 꺾인 북두회로서는 감당하기 어려울 것이었다. 결국 제갈천으로서는 황벽과 무림맹의 수뇌들이 자신과의 비무를 받아들이는 것에 한 가닥 희망을 걸고 있었다.

가능성있는 제안이었다. 황벽이 결코 대참상이 예상되는 전면전을 고집하지 않으리라는 것이 제갈천의 생각이었다. 그리고 그러한 제갈천의 예상은 적중했다.

“잠시만 시간을 주시지요. 제가 비록 무림맹의 총사령이지만 저 혼자 결정할 수 있는 일이 아니군요.”

“그리하게나.”

제갈천이 순순히 황벽의 말에 고개를 끄덕였다. 이미 황벽의 마음이 수뇌부의 대결로 돌아섰다는 것을 눈치챘던 것이다.

황벽이 몸을 돌려 이제현과 사대문파의 수장들이 있는 곳으로 다가갔다.

"모두 들으셨을 테니 의견을 말씀해 주시지요."

황벽이 중인들을 돌아보았다.

"총사령, 이미 승기는 우리에게 넘어왔습니다. 그냥 밀어붙여 승부를 보심이……."

아미의 멸절 사태가 전면전을 주장했다. 이미 승리가 눈에 보이는 전투였다. 괜히 다른 가능성을 열어둘 일이 아닌 것이다. 사람들이 멸절 사태의 말에 고개를 끄덕이고 있을 때 법철이 앞으로 나섰다.

"하지만 그렇게 되면 피가 너무 많이 흐릅니다. 지금까지만으로도 피는 충분합니다."

"그렇다 하더라도 적들은 무림사성 중 이인과 일황이라는 제갈천입니다. 과연 우리에게 얼마의 승산이 있을 것 같습니까?"

법철의 말에 청성파의 장구령이 반론을 제기했다. 이때 가만히 옆에서 듣고 있던 막여가 입을 열었다.

"총사령이 보기에 승산은 있는가?"

막여의 물음에 황벽은 대답하지 않고 이제현을 바라보았다.

"양청길은 내가 맡도록 하지. 내가 생각하기에 아무리 일황이라 하더라도 쉽게 자네를 상대할 수는 없을 거야. 문제는 장의현인데……."

이제현의 말은 수뇌부의 대결을 지지한다는 것이었다.

"엽강이 나서면 될 것입니다."

황벽이 엽강을 돌아보았다. 엽강이 고개를 끄덕였다.

"여러 어르신들의 우려는 잘 알고 있습니다. 확실히 비무를 통한 승부보다는 현 상태에서 밀어붙이는 것이 확실한 승리를 얻는 방법이라는 것을 모르는 바는 아닙니다. 하나 그리된다면 무림은 그 뿌리가 상하게 될 것입니다."

무림의 이름있는 고수는 현재 모두 이곳 천수산에 모여 있었다. 비록 무림맹이 유리한 위치에 있다고 하더라도 전면전을 다시 벌일 경우, 북두회의 궤멸을 위해 흘려야 할 무림맹도들의 피는 현 무림이 감당할 수 없는 수준이 될 것이다.

"총사령의 생각이 그러하시다면 저희들은 총사령을 따르겠습니다."

당선명이 수뇌들을 대신해서 황벽의 의견에 찬성을 표했다.

황벽이 가볍게 고개를 숙여 보인 후 다시 제갈천의 앞으로 다가섰다.

"좋습니다. 어르신의 말씀대로 하지요. 더 이상의 피는 무림맹의 입장에서도 반가운 일이 아닙니다."

황벽의 대답에 제갈천이 의외라는 듯한 표정을 지었다. 그리고 다음 순간 얼굴이 찌푸려졌다.

무림맹이 자신의 제안을 받아들인 것은 제갈천이 바라는 바대로 된 일이었다.

저들 중 각파의 수뇌들은 노련한 사람들이었다. 그러하기에 완벽한 승리의 길을 선뜻 포기한다는 것이 의외였던 것이다. 그리고 그것은 곧 그들이 황벽의 무공을 최소한 자신의 아래로는 보지 않는다는 것을 의미했다. 제갈천의 입장으로서는 좋아만 할 일도 아닌 것이다.

‘오늘 이 제갈천의 무서움을 너희들의 뼈에 새겨주리라!’

안에서 이는 분노와는 달리 제갈천에게서는 부드러운 목소리가 흘러나왔다.

“그것참 다행이네. 역시 무림의 미래를 생각하는 원로들의 마음이 느껴지는 결정이야. 하하하! 좋아, 우리 측에서는 나와 천마궁주, 그리고 현무진인 장 노사께서 나설 생각이네만?”

“저희 측에선 철마 어르신과 저, 그리고 뇌전창이 나설 것입니다.”

“호! 뇌전창이?”

제갈천의 입장에서는 신오제와 패천사룡을 제외하고 엽강이 나서는 것이 다소 의외였던 것이다.

“좋아, 좋아. 그럼 오늘 우리 여섯 사람이 한번 무림의 향배를 결정해 보도록 하세.”

제갈천의 마지막 말을 끝으로 순식간에 양측이 마주 보고 서 있던 자리에서 뒤로 물러섰다.

무림맹과 북두회 사이에 둥그런 원형의 공지가 생겨났다. 그리고 수천 명의 시선이 그곳 공지로 모아졌다.

“살아 있었구려, 부맹주.”

“덕분에…….”

양청길의 인사에 이제현이 짧은 말로 대답했다. 그리고 곧이어 다시 이제현의 입이 열렸다.

“이유를 물어봐도 되겠소?”

패천맹의 맹주로서 북두회의 주구가 된 것에 대한 물음이었다. 양청길이 쓴웃음을 지으며 고개를 저었다.

"무슨 이유가 있겠소. 그저 무인으로 태어나 무림에 이름 석 자를 남기고 싶었던 모양이오. 영원히 지워지지 않는……."

"패천맹주의 이름으로 부족하더이까?"

"새로운 세력이 앞으로 나서고 어느덧 내 이름이 뒤로 밀리더이다. 늙은이의 욕심이라 이해해 주시오."

양청길은 할 말을 다했다는 듯 검을 뽑아 들었다. 이제현도 더 이상 할 말이 없는 듯 마주 검을 뽑았다.

두 사람이 천천히 진기를 끌어올렸다. 그에 따라 두 사람 주위의 풀이 이리저리 흔들리기 시작했다. 떨어져 내린 작은 낙엽들은 어느새 두 사람의 몸 주위로 떠오르고 있었다.

장내의 모든 사람들의 시선이 두 사람에게로 집중되었다. 한순간의 움직임도 놓치지 않으리라는 다짐이 그들의 눈 속에 있었다.

고수의 겨룸이란 항상 순간적인 움직임에 의해 승부가 나는 법이었다. 누군가가 작은 틈을 보인다면 그것이 곧 승패의 빌미가 되는 것이다. 두 사람이 진기를 끌어올리고 검을 들어 상대를 겨누었으나 이미 이각이 지나도록 서로 검을 부딪치지 않고 있었다.

어느 순간 태양이 그들의 머리 바로 위에 걸렸다. 그들의 그림자가 없어졌다고 느끼는 순간, 이제현이 서 있던 자리에서 사라졌다. 모든 사람들이 순간적으로 이제현의 신형을 시야에서 놓쳤다. 그리고 다음 순간 그의 신형이 어느새 양청길의 앞에 불쑥 나타났다. 무림사성의 이름에 걸맞는 신법.

창!

순간 허공에서 한 가닥 검 부딪치는 소리가 울렸다. 양청길이 어느새 다가선 이제현의 검을 자신의 검으로 쳐냈던 것이다. 그리고 그들의 몸이 섞여들었다. 두 사람이 일으키는 검기가 두 사람의 신형을 감쌌다. 순식간에 수십 초의 겨룸이 두 사람 사이에서 일어났다. 두 사람의 움직임은 너무 빨라 사람들은 두 사람의 초식을 미처 알아볼 수조차 없었다.

우르르릉!

어느 순간 마치 천둥과 같은 소리가 두 사람의 검 사이에서 울렸다. 그리고 두 사람의 움직임이 멈추어졌다. 두 사람의 검이 허공에서 맞대어져 있었다.

"위험하다!"

사람들의 입에서 동시에 탄식이 쏟아져 나왔다. 두 사람은 어느새 진기의 대결에 들어선 것이다. 그것은 곧 한 사람은 결코 살아서 세상을 보지 못한다는 것을 의미했다.

다시 시간이 흘러갔다. 태양이 서쪽으로 약간 기울어져 있었다. 이제현과 양청길이 진기 대결로 승부에 든 지 이각이 지나고 있었다. 두 사람의 얼굴은 붉게 달아올라 있었고, 두 눈은 상대의 눈을 뚫어져라 직시하고 있었다.

그러던 어느 순간 두 사람의 몸이 서서히 공중으로 떠오르기 시작했다. 두 자 정도 떠오른 두 사람의 몸이 일순간 허공에 정지한 듯 움직이지 않았다.

"끝이다!"

고봉정 등의 입에서 탄성이 흘러나오고,

쿵!

묵직한 파열음과 함께 두 마디의 신음이 새어 나왔다. 그리고 두 사람이 가랑잎처럼 뒤로 날아가 겨우 땅 위에 몸을 세웠다.

"부맹주, 미안하오. 죽을 때가 되어서야 미안하다는 말을 하는구려."

양청길이 바람에 흔들리는 갈대처럼 몸을 휘청거리며 이제현을 보고 입을 열었다. 그의 입에선 붉은 피가 끝없이 흘러나왔다. 이제현은 입을 열어 대답하지 않고 손을 들어 포권을 취하며 깊이 허리를 숙였다. 뒤이어 한마디의 말이 그의 입에서 나지막이 새어 나왔다.

"잘 가시오."

그리고 이제현이 돌아섰다.

돌아서는 이제현의 모습에서 시선을 거둔 양청길이 하늘을 올려다보았다. 그리고 마지막 진기를 실은 그의 목소리가 하늘에 울려 퍼졌다.

"천마궁은 다시는 무림에 모습을 드러내지 마라!"

그리고 그의 신형이 허물어졌다. 수십 년간 천마궁의 궁주로서, 패천맹의 맹주로서, 그리고 무림의 사성으로서 무림에 군림해 온 양청길이 쓰러진 것이다.

침묵이 흐르고 사람들은 말이 없었다. 그러다 어느 순간 천마궁도들 중 정신을 차린 몇몇이 장내로 떠어들어 양청길이 시신을 챙겨 들었다. 그리고 다시 천마궁도들이 집결한 곳으로 양청길의 시신과 함께 몸을 감추었다.

"괜찮으십니까?"

황벽이 자리로 돌아온 이제현을 보며 입을 열었다. 이제현의 안색이 좋지 않았던 것이다. 아마도 양청길과의 내력 대결에서 심한 내상을 입은 듯했다.

“괜찮네. 몇 년간은 고생을 해야겠어. 패천맹주를 상대하면서 이 정도의 손해야 오히려 부족한 면이 있지. 그나저나 이제는 장의현의 차례인가?”

이제현의 말에 황벽도 고개를 다시 장내로 돌렸다.

어느새 무당제일검이자 정의맹주였던 장의현이 모습을 드러내고 있었다. 황벽의 시선이 엽강을 향했다. 황벽의 시선을 받은 엽강이 씨익 웃었다.

“그럼 다녀올게.”

“조심하게.”

마치 잠깐 외출하는 사람을 전송하는 듯한 말.

장의현의 안색은 편안해 보였다. 비록 엽강이 최근 무섭게 일어나는 신진고수였지만 자신을 당해내리라고는 생각지 않았다. 무공이란 오랜 세월 자신만의 것을 갈고닦아야 초절정의 위치에 다다를 수 있는 것이었다.

그는 엽강의 나이가 가지는 무공의 한계를 잘 알고 있다고 생각했다. 그래서 그는 선공을 엽강에게 양보했다.

“오시게.”

“호오! 선공을 양보하는 것이오?”

엽강의 말에 장의현이 고개를 끄덕였다. 하지만 잠시 후 장의현은 자신의 생각이 얼마나 잘못된 것이었나를 뼈저리게 느끼게 되었다. 선공을 마다할 엽강도 아니었으며, 그의 작살은 사실 아주 어릴 때부터 자연스럽게 터득된 것이었다.

엽강이 짧은 것은 내공 수련의 기간이었지 무기를 다루는 시간이 아니었다. 그 진기마저도 진회가 심혈을 기울여 연단한 신단에 의해 세월의 벽을 뛰어넘은 지 오래였다.

엽강은 장의현 주위를 눈에 보이지 않을 정도로 빠르게 돌고 있었다. 처음 엽강이 작살 끝을 땅에 대고 질질 끌며 장의현의 주위를 천천히 돌기 시작했을 때 장의현은 가볍게 발의 위치만 바꾸어 엽강을 마주했다.

하나 어느 순간 엽강의 작살 끝이 흙과 함께 허공으로 치솟으며 찔러왔을 때 장의현은 가볍게 발만 움직여 피할 수 없었다. 그의 몸이 하늘로 치솟아올렀다.

엽강의 작살은 강하고 빨랐다. 그리고 거리의 이점을 가지고 있었다. 고수의 싸움에서 병기의 길이라는 것은 큰 의미가 없었지만, 그것은 어디까지나 한쪽의 무공이 월등할 경우에 해당하는 말이었다. 장의현의 무공에 뒤지지 않는 엽강에게 긴 작살은 엽강으로 하여금 확실히 유리한 위치를 점하게 하였다.

몸을 공중으로 띄운 장의현은 그런 자신의 몸을 놓치지 않고 뻗어오는 엽강의 작살에 당황했다. 애초에 선공을 양보한 것이 엽강의 작살의 범위 내에 갇혀 버린 꼴이 되었던 것이다.

엽강은 끊임없이 장의현의 주위를 돌며 불쑥불쑥 작살을 내밀었다. 장의현은 언제 달려들지 모르는 엽강의 작살을 경계하느라 계속 수세에 몰리고 있었다.

하지만 장의현은 고수였다. 그가 사성으로 불린 것은 결코 정의맹의 맹주여서만은 아니었던 것이다.

“하압!”

장의현의 입에서 한 가닥 탄성이 터져 나오고, 순간 머리 위로 치켜든 장의현의 검이 땅으로 내려쳐졌다. 장의현의 이 일초는 수세에서 벗어나기 위한 가장 적절한 초식이었다.

콰앙!

매서운 폭음이 땅을 내려치는 장의현의 검기에 의해 일어났다. 순간 엽강은 어느새 장의현의 검기 범위에서 벗어나 작살로 땅을 짚고 장의현을 바라보고 있었다.

"자네를 얕본 것을 사과해야겠군."

가쁜 숨을 몰아쉬며 장의현이 엽강에게 말했다. 이번 한 수에 장의현은 자신의 진기를 최대한 실어 보냈던 것이다. 만약 그러지 않았다면 결코 엽강을 뒤로 물러서게 할 수 없었을 것이다.

"별말씀을, 덕분에 제가 약간 이득을 본 것 같소."

엽강이 담담하게 말했다. 하지만 엽강의 말을 듣는 장의현은 결코 담담할 수 없었다. 엽강의 말은 사실이었다. 방금 전의 무리한 진기 운용으로 장의현은 이미 내상을 입은 것이다.

'선공이다.'

이런 경우 지구전은 장의현에게 불리했다.

"이번에는 먼저 가네."

한 소리와 함께 장의현의 검이 둥그런 원을 그리며 엽강에게 다가왔다.

"태극검!"

사람들의 입에서 장의현의 검을 보고 탄성이 흘러나왔다. 엽강도 장의현의 검에 실린 현기를 무시하지 못하고 신중하게 작살을 들어 검기를 맞아갔다.

"어엇!"

순간 엽강의 입에서 당황한 목소리가 흘러나왔다.

어느 순간 그의 작살 끝이 보이지 않는 장의현의 검기에 휘둘려지고 있다는 것을 느꼈던 것이다. 태극의 선을 그리고 있는 장의현의 검에서는 부드럽지만 거스를 수 없는 흡입력이 느껴졌다. 엽강은 자신의 작살 끝을 잡아당기는 장의현의 흡입력에 당황하고 있었다. 엽강의 작살은 찌르기가 그 주공격 방법이었다. 찌르기의 성패는 정확성에 달려 있다. 한데 끝이 흔들리는 작살은 그 정확성을 잃게 마련이다.

'조금만 더…….'

장의현은 단전으로부터 느껴지는 고통을 참으며 좀 더 강하게 엽강의 작살 끝을 휘어 감았다. 엽강은 장의현이 만드는 검기의 소용돌이에서 작살을 빼내고자 안간힘을 쓰고 있었다.

"위험해!"

막여가 다급하게 외쳤다. 막여는 알고 있었다, 현재 엽강의 작살을 끌어들이는 장의현의 진기가 어느 순간 그 방향을 바꾸어 엽강을 향해 쏟아질 때 작살의 통제력을 잃은 엽강이 장의현의 검기를 막을 수 없을 것이라는 것을.

황벽의 안색도 어두워지고 있었다.

엽강의 얼굴이 벌겋게 달아올랐다. 그도 장의현의 검기가 방향을 바꾸는 순간 자신의 몸이 그의 검기 앞에 고스란히 노출될 것이라는 것을 알고 있었다.

'이대로는 안 돼.'

엽강이 이를 악물었다. 그리고 어느 순간,

'당긴다면 딸려가 주지.'

엽강의 입에서 고함이 터져 나왔다.

“간닷!”

그리고 갑자기 엽강의 신형이 앞으로 달려나갔다.

“악!”

한순간 두 사람의 움직임이 멎었다.

“너, 너, 어떻게……?”

“당기니 달려올 밖에.”

쿵!

장의현의 몸이 땅에 허물어졌다. 그의 가슴에는 엽강의 작살이 박혀 있었다. 엽강의 옆구리도 길게 베어져 끊임없이 피가 흐르고 있었다. 하지만 엽강은 흐르는 피에 아랑곳하지 않고 작살을 빼어 들고는 황벽이 있는 곳으로 다가왔다.

“괜찮나?”

“이거 며칠 고생해야겠어.”

엽강의 웃는 얼굴에서 고통스런 대답이 나왔다. 막여가 달려 나와 한 팔로 엽강을 받쳤다. 엽강은 거의 주저앉듯 막여에게 몸을 기대었다.

“훌륭했네.”

막여의 입에서 칭찬이 흘러나왔다. 엽강의 한 수는 막여에게 칭찬받기에 부족함이 없었던 것이다.

일반적으로 사람들은 어떤 힘이 자신을 잡아당기면 그것에 저항하려 한다. 그것은 무공의 고수라도 마찬가지였다. 엽강도 장의현의 흡입력에 저항하고 있었다. 그것은 엽강에게 절대적으로 불리한 상황을 만들고 있었다. 계속 저항하다, 장의현의 검이 어느 순간 그를 향해 뻗어오면 엽강은 반격 한 번 못해보고 목을 꿰뚫릴 판이었다.

해서 엽강은 마지막 순간 결단을 내린 것이다. 당기는 힘에 당겨가 주자는 것이 그가 내린 결론이었다. 그리고 엽강은 장의현의 검기 속으로 뛰어들었다. 상황은 반대가 되었다. 강하게 엽강의 작살을 통제하던 장의현은 순식간에 자신의 진기를 따라 들어오는 엽강의 작살에 당황해서 태극검이 흐트러지며 무의식적으로 엽강을 향해 일검을 내지른 것이었다. 그의 검은 엽강의 옆구리를 베었지만, 자신의 가슴에 엽강의 창을 맞았던 것이다.

제갈천의 얼굴에는 이미 실패한 음모자의 표정이 역력하게 드러나 있었다. 양청길과 장의현이 죽은 이상 지금 자신이 황벽을 이긴다 하여도 그들 두 명이 없이는 이 자리에서 벗어나기가 결코 쉽지 않다는 것을 알고 있었다.

양청길과 장의현의 죽음은 그들이 이끌던 패천맹과 정의맹 출신의 북두회 무사들에게는 큰 충격이었다. 이미 그들 중 동요하는 사람들이 적지 않았다.

그런 제갈천의 눈에 여유있게 장내를 주시하고 있는 황벽이 들어왔다. 그러자 그의 마음속에서 황벽에 대한 강한 살심이 일어나기 시작했다.

'오냐, 네놈을 베고 이 자리를 벗어나겠다! 이곳만 벗어난다면 다시 시작할 수 있어!'

제갈천이 서서히 앞으로 나섰다.

"허허허, 과연 대단하구나. 어디, 이제 우리도 검을 겨루어볼까?"

제갈천이 입에서 짐짓 여유가 흘러나왔다. 황벽이 그런 제갈천을 바라보며 씨익 웃었다.

"제안은 유효합니다. 그저 어르신이 검을 놓는다면 무림맹에서 제갈가에 대한 논의를 다시 할 것입니다."

"하하하! 이런이런. 이보게, 젊은이. 아직 상황은 끝난 게 아니야. 저들이 없다 하더라도 자네만 내 손으로 정리한다면 나머지 무리들이야 하루살이 같은 것들이지."

황벽은 제갈천의 말에서 그가 결코 자신의 검을 내려놓지 않으리라는 것을 알 수 있었다.

황벽이 천천히 검집에서 검을 뽑아냈다. 그러자 제갈천도 자신의 검을 빼 들었다.

두 사람의 눈빛이 허공에서 엉켜들었다.

두 사람은 천천히 검을 들어 자신의 몸 앞에 세웠다. 그리고 서로를 바라보기 시작했다. 두 사람의 대결은 앞의 대결과는 사뭇 달랐다. 두 사람은 어떤 진기도 끌어올리지 않고 있는 듯 주변 공기의 파동이 전혀 느껴지지 않았다.

"일합에 승부를 내려 하는군."

고봉정이 조용히 입을 열었다. 비록 두 사람에게서 진기의 기운은 느껴지지 않았지만, 일부의 사람들은 두 사람 사이에 형성된 보이지 않는 긴장을 알아챌 수 있었다.

한 가닥 가는 실처럼 이어지는 두 사람의 교감의 끈이 끊어지는 순간 두 사람은 검을 낼 것이며, 승부가 갈릴 것이다.

"정말 대단하군요."

임혜련도 탄성을 자아냈다.

반면 두 사람의 대결을 차마 지켜보지 못하는 사람도 있었다. 두 사람이 검을 마주한 순간부터 설연은 고개를 숙이고 있었다.

“걱정 마시게, 단주. 벽이는 이미 검을 잊은 경지라네.”

막여가 얼굴에 웃음을 띤 채 설연에게 말을 건넸다. 하지만 설연의 고개는 들려지지 않았다.

‘황 가가!’

설연은 마음속으로 황벽을 불러보았다.

‘왜 그래, 설 매.’

순간 정감이 넘치는 황벽이 목소리가 그녀의 귀에 들려왔다.

‘황 가가?’

설연은 순간 고개를 들어 황벽의 목소리가 들린 곳을 바라봤다.

그 순간, 황벽과 제갈천의 몸이 서로를 향해 나아갔다.

제갈천의 몸에서 갑자기 거대한 진기의 막이 피어올랐다.

슈욱!

순간 그 진기의 막을 통과하듯 황벽이 제갈천을 지나쳤다. 그리고 다시 두 사람의 움직임이 멈추었다.

“이건 뭐지?”

제갈천의 입에서 믿기지 않는다는 듯한 물음이 흘러나왔다.

그 물음에 뒤이어 그의 가슴에서 붉은 선혈이 흘러나오기 시작했다.

“이게 뭔가? 내 검막은 완벽했는데.”

그는 자신의 검막을 뚫고 지나간 황벽의 검을 믿을 수 없다는 듯이 바라보았다.

“그저 검이 원하는 곳으로 그렇게 검을 보내주었을 뿐입니다.”

황벽의 입에서 나직막한 소리가 흘러나왔다.

“검이 원하는 곳으로…….”

제갈천이 황벽의 말을 되뇌었다. 그러다가 고개를 들어 황벽과 눈을 마주쳤다.

"그렇군. 그게 검의 도[劍之道]군. 자네, 무림도 그래야 한다고 생각하는 건가? 항상 인간들의 부조리로 혼란스러운 무림도?"

황벽이 가만히 제갈천을 바라보았다.

"그런 것은 잘 모르겠습니다. 다만 무림이든 삶이든 스스로 가고자 하는 곳으로 자유스럽게……."

제갈천이 고개를 끄덕였다.

"그렇군. 하지만 삶이 자유롭기란 얼마나 어려운 것인지……."

쿵!

제갈천의 몸이 땅 위에 쓰러졌다.

일세의 효웅, 자신의 가문을 더 이상 나약한 곳에 두지 않으려 했던, 그래서 오히려 무림을 지배하려 했던 이 천재적인 두뇌의 소유자가 자신의 목표를 눈앞에 두고 숨을 거둔 것이다.

"큭!"

사람들이 제갈천의 죽음에 정신을 집중한 사이 작은 신음 소리가 들렸다. 그리고 사람들의 시선이 신음 소리가 들린 곳으로 향했을 때, 사람들은 다시 제갈세가의 사람 한 명이 목에 피를 흘리며 쓰러지는 것을 볼 수 있었다.

"이것으로 제갈가를 용서하길, 과거 무림이 제갈가에 행한 빚도 있으니 제갈가의 명맥만은 끊지 않기를……!"

제갈의현의 몸도 그의 아비를 따라 천수산 평원에 쓰러져 갔다.

모든 사람들이 이들 부자의 죽음이 가져오는 삶의 공허함에 침묵 속으로 빠져들었다.

하지만 한 명의 여인만은 자신의 시선을 한 명의 사내에게 고정시키고 있었다.

황벽은 울 듯한 표정으로 자신을 바라보고 있는 설연에게 다가갔다.

그리고 설연의 귀에 이번에는 좀 더 또렷하게 황벽의 말이 들려왔다.

"왜 그래, 설 매?"

태양이 서쪽으로 기울어져 있었다.

종장(綜章)
그 후의 이야기들

"헉헉헉!"

산서 백우산 깊은 숲을 한 명의 인영이 달리고 있었다.

그의 옷은 갈아입은 지가 언제인지 모를 정도로 지저분하였으며, 그나마도 낡고 찢어져 여기저기 속살이 드러나 보였다.

"어헉!"

갑자기 그의 신형이 땅 아래로 쑥 꺼져 내려갔다. 그는 무의식 중에 한쪽 팔을 뻗어 작은 소나무 줄기를 잡아갔다.

투두둑!

소나무 줄기를 잡고 버둥거리는 그의 몸짓에 주변의 흙과 돌이 떨어져 내렸다. 그의 몸은 수십 장 절벽 위에 매달려 있었던 것이다. 그는 소나무 줄기에 매달려 기를 쓰며 절벽 위로 올라가려 버둥거리고 있었다.

그때 절벽 아래에서부터 한줄기 바람이 불어왔다. 그리고 그의 한쪽 소매가 바람에 날렸다.

그는 한 팔이 없는 외팔이였던 것이다.

한쪽 팔로 자신의 몸을 끌어 올리기가 버거웠는지, 어느새 그는 소나무 가지를 잡은 채 축 늘어져 있었다.

'잠시 이대로 좀 쉬자. 조금 기운을 차린 뒤 산서를 지나 요동으로 가자. 그곳에서 다시 한 번 재기를 노릴 수 있을 것이다. 제갈세가는 결코 이대로 무너지지 않는다!'

그의 어금니가 악다물어졌다.

그는 바로 북두회의 칠성이자 제갈세가의 대공자인 제갈성이었다.

그에게 지난 이 년은 지옥과 같았다. 사천에서 북두회가 괴멸되었다는 소식을 들은 그는 가솔들만을 데리고 석산 총단을 빠져나왔다. 그리고 이 년여를 숨어 지냈다. 그러다가 며칠 전 다시 이곳 백우산 북두회의 비밀 총단으로 숨어들었다.

북두회의 비밀 총단에는 지난날 제갈천이 제갈세가를 무림의 지배자로 만들기 위해 준비해 놓은 여러 가지 안배가 있었다. 제갈성은 그것들을 챙겨 다시 한 번 제갈세가의 재기를 노리려 했던 것이다.

하지만 과거의 끈은 그를 그리 쉽게 놓아주지 않았다. 사천에서 북두회가 멸망한 뒤 무림에서는 제갈세가에 대한 처리가 논의되었다. 그 자리에서 일부 문파는 제갈천과 제갈의현의 죽음을 끝으로 무림의 은원을 매듭짓자는 말을 조심스레 꺼내었다.

하지만 그러한 제안은 당문과 천독림에 의해 일언지하에 거부되었다. 그들은 제갈성의 목숨을 원했다. 여타 문파들도 당문과 천독림의 주장을 무시할 수 없었다.

당문과 천독림에는 제갈성의 음모에 희생된 당정화와 서의가 있었던 것이다. 그리고 즉시 당문과 천독림에서 제갈성을 추격하기 위한 추적대가 만들어졌다.

추적은 매서웠다. 산서 백우산으로 숨어들던 제갈성은 미처 제갈세가의 안배를 확보하지도 못한 채 추적대를 피해 백우산을 벗어나고 있던 것이다.

제갈성이 절벽에 매달려 있은 지 한 시진이나 지났을까. 어느 정도 기력을 회복한 제갈성이 남아 있는 한 팔에 힘을 주어 절벽 위로 올라섰다.

툭!

하지만 제갈성은 운이 없었다. 절벽 위로 간신히 올라선 그의 눈앞에 가볍게 땅 위에 내려서는 몇 명의 발이 보였던 것이다.

"겨우 여기까지냐, 제갈성?"

싸늘한 목소리가 제갈성의 귀에 들려왔다. 제갈성이 고개를 들어 목소리의 주인공을 바라보았다. 그리고 그의 시선 끝에 한 명의 흑의인이 서 있었다.

"독수 등애!"

제갈성의 입에서 절망의 소리가 새어 나왔다. 그의 앞에서 말을 건넨 사람은 이번 추적대의 우두머리인 패천사룡의 일인 독수 등애였다. 제갈성은 자신의 운이 다했음을 느낄 수 있었다. 독수 등애라면 자신은 결코 이 자리를 빠져나갈 수 없을 것이었다.

"하하하하!"

갑자기 제갈성의 입에서 커다란 웃음이 터져 나왔다.

그리고 웃음을 멈춘 그의 시선이 끝없이 펼쳐진 수림을 바라보았다.

"결국 이렇게 끝나는 것인가? 천하를 손에 넣었다고 생각했었는데. 아, 하늘이 제갈가를 버리는구나!"

한탄이 끝나는 순간 그의 몸이 허공으로 치솟았다.

"앗!"

사람들이 그를 잡으려 손을 내밀었을 때, 그의 몸은 이미 절벽 아래로 떨어져 내리고 있었다.

"하하하! 잘들 있거라. 하나 기억하라. 단 한 명의 제갈인만 살아 있어도 천하는 언제나 두려움에 떨어야 할 것이다!"

아득히 멀어지는 신형 위로 제갈성의 마지막 절규가 들려왔다.

*   *   *

멀리 바다가 보이는 언덕 위에 자리잡은 작은 봉분 앞에 몇 명의 사람이 모여 있었다. 그들은 봉분 앞 잘 자란 잔디에 앉아 끝없이 펼쳐진 바다를 바라보고 있었다.

"이보게, 허승. 언제 떠날 것인가?"

"내일은 가봐야 할 듯하네. 상련의 일이 급하니."

"허, 그렇게나 빨리?"

그들은 오랜만에 다시 모인 황벽과 엽강, 그리고 허승이었다.

무림대전이 끝나고 중원에 무림맹이 들어선 지 벌써 오 년, 제갈성이 죽임을 당했다는 소식이 들린 지도 삼 년이 지나고 있었다. 무림은 무림맹을 중심으로 어느덧 지난 전쟁의 상처를 치유해 가고 있었다.

북두회의 몰락으로 억류되어 있던 각파의 수뇌들이 모두 자신의 문파로 돌아간 후 무림은 지난 오 년간 평화의 시기를 맞이하고 있었다. 대전 후 오 년이 흐른 지금 무림맹은 과거 신오제와 패천사룡으로 이름을 날린 일곱 명의 고수에 의해 주도되고 있었다.

그리고 최근 무림맹에서는 전 무림에 하나의 사실을 공표하였다. 그것은 정사양도가 모두 참여하는 무림대회를 향후 오 년마다 열어 젊은 무인들이 자신의 무공을 드러낼 기회를 제공한다는 것이었다. 그것은 드러나지 않은 힘은 언젠가 혈풍으로 다가설 수 있다는 것을 무림맹의 수뇌들이 잘 알고 있었기 때문에 취해진 조치였다.

"이번에 갈 때 노삼도 데려가게나."

엽강이 허승을 보며 입을 열었다.

"노삼을?"

"그래, 그 녀석 이제 제법 무공에 자신이 있는지, 요즘 부쩍 무림대회 이야기를 하더군."

"허, 의외인걸. 나는 자네가 노삼을 무림에 내어놓지 않을 줄 알았는데."

"나도 처음에는 그럴 생각이었지만, 세상일이 그렇지 않더군. 자신이 나가서 느끼기 전에는… 그 녀석도 무림이라는 데를 좀 겪어보면 다시 돌아오겠지."

엽강의 말에 허승이 고개를 끄덕였다. 사람은 스스로 경험을 해야 세상을 알게 되는 것이다.

"그나저나 황벽, 언제가 산달이지?"

허승이 그들과 조금 떨어진 곳에서 봉분의 풀을 뽑고 있는 설연을 바라보며 황벽에게 물었다.

"이제 두 달 정도 남았네."

"하하하, 축하하네. 오 년 만의 경사군."

황벽이 엽강의 말에 빙그레 미소를 지었다.

"자자, 이제 모두들 자리를 잡았는데, 이 노총각은 어쩌누?"

허숭이 혀를 차며 엽강을 바라보았다.

"그러게나 말일세. 설 매도 몇 번 중매를 서려 했지만 당최 여자 앞에서는 쑥맥이라."

"허참, 뇌전창 엽강이 여자에게 약할 줄이야……."

"아아, 그만들 하게. 난 혼자 살 거야. 황벽의 아이가 태어나면 그 녀석 재롱이나 보면서 말이야."

엽강이 손사래를 치며 두 사람을 말렸다.

멀리서 설연이 한바탕 웃음을 웃고 있는 세 사람을 바라보며 미소를 지었다.

"그나저나 다른 사람들은 잘 지내는가?"

황벽의 물음에 허숭이 웃으며 대답했다.

"뭐, 신오제와 패천사룡이야 무림맹 일에 바쁘고, 호정단은 이번에 팽정 대협의 인솔 하에 서장을 방문했다고 하더군. 소뢰음사와 적당한 선에서 화해가 된 듯하이. 참, 낭인대와 하오문이 이번에 제법 그럴듯한 거처를 마련했더군. 산서 백우산의 북두회 거처를 개조한 모양이야. 낭인대의 경 대협은 이번에 소림에서 구족계를 받았고……."

황벽은 허숭의 이야기를 들으며 빙그레 미소를 지었다.

모두들 또 그렇게 아무 일도 없었다는 듯이 자신의 삶을 살아가고 있었다. 무림은 또 새로운 세대를 맞이하게 될 것이고, 사람들은 이제 곧 상해의 천하제일인과 그 친우들을 그들의 뇌리 속에서 서서히 지워

갈 것이다.

이때 언덕 아래에서 몇몇 사람들이 황벽 등이 있는 곳을 향해 올라
오는 것이 보였다.

손에 술과 음식을 든, 이제 청년티가 물씬 풍기는 노삼이 앞에 서고,
그 뒤로 머리가 하얗게 세어버린 막여와 진회가 산책을 하듯이 천천히
따르고 있었다. 그리고 그 뒤로 한껏 인상을 쓴 오삼이 따라오고 있었
다. 그리고 오삼의 눈에 황벽이 들어왔을 때 오삼의 입에서 고함이 터
져 나왔다.

"아, 사형! 주방을 이렇게 오래 비우면 어쩌자는 거요? 이러다 가게
문 닫겠소. 이제 곧 아이도 태어나는데 제발 자리 좀 지켜요, 자리 좀!"

언제나처럼 오삼의 잔소리가 황벽의 귀에 들려오고 황벽은 따뜻한
햇살 아래에서 행복한 웃음을 지어 보이고 있었다.

『황벽 제5권 終』

군이 용두사미라는 말을 빌어 쓰지 않더라도 처음 "황벽"을 시작할 때의 열정은 완결권을 내는 지금에 와서 첫 글에 대한 부끄러움으로 변해 있다.

애초에 출판을 염두에 두고 시작하지 않았던 글을 좋게 보아주신 청어람 관계자 분들의 배려로 책을 내게 되었고, 많은 문제점들이 보이는 글이었음에도 완결권까지 낼 수 있었던 것은 출판사의 도움 덕분이었다.

이 기회를 빌어 졸작을 출판해 주신 청어람에 감사드린다.

분명 좋은 점수를 줄 수 없는 글이라는 것을 인정하면서도, 첫 글에 대한 애정으로 완결권을 내는 마음은 제법 뿌듯하다.

앞으로 황벽의 뒤를 이어 세상에 내보낼 글들이 얼마나 될지, 그것이 어떠한 형태의 글이 될지 알 수 없으나, 아마도 황벽을 출간하는 도중 느꼈던 흥분과 설레임을 다시 맛보기는 힘들 것이라 생각된다. 그런 의미에서 또한 "황벽"은 나에게 소중한 글로 남을 것이다.

　혹 오해의 소지가 있을 수 있어 밝혀두자면 "황벽"에 등장하는 지명들의 대부분은 작가의 상상에 의해 만들어진 지명들이다. 중국의 각 성(省)에 대한 구분만 사실에 기초했음을 밝혀둔다.

　많은 것을 포기하고 글을 쓰는 나를 따뜻한 시선으로 격려해 준 아내에게 황벽의 완결을 빌어 고마운 마음을 전한다.

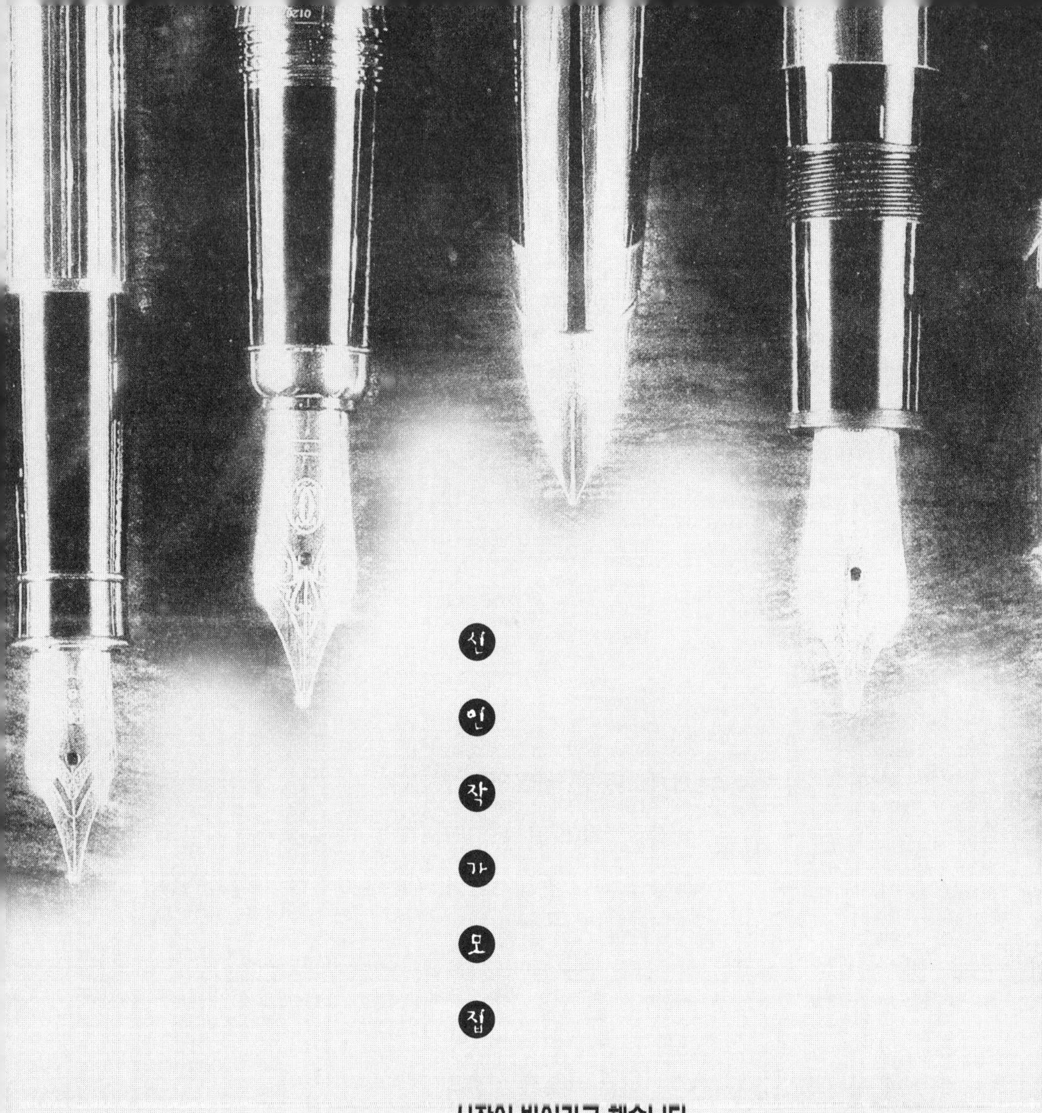

신
인
작
가
모
집